U0927446

愿你历经沧桑，内心安然无恙

星言——著

天津出版传媒集团
天津人民出版社

图书在版编目（CIP）数据

愿你历经沧桑，内心安然无恙 / 星言著. -- 天津：天津人民出版社，2018.6
ISBN 978-7-201-13578-6

Ⅰ. ①愿…　Ⅱ. ①星…　Ⅲ. ①散文集－中国－当代
Ⅳ. ①I267

中国版本图书馆CIP数据核字（2018）第116997号

愿你历经沧桑，内心安然无恙

YUAN NI LI JING CANGSANG，NEI XIN ANRANWUYANG

星言　著

出　　版　天津人民出版社
出 版 人　黄　沛
地　　址　天津市和平区西康路35号康岳大厦
邮政编码　300051
邮购电话　（022）23332469
网　　址　http://www.tjrmcbs.com
电子信箱　tjrmcbs@126.com

责任编辑　郭晓雪
特约编辑　刘　锋
责任校对　余艳艳

制版印刷　天津中印联印务有限公司
经　　销　新华书店
开　　本　880×1230毫米　1/32
印　　张　9
字　　数　210千字
版次印次　2018年9月第1版　2018年9月第1次印刷
定　　价　45.00元

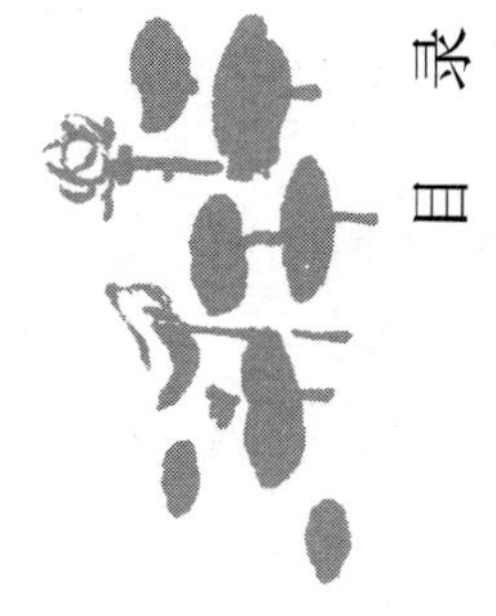

目录

contents

第三章

感情让人柔软，现实让人勇敢

目 录

contents

第五章

先让自己好起来，世界才会好起来

目录

contents

第四章 好好安顿自己，别怕来不及

第七章

如果生命是场修行，何妨热血独行

目　录

contents

第六章 懂得包容，生活会更从容

自　序

人生如逆旅，
我亦是行人

生活的戏剧之处在于，总是会在喜剧进行到高潮部分的时候戛然而止，然后自动为你衔接上另一段人生故事。

一年多以前，我和普通人一样，是个每天上班忙于工作，沉醉在自己的小确幸中的人。然而，新婚两个月时，生活给了我一次猛烈暴击，老公忽然被确诊骨癌，被迫去北京治病。而我也因此辞职，开启了全程陪护的“北漂”生活。

那段时间，我每天的生活就是往返于出租房和医院。在狭窄逼仄的病房里，能干事儿不多，医院给陪护人员准备的小凳子，是我唯一拥有的一方天地。除了照顾老公，剩下的时间，干得最多的事儿就是阅读和书写。

不仅看经典小说可以把自己代入主人公的悲欢离合，也更懂得上学时看不懂的情节和道理。但看得最多的，还是心灵自助方面的书。因为我渴望从这突如其来的打击所造成的心灵困境中解脱出来。关于人生，关于死亡，关于存在的意义，借助这些书所带给我的新的启发，我都有了更深的体悟。以前觉得矫情的文字，在有了真实经历之后感同身受。以前觉得云里雾里的句子，在经历过之后变得恍然大悟。

都说在医院里比在教堂里更能听到真心实意的祷告，同样的，在医院里比在课堂上更适合体悟人生和独立思考。我想，如果不是因为局限在这栋满是癌症患者的楼中，我可能根本不会抽出那么多时间，静下心来去读书，去重新审视自己和人生。

每次读完书，我会习惯性地写一些东西，发在微博、微信、知乎等地方，大多是个人的真实感受。很多人看到觉得不错，转发到自己的朋友圈，有的还被新华社、思想聚焦、读者、有书等大号频繁转载。于是更多陌生人因为文字认识我，成了我的读者，让我有机会同世界另一端的人借由文字相互慰藉。

生活就是这样，很多时候不是自己选择要走哪一条路，而是被一股莫名的力量推着，被动地向前走。而这种“被逼迫”的孤单，反而促成了人的另一种成长。

在人生最低谷的时期，对我而言，好像除了安静地等待黎明，也没有特别好的办法，只能寄情于文字，在铅字中寻找慰藉，在键盘上释放情绪。

书写，也逐渐成为我治愈孤独的灵丹妙药，让独处变成了一种理直气壮。

一岁的时候，妈妈离开了我。我和爸爸相依为命，长大成人。虽然一直不缺少关爱，但依然有着一份与生俱来的小敏感。年少的时候，因为独处的时光比别人更长，书写便成了我克服孤独的最好方式。因为从小就拥有独立的房间，那里也成为了我享受独处的起点。

中学时我是班级里第一个有BP机的人，也是班级里第一个拿着诺基亚手机嘚瑟的人。不是因为有钱或者溺爱，只是因为我需要自己上下学，自己处理所有事情，爸爸担心找不到我，便给我配置了这些通信装备。可能是从那时候开始，我习惯了一个人做好所有事情，独自化解难题，承担重负，不让家里人担心也不让自己失望。

亲情始终是我的软肋，友情更是支撑我前行的力量。我在书中专门用了一个章节来讲情感的力量和对我的影响。与其说是写给读者们的生活感受，不如说是写给我爱的人们的内心独白。

三十岁以前，我也和现在的很多人一样，经常焦虑到失眠。莫名的担心未来，在父母的催婚下变得负能量，或者时常觉得自己的生活比不上别人，时而迷茫时而暴躁。刚工作的时候，也时常因为自己的能力没有被肯定、同事百般刁难，愤世嫉俗地痛哭过。有次自己熬了好几个晚上写出来的稿子，只因为级别不够没有话语权，在主编那里看都没看就被撤版，而气得想要辞职。

我的很多文章里面都有自己真实生活的影子，而那些批判的人或者生活方式，往往也是我自己经历的缩影，所以，与其说是用犀利的言辞解读某些人事，不如说是用文字的形式来进行的自我反思。

也许是因为写的东西比较真实，说话还算接地气儿，渐渐的，有了一些媒体人和出版人找到我，向我约稿，竟然也有了些名气和收入。这些，都是我始料未及的，也是我通过阅读和写作获得的意外收获。

很多读者关注我，给我留言说觉得我挺励志的，觉得我很坚强。其实我自己知道，这些都是被活生生逼出来的。谁不想一直做温室里的公主，无忧无虑没心没肺地活着。只是有时候，生活会逼着你，让你不得不坚强，不得不硬着头皮找寻出路。那句话怎么说来着？谁不是一边说着不想活了，一边又努力活着。

人生需要揭穿。人们常常把自己置于鸡汤式的乌托邦中，不愿面对生活血淋淋的伤痛。一旦敌人真正进攻到内心的大本营，比如遇到重大疾病的打击，精神便会在顷刻之间崩溃。所以想要通过文字揭示一些现实，比如同一片天空下，人与人生活的天壤之别，比如如何面对这个时常给我们带来惶恐不安的世界。

我始终觉得，真正的内心强大，是在经历过愁云满布的生活后，依然保有那一份童真。真正的喜乐安宁，是颠沛流离过后能睡一晚安心觉的满足感。

很多时候，人的底线都是被一次次的生活磨砺试探出来的，经历过，挺过来，再回头看的时候，可能会觉得，也就这样，没什么大不了，甚至到了最后，你会享受这个过程，会明白，五味杂陈才是真生活，酸甜苦辣才是人生本来的样子。

每个天真笑脸的背后，也许都藏着一段不为人知的故事，你有你的故事，我有我的故事，每个人都有自己不愿为外人道出的秘密。

有读者说很喜欢听我讲故事，就好像是朋友在分享心情。从未想过教给谁人生应该怎么过，也没有能力做任何人的生活导师，只是想从一个平凡人的角度，去聊聊生活中的某些苦难，想给和我一样的普通人们一点生活的借鉴。

我不是什么励志姐，只不过在人生的路上比一些朋友多经历了一些事儿，多有了一份感触。而恰好的是，我喜欢分享。如果你喜欢听，便再好不过。这本书里想要展现的，不过是一位三十岁女人的精神成长和生活带给她的一点点思考。

如果因为我的某些故事，让文字那端的你，在以后遇到挫折或者抉择的时候，多了一份选择，多了一份理解，少走了一点弯路，少了一些遗憾和焦虑，便是这本书存在的意义。

我很欣赏苏东坡的人生哲学，他说，人生如逆旅，我亦是行人。在那逆流而上的人生之旅中，他面对人生苦难命运沉浮的淡定和洒脱，让我看到了生命的另一种可能。它让我相信，人的心境真的可以无限广阔，包容一切。即便遭遇生活的惊涛骇浪，即便历经世事沧桑，人间冷暖，依然内心安然无恙，也无风雨也无晴。

我想，我们总要在人生漫漫长路中学会平和与淡然，哪怕是通过最残酷的方式。

第一章

谁的人生不是边受伤，边咬牙硬扛

生活不可能像你想象的那么好，
但也不会像想象的那么糟。
我常觉得，
人的脆弱和坚强都超乎自己的想象。
有时，我们可能脆弱得一句话就泪流满面，
有时，也发现自己咬着牙，走了很长的路。

——莫泊桑《人生》

谁都不是没有故事的女同学

很久以后，当我孤身一人面对医院的人来人往时，仍然会不断想起那年九月，那个遥远又清晰的下午。

在2016年9月11日之前，我一直以为自己是个幸运的人。两个月前和初恋男友办完婚礼，沉浸在新婚的喜悦和工作的忙碌之中。生活看似在平静的轨道上顺利前行，似乎一切都朝着光亮的方向迈进，直到那天。

那是个周日，我正在家里打扫卫生，老公因为觉得膝盖一直疼，一周都没有缓解，于是就自己去医院拍片子。我也没怎么当回事儿，在家里做家务打扫卫生。哼着歌忙着清理卫生间的时候，一条新的图片消息进入微信。一张报告单，看不懂上面写的字："恶性占位性病变可能性大，骨肉瘤？"紧接着是老公的一条文字："老婆，什么是骨肉瘤啊？"

我百度了一下，瞬间脑子嗡的一声，一片空白。整个人站不住，瘫在马桶上，像吃坏了肚子一样，瞬间肠胃紊乱，各种排泄物倾泻而出。

这是一种极为恶性的肿瘤，传说中的癌症之王，预后极差，死亡率极高。

第一个反应是，怎么可能？拿错报告了吧？！

然后，和所有癌症病人确诊的过程差不多。我们经历了各大医院求医问药，想要寻求一个奇迹的答案。在沈阳没办法确诊，就几经辗转到了北京，到了积水潭医院。

北京积水潭医院是全国治疗骨肉瘤最好的医院，病房紧张到无以复加。十几平方米的空间里挤着八张病床，还经常需要加床一二，算上陪同的家属，二十几个人挤在十几平方米的空间里，逼仄而聒噪。有人吃饭的时候有人在床上拉屎，有人睡觉的时候有人在不断呻吟。在那样的环境中，每多待一分钟都觉得似乎会减少一分钟寿命。

每天迎接我们的是反复的检查、无尽的等待和根本无法抑制的内心煎熬。好不容易做了活检，结果医院的态度是，必须尽快开刀手术，取出大病理才能下最后判断。碰巧又赶上十一长假，只能带着老公拖着病腿，在医院旁边逼仄的小旅馆里等待。

整个9月和10月，我们像在陌上城市到处乱撞的没头苍蝇，想要挣扎，却处处绝望。病人和所有家属，都像待宰羔羊，用战战兢兢的眼神，不断望向宣布病理结果的那扇门。

熬过了十一黄金周，老公终于在10月8日做完手术，又熬了两周，大病理拿到了。确认是恶性骨肉瘤，毫无回旋余地。命运残酷得让人瑟瑟发抖，那一刻才真正领教什么是现实的残忍。

因为是恶性肿瘤，所以必须要配合化疗。十二期，一个庞大可怕的数字，一个必须硬着头皮去面对的持久生死战。于是我们在北京租了房子，开始了我们的抗癌之路。

在这里，到处是因为大剂量药物导致的呕吐声和呻吟声。走廊里，到处是截肢的孩子拄着拐杖走来走去的身影。病房里，几乎所有人都是秃头。那种在电视剧里和新闻里才能看到的场景，真真切切地变成日常生活。

我的生活，也从沈阳的悠闲自在，瞬间转换到北京医院和出租房之间的两点一线。辞了工作，放下了所有事情，在医院陪老公化疗治病。老公做了人工关节置换手术，虽然保住了腿。但漫长的化疗，折磨着病人的身心，也折磨着家属的身心。

终于体会到了什么叫一夜白头，原本还乌黑丰盈的头发，一个月之内花白了很多，加上严重的脱发，整个人像老了十岁。也终于体会了什么叫世事难料，前一晚上还活蹦乱跳的人，后一天就必须坐在轮椅上了。

所有人都在关注病人所受到的精神打击和身体折磨，却很少有人知道，这种突如其来的厄运对一个三十岁的新婚的妻子是多么大的冲击。在这场措手不及的考验里，要搭上自己的一生的，也许不止病人一个。

医院里，随时上演痛彻心扉的生离死别，但更多的是家属们走出病房后，转身泪眼决堤的场面。那些曾经坚强无比的父亲，偷偷抽泣的背影。那些为母则刚的女人，绝望又坚定的眼神。还有像我一样，想哭却不敢哭，强忍着痛苦，陪在爱人身边的人们。

都说在医院里比在教堂里更能听到真心实意的祷告，的确如此。那些紧闭的病房外面，多得是亲人最虔诚的祈祷，多得是和医生不敢大声说话、连问个指标都小心翼翼的家属，多得是拿着片子到处奔波找人给定心丸的人。

去医院探望过病人的人，也许都感知过病房幽暗的走廊通道的压抑感，在令人窒息的气氛笼罩下，在常年暗无天日的病榻上，很难要求一个人精力充沛、积极乐观。

当术后的疼痛渐渐缓解，噩耗的打击渐渐平复，最让人无法承受的早已不是身体的折磨，而是精神的无助。因为恶性肿瘤像一颗定时炸弹，不知道什么时候会复发转移。每一次的化疗都像是一场与身体进行的战役，谁也不知道下一次开战时又会有怎样的指标脱离，每天活在提心吊胆和想哭不敢哭的氛围里。

日子一天天过去，一个月，三个月，半年，九个月，大部分时候以为自己已经缓过来，以为自己很坚强，却还是会在某次看电视遇到同样的场景时崩溃决堤。

整整一年的时间，我们熬在医院。几乎没有睡过一个好觉，患上重度睡眠障碍，每天一到晚上要睡觉的时候就是我最恐惧的时刻。焦虑变成了常态，头疼也是家常便饭。每个辗转反侧的夜里，甚至不知道自己在想什么，脑子像放电影一样，却到处是各种起承转合的蒙太奇，纷繁复杂毫无头绪。

终于熬到了十二期化疗结束出院的日子，本以为迎接我们的是新的生活，却不想命运的打击接二连三。

复查的结果是，发现肺转移。然后，短短几个月的时间，腿上又开始复发，恶魔再次席卷而来，并且比上一次更加凶残。“愿世界对你温柔以待”这样的鸡汤显然已经毫无用处，癌症的凶险会毫不留情地卷走你所有的期待。

二线化疗药物失败，除了吃靶向药和通过无数止疼药麻痹身体，没有任何办法。原本经过复健以后可以顺利走路的老公，又被迫回到床上。我们从医院回到家里，但生活并无起色。

每天的生活有如复制粘贴一般，在疼痛、压抑，起床、吃饭和无尽的失眠中来回循环。在疾病面前人类渺小得一阵风就可以吹跑，一个指头就可以击碎。心愿从以前的挣大钱去更多好玩的地方，变成了身体健康，吃好睡好。

命运像一场失控的马戏，没有人来得及练习。我们都不知道明天和意外哪一个先来，人生的剧本好像一下子被改写，我也变成了一个有故事的女同学。

在那一年多的时间里，感觉自己的人生观和世界观发生了巨大的改变，了解到了太多从前不知道的医学常识，看了无数国内外的论文文献以及知乎上很多相关的问题和观点。越来越觉得人的渺小和生命的广阔、自我观念的狭窄和生命世界的神秘。

再没有什么非要不可的事情能耽误自己的身体，那些曾经为赋新词强说愁的小情绪再也不会占据思想的主流。曾经觉得遥远的事情可能离我们的生活很近，越发觉得《滚蛋吧肿瘤君》电影里演的是那么的真实，偶像剧里的白血病或者癌症剧情，也变得一点儿都不矫情。

从质疑，恐惧，到慢慢消化，渐渐接受现实，到调整情绪去勇敢面对。看了无数关于生死的书，才明白曾经所谓的“懂了”是多么的肤浅，人只有真正经历过后，才有资格说原来如此。

人生有时就是这样，在你意想不到的时候来场突然袭击，没有那么多原因，也没有那么公平。就这样，生命多了一些难以愈合的伤痕，同时多了些许深刻的经历和恶魔之吻。

但我总在想，逆境如潮，我若礁石。人生能背负多少命运的重量，就得赚得多少生活的本钱。余生漫长，总有一天，我们依然能笑议过往。

没经历过深夜痛哭的人，不足以谈人生

以前当记者的时候，我问过很多人同一个问题："你觉得成长到现在，给你触动最大的事儿，或者说让你觉得自己忽然一夜长大的事儿是什么？"

得到的答案无一例外，都是些不好的回忆。有的说是因为那次刻骨铭心的恋爱最后无果，有的说是因为至亲的重病或去世，有的说是因为上学时候的一次小事儿对内心的打击，还有的说是因为工作时被小人同事捉弄排挤。

仿佛每个道来，都是一部成长的辛酸史。但每个人最后都会说一句："其实回过头想想也没什么了，如果没有那些经历，可能我永远也长不大。"

我相信那些平凡或伟大的成长故事，更相信这最后一句的真心。三毛说："人不经历长夜的痛哭，是不能了解人生的。"深以为然。不了解人生，又何谈成长？

我的一位长辈朋友说，她觉得，经历了老公癌症和一年多求医问诊、艰难生活考验的我，变化特别大。大到人生观、世界观的转变，小到为人处世和性情的改变，在某种程度上都成熟了很多。

是的，在此之前，我似乎一直没有好好思考过人活着的意义到底是什么。印象里，每天被各种忙碌琐事占据，工作和消遣乐此不疲，以为那些就是生活原本的样子，实际却发现，该珍惜的被舍弃，被搁置的反而该捡起。

然而，所谓别人眼里的成熟，并非轻而易举。很多时候，人的成长和沉静，是用无数个失眠的夜晚的安静思考换来的，是静下心来去读书、去看世界换来的，是历经人世沧桑和世事无常后换来的。

没有人能无缘无故长大，成长在大多时候伴随着难以言说的伤痛。比如，在深夜里怕打扰家人，偷偷把头埋进枕头大哭一场；或者将自己关进浴室，打开淋浴，在哗哗的流水声中全力释放。哭过以后，擦干眼泪，平复心情，化个妆，打开窗帘，阳光照进来，对镜子里那个自己说，睡一觉，醒来又是新的一天。而那个比扒层皮更疼的心理蜕变，那些内心经历过的浩瀚波澜，自己知道就可以了。

很多人对于成年人的定义，是以年龄为界限的。实际上，看一个人是否“成年”，真正要看的，是这个人的心智是否成熟，并非长到25岁，30岁，40岁就算真正长大。一直做温室里的花朵，被保护得娇柔羸弱，也许并不能让我们体会真正的人生。只有真的经历些什么，才会懂得生活的真谛。也许是被人伤害，也许是事业坎坷，人生苦难或者打击。但回头想想，那些领悟成长的闪光时刻，总是伴随着一些略带黑暗的忧愁时间。总要有些事儿发生，然后触碰到我们心底的某根防线，让我们重新思考人生的意义。

朋友和我说，他第一次感觉到自己长大了，是出国留学那年，那时候他还不到18岁。在国外生病，不敢和家人说，半夜独自去医院打针、输液，输完液，天已经亮了，他又马不停蹄赶去学校，生怕旷课被开除。在国外生病非常费钱，钱不够了他就自己到处打工，他说，那段时间，他不仅身体极度劳累，内心也特别孤独无助。而那时候他才是个高中生而已，可经过了那段日子，他忽然感觉自己好像比大学生还成熟。

很多时候，苦难如同惊雷，时常带着轰轰烈烈的威力让人猝不及防。仔细回想，我想我们都经历过那些让人一夜长大的瞬间，在彼时，也许怀疑纠结，但过去了以后再回头看，才发现是人生的财富。

网上有人问，人生最痛苦的时候你是怎么熬过来的？

有些回答让我印象深刻："20岁那年，一夜之间从千万家产变成负债累累，父亲锒铛入狱，家里房子、车子全部抵债。父亲没留下一分钱，却欠下了千万烂账。自己不只要照顾妈妈，还要照顾十岁的弟弟。生活在逼迫自己一夜长大，不管你是否准备好。"还有人留言说："老爸去世时，老妈和我在火葬场领骨灰，老妈靠着我肩膀哭着说：'儿子，妈妈只有你了。'我咬紧牙关忍住眼泪，说：'妈别怕。'那一刻起我告诉自己，我是家里唯一的男子汉了，我要勇敢。从那一刻开始，觉得自己真的长大了。"隔着屏幕，似乎都能感受到那些小小臂膀下隐藏的巨大力量，也许过程很痛苦，但他们却因此脱胎换骨，破茧、展翅飞翔。

这世上没有白走的路，每一步都算数。没有经历过痛苦，又何谈成熟。没有受过伤，又何谈成长呢。

年轻的时候喜欢文艺鸡汤，长大了一些觉得太矫情、做作都是毒。但是，当你再年长一些，经历过更多的人间冷暖和人情世故，你会发现，以前觉得特别俗套的东西，其实全是真理。

只是那时候我们没有阅历，我们不懂，所以听不进去，甚至一味地嘲笑。以为自己的认知是全世界，殊不知那只是心智尚未成熟的自己的臆断罢了。

《少有人走的路》里面说：“人可以拒绝任何东西，但绝不可以拒绝成熟。拒绝成熟，实际上是在规避问题，逃避痛苦。心智成熟不可能一蹴而就，它是一个艰苦的旅程。”而我们终其一生追求的，就是心智的成熟、精神的独立。唯有如此，才能抵挡生活中随时可以遇见的浩瀚波澜，才能不被暴风雨冲跑击垮。

我们都应该明白一个道理，没有什么会跟着你一辈子。青春不能，美貌不能，父母不能，爱人也未必能一直携手同路，甚至金钱都会在不经意的时候不辞而别。但是，那些在风里、雨里、打击里学会的能力和意志力，会一直伴随着我们，陪我们渡过每个难关。

莫泊桑在《一生》中写道：“生活不可能像你想象的那么好，但也不会像想象的那么糟。我常觉得，人的脆弱和坚强都超乎自己的想象。有时，我们可能脆弱得一句话就泪流满面；有时，也发现自己咬着牙，走了很长的路。”

当明白这些，也许就不会再为自己受了一点伤而难过，不会一味沉溺在负面的情绪里，不会那么多的怀疑，抱怨命运不公、运气不好。会懂得，很多人生的际遇实际都是生活给我们上的一堂课，让我们完成生命的作业，不负来世间周游一场。

谁不是边受伤，边咬牙硬扛。相信我，没有什么比人格独立、心智成熟更重要。每个人都需要经历一些难以言说的事情，然后才能暗自学会，如何用来日的成熟去埋葬昔日的无助。这不是鸡汤，这是生活。

除了生死，都是小事儿

近两年听到朋友最多的评价是“你比从前淡定了”，当然，也常有人责备我“你比从前冷漠”了。朋友口中所谓的“冷漠”，很多时候的意思是，对他人喷薄而来的情绪的一种冷反馈，或者说，是一种不动声色的平静。

比如，以前朋友经常向我吐槽工作中的种种不满和负能量，我通常代入感总是很强，和她一起慷慨激昂，甚至时常上升到社会和人生的高度，然后愤愤不平又无比无奈地说“日子怎么这么难。”以前朋友心情不好想不开的时候，我感同身受陪她难过，听她诉苦。朋友失恋或者遇到出轨背叛等各种情感崩溃事件，我亦会心疼，会和她一起绝望。

然而，不知从何时开始，我开始很少像以前一样大呼小叫地宣泄情绪了。也许是因为这两年见多了病痛的折磨，也许是因为目睹身边爱人和病魔不断搏斗，渐渐的，别人口中大大小小的抱怨吐槽，在我这里好像很难再引起波澜。而我劝别人的方式也从最开始的同仇敌忾，好言相待，变成了现在的一句：“什么都没身体好重要，这些都不是事儿，真的。”

这是真心话，并非不再能理解朋友对生活琐事的各种歇斯底里，也并非瞧不上各家生活中的一地鸡毛。只不过，经历了生死考验之后的灵魂，可能真的多多少少有了点儿升华。似乎所有的事情，和生死一比，都变得微不足道。

有时候，我甚至很羡慕那些为了各种事儿，抑郁想不开或者难受的人，因为那可以说明一点，他们还没经历真正的人生苦痛。在疾病面前，一切归零；在生死面前，一切都很渺小。也庆幸他们不必经历那些痛彻心扉的折磨，即便每日为琐事烦心，也胜过鬼门关前的踌躇徘徊。

前一阵子在网上看到一篇文章叫《我27岁，我还不想死》，是澳大利亚一名患有尤文氏肉瘤的年轻女孩儿，在临终前写给世人的一封信。之所以注意到这篇文章，是因为她所患的病和老公的病非常类似，是一种很少见的骨癌，但杀伤力极强。

这封信在网络上发布后便刷爆国外社交网络。对我来说，读起来更有种感同身受的温暖。因为理解所以感动。因为明白那些轻描淡写背后的痛，所以更懂信中女孩儿对大众的劝慰是多么的由衷。

正如她所说的："我写这封信，不是为了引起大家对死亡的恐惧。我只希望人们可以停止担心生命中那些微小而毫无意义的压力，而是记住，我们最终都要面对同样的命运。"

对于健康人来说，大部分人对死亡是没有什么概念的，但是对于身患绝症的人来说，死亡就像定时炸弹。尤其对于年纪轻轻就身患绝症的人来说，除了身体需要承受巨大折磨，精神的痛苦更加苦不堪言。看着死神一步步走近，内心的煎熬是常人难以体会的。

老公时常在半夜被噩梦惊醒，眼角挂着白天不愿流的眼泪。我知道那泪水里有恐惧，亦有不舍。肿瘤最侵蚀人的也许不是身体上的疼痛，而是精神上的无形压迫。原本一望无际的璀璨人生，会忽然变得像倒数计时，安静的时候似乎能听到时间一分一秒过去，生命一点点流逝的声音。

在那种未知恐惧的阴影笼罩下，一切都变得不那么重要了，挣多少钱不重要，别人怎么看不重要，得到和失去也都变得不重要了。当人身患病痛时，才会发觉，曾经觉得天大的事儿，其实真的没什么，曾经觉得过不去的坎儿，其实真的微不足道。

“死亡笔记”里说：“我常常听到人们抱怨工作多么糟糕，锻炼多么难，其实你的身体还能去做这些事情，已经值得感激了。你今天可能堵在路上，或者你的小孩吵得你一夜没睡，也许理发师把你的头发剪太短了，你新做的指甲又裂了；你的胸太小，或者你的屁股上有褶皱，你肚子上的肉又多了。别管那些破事儿了。我发誓，当你要离开的时候，你不会想起这些事情的。当你把生活看作一个整体的时候，它们太不重要了。当你在抱怨那些荒谬的事情时，想想那些真的在面对问题的人们。”

要珍惜生命里的每一天，要感恩拥有的一切，甚至是挫折，要怀有一颗感激、包容的心，这些话在平日里听来，也许特别像老生常谈的心灵鸡汤，但当你真的经历病痛和失去的时候，才发觉是如此的准确。

手术以后，老公在病床上不能动，几个月没有下床，每天不停练习弯腿、直腿，绷脚、收脚。复健练习成了最普通日常、最简单的行走变成了最奢侈的向往。后来，当他终于可以拄着拐杖站立在地面的时候，全家人都跟着喜极而泣。那种感觉，就好像婴儿第一次学会走路，会令所有的旁观者雀跃欢呼。那个时候，没有人会在意鞋子好不好看，姿势丢不丢人。因为能站起来，便是人间极乐。

有句老话说："不要再抱怨自己的鞋子不好看或者走路太累，你看还有一些人根本没有脚。"这种比喻看似极端，但如果你真的走心听了进去，便会有无限收获。它像对未知前路的一种警醒，让你不必在饱受苦难的时候才恍然大悟，不必在身临险境的时候才明白平凡可贵。没有人可以预知未来会发生什么、自己会失去什么，但我们总能知道现在自己还拥有什么。

现代社会中，人心浮躁，节奏迅猛，一不小心就可能触碰某些人性的敏感地带，然后牵一发动全身地燃起内心的某些冲动或者悲伤。很多看似鸡毛蒜皮的小事儿，时常容易让人暴跳如雷，甚至变成可以带来多米诺骨牌效应的导火索。但是，在你崩溃或者要爆发的一瞬间，请仔细想想，对你的人生来说，这些特别重要吗？

如果一下子想不清楚，可以试着问自己几个简单的问题。比如，失恋和失去生命，哪个更可怕？如果用一百万换取你20年的寿命，你同不同意？想象自己是游戏中的人物，如果跟人生气或者吵一架，你的血量就会骤减并且不可逆，永远不再能满血复活，是不是就觉得那些争吵都变得毫无必要了？

我有本很喜欢的书叫《当呼吸化为空气》，是一名患癌症的医生写的一本人生记录。里面，作者保罗和他的妻子一度关系非常紧张，甚至已经到了分居的地步。虽然他们深爱着彼此，但都觉得彼此不能互相理解，交流越来越少，彼此的发展轨道也越来越远。他们的婚姻早就在彼此心里亮起了红灯。然而，当丈夫被诊断出患癌症的时候，两个人的心又重新回到了一起，曾经觉得不能调和的矛盾，在这时候变得很容易解决，也让他们更加明白之前的苦恼和无奈是多么的渺小，从而一起携手对抗病魔。

当你觉得心情特别不好、人生特别苦闷的时候，就不要一味地逼自己必须达到什么标准获得什么成就。当你觉得生活特别绝望的时候，就不必再打开朋友圈，去和那些活色生香的图文比幸福。越是什么都抓不到的时候，反而越要回归内心，思考自己还拥有着什么。

在我看来，无论身处怎样的痛苦之中，只要还活着，就是幸运。痛苦的生活亦是生活的一种，不要忽略生活中任何一点微小的快乐，学着接受，学着转化。很多时候，我们需要转换不同的参考系。现在为一件事儿痛苦，也许只是因为这件事儿暂时占据了我们生活的重点，成了生活的主要矛盾。一旦发生意外，主要矛盾改变，那么之前让自己纠结、闹心的东西很快就会荡然无存。

正如澳洲女孩在死亡笔记中最后写道的一样：“你不知道你在地球上还有多少时间，所以别浪费时间沉浸在悲伤的情绪中。我知道这种话已经被说烂了，但它是真的。”当你觉得崩溃、承受不了的时候，请记得这句话：“除了生死，都是小事儿”。

人为什么这么怕死？

“死”这个字，对于绝大多数人来说是极为忌讳的字眼儿。

从小到大，我们都在学习如何让自己的生活变得更好。我们吃各种保健品、用各种化妆品，希望可以把自己保养得更年轻。我们越来越注重养生保健，希望可以更健康长寿。我们谈论如何过好每一天，怎么活得更有意义，但我们却始终对死亡讳莫如深。

很多人说关于死的话题太不吉利了，“好好活着想那些干嘛啊”，跟年长的人谈起这个话题，他们会说：“别老死死死的，净说些不吉利的话！”

一旦遇到生死的话题，大部分人不是不想谈就是不敢谈。对于死亡这个既敏感又忌讳的字眼，好像无论怎么小心翼翼地措辞，都会觉得词不达意，都会觉得很容易刺痛人内心最脆弱的地方。

但随着年龄渐长，我越发觉得，敢于面对生死的人，才是真正勇敢的人。绝大部分人活了一辈子都没想过活着的意义到底是什么，只是每天重复同样的生活，把自己陷入浮躁或忙碌的碌碌无为中，告诉自己平平淡淡才是真。实际上，更像是人生观模糊的一种自我安慰。

在老公患病之前，对于生死的概念，我也和绝大多数人一样，不知所以或者刻意回避。甚至在确诊之后，也一样是逃避的心理，不愿去细想癌细胞扩散意味着什么，不敢去思考如果真的走到生命的尽头，病人和家属该如何面对。

然而，恰恰是这种不敢面对、不想去思考的心态，长期折磨着自己的精神。人越是恐惧一件事，这件事就越会变成你的心魔，充斥在你的脑海里。因为对未知恐惧，对未来不确定，而导致长期焦虑失眠，日日夜夜在假寐与梦醒之间两难。

还有交织在各种情绪中的患得患失，放不下想不开的心态，始终不断侵蚀灵魂，让人痛苦不堪。不愿接受现实，不愿面对人生。内心有一百个凭什么、为什么、怎么办，却根本毫无答案。

后来发觉，关于生死的课题，在人生没有经历过一些事儿的时候，是根本想不明白的。我们都不是佛陀或者圣人，坐在家里一门心思低头冥想，很难有太多领悟，生活应该是自己体验出来的。

没有在医院的手术室外经历病床进进出出、焦急等待过的人，很难体会那种揪心的感觉。没有经历过自己患病，或者至亲生离死别的人，是很难了解离开与陪伴的意义的。没有看见病房里那些绝望愤怒的眼神、听到癌痛呻吟的人，是很难懂生命最后的孤寂的。

科学越发达，我们越害怕死亡，越否认死亡。在此之前，对死亡的恐惧让我们不由自主地对它选择视而不见。逃避的后果是，当事到临头的时候惊慌失措。

在和很多癌症病人及其家属的聊天中，共鸣最多的地方，是从意外查出疾病，到最后艰难接受的过程。天没塌下来之前，几乎没人会提前预想天塌下来到底该怎么办。

生死哲学大师伊丽莎白·库伯勒·罗斯在《下一站，天堂》里总结，人在面对疾病、死亡、悲伤等重大痛苦时，会产生五个阶段的心理反应，分别是否认、愤怒、讨价还价、沮丧和接受。

可以说非常真实地诠释了老公生病以后我们一家的心路历程。从一开始的不相信，“怎么可能会是我？”“一定是拿错报告了或者医生搞错了”，到之后的气愤，“凭什么是我，那些坏人为什么不得病？”再到之后的崩溃妥协，“哪怕再让我多活十年呢”“遭点罪也行，能活着就好”，再到最后的坦然面对，“既然如此，就享受好每一天”“做最坏的打算，把每个日出当作上天的恩赐”。只有经历过这些，才算真正对生死的考验有所体会。每一个阶段里，我们都在不断修行。每一步都是一堂人生必修课，让人不得不补上之前欠下的学分。

而现在，在残酷的现实面前，我们又不得不重新学习。剥离从前那个不现实的自我，回归最本真的内心，找到自己真正在意的东西，看清以前看不清的人、事、物。虽然历经惨痛，却意义重大。

然后明白人生最困难的事，是学会与生活讲和。死亡是一种自然，我们都只是自然的一部分而非高于自然。与其在其中痛苦挣扎，不如选择在自然的怀抱里讲和。这种讲和不是向平庸倒退，而是一种至高的境界。

有人说，人生最高的境界是接受。没有人想要得病，但如果癌症降临，你是根本推不走的。没有人希望自己的生命走到尽头，但当你无力改变的时候，与其每天痛苦抱怨，不如平静接受。与癌症和平共处，与疾病握手言和。平静地接受生活带给你的，学会与它讲和，而不是扭着劲儿、反着力地去挣扎，如此，一切都会变得轻松很多。

佛陀说世上有四种人。第一种人，听闻世间有无常变易的现象，生命有陨落生灭的情境，便能悚然警惕，奋起精进，努力创造崭新的生命；第二种人，看到世间花开花落，月圆月缺，生命起起落落，变化无常，能够及时醒悟，并及时鞭策自己，丝毫不敢懈怠；第三种人要比前两种迟钝，当他们看到自己身边的人经历死亡的煎熬，肉身破灭，目睹骨肉分离的痛苦，经历颠沛困顿的人生，才开始恐怖惊惧，善待生命；第四种人最愚钝，只有当自己被病魔纠缠，四大离散，如风前残烛的时候，才悔恨当初没有及时努力，在世上空走了一回。

我辈愚钝，只有在身边最亲近的人经历生死考验后，才意识到对死亡的正视和对人生意义的思量的重要性。必须大难临头才不情不愿地去面对早该面对的一切。

而我更希望，看到我们故事的你们，能因为其中的某行字有沉思，某句话有思考，从而获得属于自己的启发或领悟。如此，便是我书写的意义。

30岁，你可以过私人订制的人生

我从没想过自己三十岁的生日会在医院中度过。

更没想到，一转眼的工夫自己竟就到了三开头的年岁。人生经历了翻天覆地的变化，从新婚的忙碌快乐到医院中陪着老公化疗，似乎都在一夜之间。

二十几岁的日子里，大多数时候我还是很幸运的。生命里，有十几年始终如一的好闺蜜，有惺惺相惜、共度青春的玩伴，有志同道合的好朋友，更始终有人爱、有人照顾，从始至终让我充满感动、感谢、感慨。

从大学毕业到出国留学，再到工作走入职场，似乎总是能幸运地遇到把我放在心里的朋友爱人们。每年这个时候，虽然总是吵着“不想过生日，又老了一岁啦”，却总能清楚地感受到，日子有热度地存在着。

而三十岁这一年的生日，平静中带了点悲情的理智。

有人问，三十而立，该立的到底是什么？事业，金钱，家庭，还是所谓稳定？

我想应该是心智。

有人说，十八岁你就成年了，三十岁才要求自己心智成熟，是不是对自己要求太不严格了。可是，正如有人所说："我们国家的大部分人，表面看是成年人，可能内心还是个婴儿。有的人直到七老八十了也还是幼稚。"所以，即使三十岁能够实现心智成熟，也没有多少人能做到。很多时候，我们的人生被过度保护得太好，即便结婚生子都掩盖不了内心的弱小，在父母眼里更是永远需要被关照的小孩儿。

让心智成熟的也许就是人生中经历的所有意外和起伏。正所谓无故事，不成长。总觉得，有高潮、低潮，巅峰、低谷，得意、失意陪伴，活着才更有那么点儿意思。我也曾羡慕那些一帆风顺过得现世安稳的人，后来想想人各不同，甲之蜜糖、乙之砒霜。从来就有颗不安分的灵魂的人，是享受不了一成不变的安稳生活的。

我从不否定现世安稳带给人身心的标准化的好处，也祝福着那些适合标配人生的好朋友们。只不过，于己，接受不了可以预知未来每一天生活的无聊和恐慌。人就是矛盾啊，怕未知带来的焦虑，又期待未知带来的惊喜和刺激。

更何况在这世界上，有人按部就班，就注定有人满是波澜。我想，我就是那个注定没办法过"标配人生"的人。甭管是老天的意愿，命运安排，还是自己的选择，总之已经上路硬着头皮也要走下去。就算抽到了下下签，也该有一如既往勇敢面对的勇气。

时常感慨，八〇后这一波人也终于陆续到了这个有点尴尬的年龄了。大多数忙着结婚，忙着带娃，忙着赚钱或者其他，逐渐变成了新闻里说的"中年人"或者〇〇后口中的老女人。不管愿不愿意承认，让人觉得曾经遥遥无期、复杂又敏感的三十岁还是来了。

但回头问问自己，到底三十岁和二十九岁有多大差别？其实只不过差了最后一秒和第一秒的仪式感罢了。就好像今日和平日并没有多大的不同，差别往往只存在于人的心里。

很多人都喜欢拿数字做界限。比如，“25前你该懂得的10个道理”“30岁决定女人的一生”“28岁未成年”。人生从二开头转入三开头的轨道后，我们似乎要被迫接受很多莫须有的规定，很多潜意识的自我逼迫，还有那些跌进俗堆儿里的流言蜚语。

比如，你要在毕业的几年之内，找到稳定工作和可以谈婚论嫁的对象，然后在几年之内结婚生子，最好是一儿一女，偶尔旅旅游、买点小奢侈品，然后享受被众人定义的人生赢家的声音。可什么是人生赢家呢？在多数人心中，在长辈们的心中，大抵应该是“标配人生”吧，或者再从标配晋级到豪配。

什么又是标配的人生？大概就是，到了某个年龄，所有人都认为你该恋爱了。没谈可能就是长得丑或者太挑或者有缺陷，从来没人管你是不是遇到真爱，是不是还有自己的小念头、小追求。

大概就是，又到了某个年龄，大家都认为你该结婚了。如果没有，长辈就会觉得你落后于人或者有点丢人，或者皇上不急太监急地跟你说差不多得了。从来没人管你是不是不愿妥协、不愿将就，不愿意便宜了那些本来配不上自己的人。

大概就是，再到了某个年龄，大家认为你不能一直跳槽或者漂泊不定了，你必须找个稳定工作才行。才没人管你是不是喜欢这份工作，是不是自己有独立赚钱能力，是不是真的找到事业的方向，反正不稳定就是不好。

大概就是，在某个年龄，大家觉得你该有车有房，过得阔绰点了，该老婆孩子热炕头安稳过日子了，觉得跟大众不一样的人，可能都是奇葩大怪物呢，却从来没人管你是不是有难言之隐，是不是经历过常人不知的意外或委屈。从来没人在意你既美又独立，既坚强又好奇，不在意所谓世俗的定义。

毕竟，大多数人都是只看结果的。毕竟，大多数人也都特别善于用自己的三观去定义别人的人生。所以，三十岁，对于很多人来说，像是一种诅咒。也许是传统思想浸透得太久，我们总觉得三十岁的时候必须发生点什么，至于到底该发生什么，可能自己也不清楚。

从一辈子的角度去看，三十岁也许仅仅是人生三分之一的驿站，在这个年纪我们仍然拥有无限可能。不要被传统的文化束缚，也不必盲从别人的脚步，不要逼着自己去做所谓长远的计划，也不必为了某些积累的坚持而不敢改变。任何年龄，都可以有自己的不妥协和不纠结，在我看来这是比任何安定都宝贵的东西。

也许是我身边有太多不是标配人生的例子吧，也许是我身边有太多既特立独行又让人欣赏的女孩子，再也许是自己内心的一份悸动和不羁。从没想过去过一眼望到头的生活，也从没害怕过生命中的任何波动，不随便讨论别人，更不随便定义自己。我想总有人永远不会接受时间和岁月带给人的那些被逼无奈或者妥协惆怅。

而所谓值得一过的人生，未必是大家眼中的“标配人生”，而应该是“私人订制”的产物。三十岁，之于我或之于任何朋友，应该更加勇敢和坚定。不要去担心前路看不到方向，也不要害怕人生从头开始，与别人不同有何不可，人生没有标准答案，只有自己可以定义你自己。何不做好自己故事的导演，订制属于自己的人生。

傅雷说：“人一辈子都在高潮和低潮中沉浮，唯有庸碌的人，生活才如死水一般。”我的30岁，虽在低谷，但我相信终有一天会走向高处。

人总需要勇敢生存，我还是重新许愿

也许是前二十多年都过得太顺，临近三十岁的几年里，人生在艳阳天里突降暴雨，还是带着狂风和雷电的那种，震得人猝不及防。

疼痛、不安、恐惧、焦虑，很多很多的感受交替或者重叠出现，经常让我觉得词穷，每当这时候都觉得在血淋淋的生活面前，自己依旧不善言辞，不知道如何运用各种修辞才能更好地诠释心头的真真切切。

很多人说，你的人生经历可以写本书了，可是真的有人想要询问我的经历或者心路历程的时候，我却常常不知从何讲起。

就像朱光潜说的“一般人在写切身情感时，都不能同时在这种情感中过活，必须把它加以客观化，必定由站在主位的尝受者，退为站在客位的观赏者。一般人不能把切身的经验放在一种距离以外去看，所有情感尽管深刻，经验尽管丰富，终不能创造艺术。”

放在这里作为解释，似乎非常恰当。很难以旁观者的角度，淡定地讲述经历过的故事。最后能说出来的，不过是些只言片语或者放大某些细节片段，实在难以描述整个事件对人的全部改变。也许真正的痛，从来都是说不出的，就好像真正悲伤之时，亦流不出眼泪一样。

唯有自我对话，自己排解，自行消化。反正，就算天塌下来，还不是睡醒一觉继续面对，或者是不睡，直接眼睁睁看天亮再重新上路。真正的现实人生，就是从来都没法逃避的。

又是一个新年伊始，脑子里一直不断回放《明年今日》里的一段旋律：人总要勇敢生存，我还是重新许愿。每一年的新旧交替之时，我们都喜欢给它增添一些神秘的色彩，习惯性地给自己一些仪式感。不是因为盲目的迷信，而是一种治愈般的心理需要。

路遥在《平凡的世界》里说："人的生命力，是在痛苦的煎熬中强大起来的。"

越是低谷彷徨的时候，人越需要给自己寻找一个支点，让我们可以在滚滚红尘之中保留生命的体面，用笃定的信念驾驭日后的人生。

老公生病一年多，很多朋友跟我说："真佩服你这么坚强，要是我肯定挺不住、受不了。"心里暗暗苦笑，哪里有什么坚强，还不都是咬牙硬扛。无非就是在很多挺不下去的时候，自问是否有自我了断、一死了之的勇气，仔细想了想，这似乎有悖来此世上的不易，于是收起眼泪重新上路，反正还要在这世界走一遭，与其苟且度日，不如打起精神活得好一点。

希望从来不是别人给的，而是自己给自己的。人的承受能力，往往比自己想象中的更强。我曾以为自己会一蹶不振，以为本来就不太好的身体，会在重击之下再次病倒。结果是，一天一天挺过来，一个月一个月熬过来，一年多也就这样过来了。

诗人里尔克说："有何胜利可言？挺住就是一切。"这是我对自己说的最多的话。如果没有特别好的办法，唯一能做的就是调整自己，深呼吸，咬牙坚持，并对生活抱有希望，人生本就是处处见生机。

我总觉得，一个真正有智慧的人，即便被生活摧残，身体里仍会保持一部分孩童般的天真。就好像《黄帝内经·上古天真论》里讲到的关于人心态调节的智慧：“恬淡虚无，真气从之，精神内守，病安从来。是以志闲而少欲，心安而不惧，形劳而不倦，气从以顺，各从其欲，皆得所愿。”看似讲的是养生或者治病的方法，实际蕴含做人和看待世事的基本道理。

从某种角度上来说，世间一切，唯心最大，你想看到什么就能看到什么。没经历过什么以前，不相信这些，觉得很玄，亲身经历以后，才发觉古人智慧都藏在那一字一句地娓娓道来之中。

仔细想想，那些真正活得精彩的人，生命里无不带着一份不被现实磨平的天真。从针砭时弊却更会说情话的王小波，博学严谨却喜欢开玩笑的钱锺书，到阅历无数却时刻暖心的大儿童何炅老师，情商超高却始终保持少女心的志玲姐姐，从艺术大家丰子恺，到武林高手周伯通，皆有自己的一份天真。

天真不是幼稚，而是我们一直应该保存的东西。很多时候，那些深处谷底的人，也正是靠着内心的那一点点天真，才能在漆黑的现实里找到光亮之门，才能让自己在任何境地之下，都不致陷入绝望而放弃生活。

生活是一个复杂的剧本，但总有人不会因此改变自己的单纯。我总觉得，无论经历了多少人世沧桑，当你还会许愿的时候，表示你心里还有希望，还有某一份天真，也正是这样一种东西，让你的生命有力量、有色彩。因为相比业力，愿力的能量更为巨大。佛家讲究的“发愿”和道家讲究的“我命在我不在天”，其实都是这个道理。天真的人，懂得许愿。

很多时候，不管现实多么残酷，不管多么无力。人，至少要做出努力的样子，这样在老天想要拉你一把的时候才会觉得值得可行，才能找到你的手在哪里。我们都应该明白心之所向，身之所往，道阻且长，行则将至。

永远不要被生命中任何残酷打败，能打败你的只有你自己。人有时候要学着像不倒翁，跌倒了还能自动弹回来，稳稳地站在原地。也许你现在身处的境地让你没办法施展，周围的环境让你找不到方向，但人生不会一直糟糕下去，就算不知道什么时候结束，也要期盼。

我很喜欢太宰治在《人间失格》里说的话："在所谓的人世间摸爬滚打至今，我唯 愿意视为真理的，就是有这一句话，一切都会过去的。"是的，人生的最低谷，过去了就会好了。

愿你历经沧桑，内心安然无恙

我们总说，越长越孤单，越成熟越不安。但我们时常忘了，从出生那刻起的初心，活着这回事，本来如此单纯。

我很喜欢丰子恺，他的散文读起来平易纯朴，宽仁隽永，还时常带着点童真，每次心情不好的时候，随便拿来一篇看看，总能在他那些日常平和又包含人生哲理的小事中，体会到生活的本意。

就像他说的，因为有心，哪怕是一盆水仙，也照样能让你看到生机。深以为然，我是特别喜欢花草的人，总觉得那些绿色里充满了生命的希望。家里出事儿以后，心情低落，家中的氛围也一直不好，每每开门进屋都似乎被一股负能量笼罩。

于是我去花市买了几盆植物，其中有一颗是琴叶榕。很多人说这是南方的植物，在北方不好养，可我偏偏喜欢它的样子。琵琶状的叶子骄傲地向上扬起，一起摆出一副欣欣向荣的姿态。

买回家以后，它似乎很萎靡，仅有的几片叶子也不太丰盈，逐渐开始低头。后来把它放到屋子里阳光最好的地方，然后悉心浇水、施肥，有天忽然长出嫩绿色的叶苞，低下的枝叶也渐渐恢复上扬，那一天，欣喜若狂有种旧疾得以痊愈的愉悦。

再后来它已经快长得和我一样高了，把一株小苗养大，看它茁壮成长的成就感一点都不比任何其他的成功小，每每看到这株琴叶榕，就又觉得家里充满了生机。越是心情不好的时候，越是愿意去买花，看到它们生机盎然的样子，就好像自己的人生也充满了希望。人间事很多亦如花草，只要生机不灭，即使重遭天灾人祸，暂被阻抑，终有抬头的日子。

当我被现实世界的复杂搞得筋疲力尽的时候，看看丰子恺的文章，会明白他说的“不要因为世界太复杂，而背叛了你的单纯”。若你也在成长的过程中迷茫无助、找不到意义，读读他的文章，你会明白他说的“你若爱，生活哪里都是爱”。

每年做年终总结的时候，除了列数一年的得失，更刻意去规避年心态的变化，或者说得直白点，是妥协。似乎越长大越变成了我们从前最讨厌的那种人。曾经嗤之以鼻的心态，忽然就从自己的头脑缝隙中冒了出来，这到底算不算是一种悲哀？

年轻时候，自己的状态特别像《追梦赤子心》里唱的那样：“用力活着用力爱哪怕肝脑涂地，不求任何人满意只要对得起自己，关于理想我从来没选择放弃，即使在灰头土脸的日子里。”

25岁以后的时光过得特别特别快，最明显的是身体素质的下降。好像25岁以前，无论怎么折腾、怎么熬夜、怎么疲惫，只要好好睡上一觉，第二天还能容光焕发，满满胶原蛋白，少女气十足。于是觉得自己好像进入了中年不得不服老的时期。

从来不喜欢把年龄设限，但仍清楚知道，为什么那么多人会以某些年龄作为节点。人的自然变化，是自己能清清楚楚感觉得到，却又很难向他人言说的东西。跨过这道年龄的坎儿以后，第一个掉队的是身体。紧接着是心气儿，而这也是最可怕、最无奈的地方。

夏目漱石说：“人生二十而知有生的利益，二十五而知有明之处必有暗，至于三十的今日，更知明多之处暗亦多，欢浓之时愁亦重。”

三十岁以后，我常常陷入自我纠结的迷茫中，有种即将人到中年的不安定感。一方面还舍不得二十几岁那个既天真又热血的自己，一方面又有点惧怕那个必须要成熟起来，扛起全家重担的未来。

心态和丰子恺在《秋》这篇文章里提到的一样。他把自己三十岁之后的心境比喻成秋天。他说，三十岁时人会有更多的对生死的感悟。“就好像在饮冰挥扇的夏日，不能体会围炉拥衾的冬夜的滋味。你必须得等入了秋，身穿单衣打过寒战，手摸过法兰绒的衣服感觉到舒适的时候，才真的能体会冬的滋味。”之于我的三十岁经历，真的分外贴切。

三十岁，因为生活的磨砺，不得不面对人生的各种悲欢离合，荆棘坎坷。好像在盘山路上行车，一路爬坡完全没发觉前方的急转弯，稍不留神就会被惯性的力量带跑偏，然后连人带车摔下山谷，时常感觉惊险又疲惫。

支撑自己一直坚持的，是心底的某种信念，是那个在很小的时候就播下种子，然后默默生根发芽，直到长大却连自己都不曾发觉的东西。或者说通俗来讲，曾被“向前跑迎着冷眼和嘲笑，生命的广阔不历经磨难怎能感到，命运它无法让我们跪地求饶，就算鲜血洒满了怀抱”这种热血歌词洗脑过的人，很难失落一颗赤子之心。

我很庆幸，自己一直都有。

周国平老师曾说：“喜欢谈论痛苦的往往是不知愁滋味的少年，而饱尝人间苦难的老年贝多芬却唱起了欢乐颂。” 对此深有体会，人只有经历过一些世事沧桑，才能发觉自己平时并未注意的生活细节，甚至是生活的真谛。

越来越发觉，内心真正葆有纯真的人往往历经沧桑，很多看起来不谙世事、恬淡优雅的人，其背后可能都有一段疾风劲舞不可回旋的往事。喜欢高谈阔论自己人生沉浮的人，通常并未经历太多的磨难，而那些真正有人生阅历的智者，往往是在一群人中，笑看他人侃侃而谈而自己却沉默淡然的人。

我最喜欢的词人是苏东坡，最喜欢他的一首词是《定风波 · 莫听穿林打叶声》。小时觉得这首词写得特美特有意境，放在作文里显得很高级，也欣赏他“一蓑烟雨任平生”的洒脱。长大以后仔细再一品，发现其中有“看淡世事沧桑，内心安然无恙”的妙境，也和自己成长后的心态不谋而合。

“料峭春风吹酒醒，微冷，山头斜照却相迎。回首向来萧瑟处，归去，也无风雨也无晴。”苏轼当年19岁中了进士，正值春风得意之时，却遭到了一连串的人生打击，一生颠沛困顿，却依然可以有怡然自得的心态。在经历过人生磨难之后，仍能保有一颗赤子之心，在体会生活的各种艰难不易之后，仍能胸怀坦荡超然面对，这是我最喜欢他的地方。

有人说，“心有东坡词，人生无难题”“人生缘何不快乐，只因未读苏东坡”。你经历过的困顿，他都经历过，你体验过的世事人情，他都体验过。但再多的风雨，在他的笔下，都变成了一片晴空，别有深意。宠辱不惊，去留无意，我想这便是我们最该学习的人生境界。

你能盛下多少悲伤，就能输出多少力量。人活一世，要学会自我调节，享受生活。所以，我还是会因为一餐美食而心情大好，还是会在崩溃之前给自己一段旅行，哪怕只是在山里放空几天，还是会因为某天阳光洒在脸庞上而拥有简单的喜悦，还是愿意相信，任何一段经历终会不负期待，只要内心拥有光芒，就能穿越黑暗，直抵远方。

每个人的人生经历各不相同，每个人拿到的生命考卷亦有差别，无论你正在经历何种坎坷浮沉，即便历经沧桑，“看淡世事沧桑，内心安然无恙”是种极为难得的能力和境界。

愿我们，都能如此。

第二章

唯有孤独，恒常如新

生命中曾经有过的所有灿烂，
终究都需要用寂寞来偿还。
人生这场孤单的战役，
我们总要硬着头皮打下去，
能坚持到最后的就是胜者。

——马尔克斯《百年孤独》

人只有驾驭孤独，才能获得自由

我曾一直以为，孤独是离我很远的事儿。

几年前的我算是社交型人格，日日流连辗转于朋友的聚会间，时而下午茶，时而看电影，时而小坐瞎侃一气，竟也觉得每天忙忙碌碌，生活无比充实。记得那会儿好像很流行御宅族，而我就是相反的那种，完全没办法连续在家宅三天。两天不出门就浑身不自在，几天不和朋友联络，就觉得自己与世隔绝特没安全感。

后来老公生病，我的生活被迫变成医院和家的两点一线。

每天陪他，于是很少有机会能出去“社交”，少有自由支配的时间，也越来越少参与朋友聚会。一开始很不适应，觉得每天的生活像修图软件里仿制图章一样，在日历上挨个盖下去，撕掉今天也完全可以知道明天长什么样子。所谓一成不变的了无生机便是如此，人生像被按下了暂停键，忽然不动了。如果不看一下手机屏保，甚至根本不知道现在是几点或者星期几。时常暗自神伤，倍感孤独，又深知朋友们都有自己的生活，没有人可以撇家舍业一直陪你。所谓灵魂取暖，只能靠自己。

为了排解孤单，我给自己找了很多事情做。如今回想起来，对我影响最大最深的事儿，就是读书。

回首自观，那些在医院陪床最最寂寞难耐的时刻，那些日日往复毫无生机的日子，后来之所以不觉得辛苦难熬，有一大部分原因要归结为阅读这项重新被拾起的久违的爱好。

从小喜欢看书，是各大书店的常客，学生时代经常在书店或者书吧里泡一天不出来，沉醉其中还觉得时间飞快。长大以后，也许是因为被生活琐事和成年人必须面对的各种“正事儿”所耽搁，除了碎片化地读一些小说之外，几乎很少有大块安静、独立的时间，去看点喜欢的东西，或者去思考一些深刻的文字。印象里，在老公患癌之前，好像很久没有认认真真地读过一本书了。没想到后来因祸得福，因为身在医院不方便外出走动，手机信号差又刷不出什么新鲜事儿，于是读书便成了最好的选择。

再后来发现，此前的焦躁略显幼稚。因为所有的孤单时光，都可以自我消解。

晚上回到出租房，一个人的时候，如果觉得无聊，就打开平板电脑，选一部惦记了很久却一直没时间看的经典老片，跟着剧情起起伏伏哭哭笑笑，好像自己的生活也没那么悲惨了。

读书读到喜欢的地方，就动笔抄写下来，哪怕没多大意义，就权当练字也是好的。看到感人的片段，就发条状态作为记录。时间长了，会写一些书评、影评，加上个人感受的抒发，慢慢地似乎找到了一条不错的自我排遣寂寞忧愁的道路。

在每个孤独无助的深夜中，在现实颠沛流离的暗夜里，灵魂却因为文字变得鲜活而富有生机，这未尝不是一种因祸得福。

以前什么事儿都是和老公两个人一起做，凡事有人探讨，凡事有人陪伴。但是现在，大部分的事情只能一个人去做，即便不情愿也必须默默习惯。还记得之前在网上看到，有人列过一个孤独等级表格，从一个人去超市，到一个人看电影，到一个人吃火锅，最后到一个人搬家，一个人做手术。对照了一下，好像差不多都尝试过了，虽然没有一个人做过手术，但一个人北上求医看病的境遇也该差不多。其中的每一项，对我而言都是一次历练，从最开始恐惧和不适应，到越来越习惯越来越从容。

很多时候，人的底线都是被一次次的生活磨砺试探出来的，最后你会发觉，根本没那么多接受不了或者做不到，甚至到了最后，你会享受这个过程。而这种“被逼迫”的孤单，反而促成人的另一种成长。

就像马尔克斯在《百年孤独》里说的：“生命中曾经有过的所有灿烂，终究都需要用寂寞来偿还。我们人生中的大部分时候也都是一个人独自前行，人生这场孤单的战役，我们总要硬着头皮打下去，能坚持到最后的就是胜者。”

有趣的是，当你真正试着享受一个人的生活，投入进去，你会发现这一点儿都不痛苦，一点儿也不为难。独处的时光，变成让灵魂得以清净和升华的奖赏。

就我个人经验而言，无聊的时候，就去跑跑步。焦虑的时候，可以拿起画笔画一会儿油画。任何事情，一旦钻研进去，就发现时间过得很快，看到亲手完成的作品，亦很有成就感。或者还可以买一套巨幅拼图，在零星琐碎之间锻炼自己的耐心和耐力，让自己重新找到从容的感觉。心情特别不好的时候，就给自己买一束花，挑选修剪，美美地插在花瓶里，会在瞬间感到生命的活力和喜悦。沉闷的时候多养几盆绿植，在浇水、施肥中体验生命的乐趣，每每看到枝叶冒出新芽，都不由得心生欢喜。这些实实在在的生活感受，让人一点都不觉得孤独。

我是这样做的，也正借由这样的方式渐渐找到自己的生活节奏，即便一整天不和人交流，都不会有孤单无助的痛苦感。在这段时光里，读了一百多本书，看了无数部电影，好像一下把近十年来落下的东西疯狂补回来了一样。看得越多，就越发上瘾。起初只是在无聊的时刻，利用读书打发时间。到后来争分夺秒，关掉手机、拒绝约会，也要为独处争取时间。

可以在各种意想不到的文字里获得心灵的慰藉，即便生活残酷暴烈，心中依然可以有天光云影。那种走进书中情节，旁若无人也可以傻傻笑出来的幸福感，是很难用言语来表达的。心理学家米哈里把这种感觉定义为“心流”，说的是一个人完全沉浸在某种活动中，无视其他事物的存在的状态，而这种状态能给人带来莫大的喜悦。

他在畅销书《心流》里写道：“在困难和威胁几乎使我们陷于瘫痪时，我们必须找到投注精神能量的新方向，一个不会受到外来力量影响的方向，以便肯定自己的控制力。即使所有希望都破灭了，我们还是得寻找一个有意义的目标，围绕着它重新整顿自我。那么，纵然在客观环境里沦为奴隶，主观上仍然保持自由，最不堪的情境也能转变成心流经验。”

我想，人最幸福的事之一，也许就是能在孤独的时间里，找到一种自在的状态并沉醉其中，这种感觉只可意会不可言传。

面对打击时，有人选择自怨自艾、一蹶不振，也有人选择咬紧牙关、触底反弹。就好像有人在牢房里亦能找到乐趣，有人繁花锦簇依然觉得不快乐。我很庆幸，自己找到了这个方向，在无助的时刻，不必一定和朋友微信诉苦，或者见面聊天。翻开一本书，里面自有答案。它会帮助你找到和自己对话的方式，帮助你重新建立内心的秩序。

这是一种很神奇的感觉。因为有了更多的经历，因为有了孤单做伴，有了某一种独自一人的时候才会有的体悟，所以看到同一本书也会有不同的感觉。以前看不懂的名著，忽然懂了它流传世间的道理；以前看不进去的文字，忽然发现的确深刻而有意义；以前觉得鸡汤的内容，现在觉得也许是作者的肺腑之言。

看似很孤独的生活，自己却越来越感到充实。我总在想，如果没有这一次的被迫孤单，可能自己永远不会发现，一个人的精神生活也可以如此富足。习惯一个人以后，忽然发现时间变得更加充足和自由了。想做什么就做什么，不用过多地考虑别人的时间，不用过多迁就别人的感受，少了几分打扰，多了几分自主，似乎生活比以前更自由、更有效率。一次不情愿的孤独经历，反而让人找到了内心的倾注点。生活的圈子看似变小，精神世界的半径却大了好几圈。

我想，所谓的孤独让人更加自由，也许就是这样的感觉。

独自攀登，然后再与他们在高处相逢

曾有读者给我留言诉说自己的苦恼。讲到自己马上要出国了，很舍不得国内的朋友，因为听很多人说出国的人，读完大学再回来，很可能和曾经的朋友渐行渐远。她很珍惜学生时代的友情，也担心自己在国外孤独寂寞无法适应，不知是否该选择出国深造，因此犹豫不决。

我的回应是："不必杞人忧天。如果你们同样优秀，再见面一定还可以拥抱、感慨，这与是否出国毫无关系。留学可以开阔人的眼界，提升人的格局，但在国内，依然有无数优秀的人在各自的世界从容强大，毫不逊色。若是同路人，感情自然会如涓涓流水，绵延长久。若本来就是不同轨道的行者，分属于不同的阶层，那么即便失去了某个朋友也不必特别遗憾。"

芥川龙之介说过，自由和山巅上的空气相似，对弱者都是吃不消的。真正的强者从来都会在高处相逢，不管他们走的是哪一条路。所以，我们只需要认真走好自己的路，等待和更好的他们相遇就好。

我喜欢看金庸，小说里武林高手们喜欢在华山论剑，站在华山之巅的那一刻，无论你是何门何派，无论你们曾经有过什么恩怨，大多数人都可以惺惺相惜，一笑泯恩仇，最后通过武功征服对方。我猜大概是因为，凡是能够站到那里的人都明白，能够历尽千险征服自古凶险一条路的华山，已经是一种成功。只有亲自上来的人，才懂一路的曲折，大家要比的不止是武功，更有坚忍不拔的毅力、过人的勇气和努力。所有凭借自身努力登顶的人，心知肚明，能站上同一平台对话，就已足够值得尊敬。

爬过山的人都知道，登山其实在某种意义上是很私人的运动，只能一个人一步一个脚印地登上去。在不断攀爬的路上，可能有风雨，可能有人潮，有时上气不接下气，身心俱疲，恨不得退回山脚下。也许路上有人可以拽你一把、推你一下，但如果你自己不用膝盖，不屏气凝神一鼓作气，是绝对上不去的。

而且，大部分时候，在攀登的路上只有自己一个人。起初从山脚下一起结伴而行的朋友，有的走得快，有的走得慢，有的中途放弃下山，有的在途中休息。人总是没办法互相等待的，最多只能在半路中相遇时，互相打个招呼，互相鼓个劲儿加把油，然后转身，咬紧牙关独自攀爬，丢下一句“坚持一下，在前面等你哦”。

觉得每次登山都是对自己意志的一次挑战，呼吸困难、心脏快速猛跳的时候，心里想着再也不爬山了，一路艰辛实在是种自我折磨，然而如果能坚持爬到山顶，便瞬间会把之前的痛苦全部抛在脑后，被眼前“一览众山小”的那种辽阔高远所吸引，享受着内心升腾起的那种自我征服感。

我们都知道，那种站在山顶大口呼吸的感觉太好了，好到让人可以瞬间释怀来时的所有艰辛和抱怨。也只有亲自征服一座山，才可以在见到其他人时云淡风轻地说：“哦，原来你也在这里”。

年轻的时候便是攀登的最好时机。不要在该努力向上爬的时候，不屑地说山上没有什么了不起，也不必在未经历风雨之前就自我打击把前路阻断，更不要为了别人或者某些不确定的因素放弃前进的脚步。正如《东邪西毒》里面说的：“每个人都要经过这个阶段，看见一座山，想要知道山后面是什么，可能翻过这座山，你会发现没什么特别。”但想得到你要的答案，你必须亲自去翻山，然后才有回过头来笑笑说“不过如此”的资格。

去往高处的路上，你会倍感孤独。因为在更高处，人通常会越来越少。而一路向上的过程，也是人生的筛选过程，犹如大浪淘沙，把同一层次的人聚集在不同的山坡，越往上，空气越稀薄，人越少，成就感却越强。

你有没有发现，小时候和长大以后的区别是，那些曾经和你一起吃饭、一起放学甚至一起上厕所的连体婴儿般的朋友都不见了，很多事儿我们只能自己去做，也更愿意自己去做。也许是因为道路不同，速度不同，方向不同，无论你选择哪一条路，没人能一直陪着你。努力向上的时候，也没必要拉着拽着谁。一个人，反而走得最快。

有时候，前进的道路就好像跑马拉松，起跑的时候通常都是乌泱泱一大堆人，看不出谁前谁后，但几公里过后可能就会看到距离，再过一段时间，每个人就变成一个独立的光点在路线上前行。唯有自我坚持，凭借意志力才能最终到达终点。

越长大，越孤单，这并非是坏事，而且很多时候反而是我们主动选择了孤单。因为更明白独处的意义，更懂得时间的珍贵，更珍惜一个人的效率。

每一个下定决心撸起袖子干的时刻，发生在清晨或是深夜，那些自我对话的时候，是自己最清醒的时刻。很多顿悟、很多改变人生的决定，也通常是你自己一个人的时候才想清楚的。

我想，大千世界，每个人走的路不同，但终究会在一个点相逢，那就是顶点。只不过，有人从南坡上，有人从西坡上，优秀的人总会在山顶会和，随性畅谈激昂感慨，然后挥手告别，相约去征服下一个山峰。而我们整个人生里的一切旅程，都如同上山途中，自下而上，越向上越困难。能交流的人越稀少，能看到的世界却越广阔。

在更高的地方，有俯瞰的喜悦，有征服的舒爽。当你终于站定，直起腰身，向远处眺望，那些曾经困扰你的扑朔迷离的来路，会突然清晰起来。当你看清全貌的时候，也会想清楚更多事情。

所以，回归现实生活中，该学习就去学习，为你的托福、雅思或者考研苦学几个月。该进修就去进修，无论是画画还是摄影，不管是会计还是金融，为你的职场加分，刻不容缓。想减肥健身，就给自己制定一次魔鬼计划，而不是去一次健身房就发一次朋友圈然后就销声匿迹。全职妈妈想回到职场，就从手边的事儿做起，哪怕再从基层做起，相信也一定可以在自己的职位实现职业梦想。就算是在家做兼职自由撰稿人、分析师、审计师、漫画家、摄影师，也都能开创自己的一片天空。

最重要是有没有决心、敢不敢去尝试。机会从来不会青睐那些墨守成规的人。你只有上了路，你的人生才会有无限可能。人有时候就像吸铁石，只有自身有了价值，有了磁场，才会吸引更多的人到你的周围。所谓的圈子、人脉资源，很多时候都是你能力的衍生品。

你有没有发现，参加大型聚会的时候，有些人就像有磁铁一样，自己走在一起互相吸引。而有些人，无论如何讨好都很难走近。其实，刻意结交人脉是没用的，只有在同一高度的人才有对话的资格，才会碰撞出更多思想的火花，也更能在各自的角度看到彼此，既不需要仰视也不需要俯视，既不需要等待也不需要盲从，就在刚刚好的时间和地点相遇而已。相反，有的人微信加了无数牛人大佬，整天炫耀自己朋友圈高大上，但等到自己遇到事儿，需要帮助的时候，却一个对话框都不敢点开，无非是因为没有和别人对话的底气。

真正强大的人不会把时间浪费在取悦别人或者左顾右盼上，他们会专心修炼内功，等强者自动靠近。

《欢乐颂》里说，“常与同好争高下”。大多数人，只喜欢和自己同一水平线上的人做朋友甚至是做敌人。让百万富翁去教拾荒者成功秘诀是不现实的，让一个老板和底层员工讨论时间管理也没多大意义，每个圈层都有自己的对话方式。而我们要做的，是沉下心来，奋力攀登。

永远不要害怕改变，想要提升自己，首先要做的就是跳出舒适区，不必瞻前顾后，不必过分担忧，真正的同好永远在路上。

有时候，我们总要学会逼自己一下，才会发现努力取得成绩的自豪感多么令人愉悦，才会明白高处的空气多么清新，才会懂得在更高处与更优秀的人相逢有多么的幸运。

哪有什么感同身受，人生注定要独自前行

很多时候，我并不喜欢感同身受这个词儿，总觉得它像一个永远不会成立的假设，出发点是好的，终点却始终难以到达。

老公患肿瘤在医院化疗，朋友们初闻噩耗都极度关心，安慰同情蜂拥而至，起初不断重复相同的话给不同朋友，后来发觉疗愈的功效微乎其微。尽管大家极尽耐心，小心翼翼地去安置他们的同理心，但事实上并没有人可以真的理解我的那种无助痛苦和焦虑。

大部分时候，朋友能给的只有一时的关心和紧急时的帮助，然后又会转身投入到自己忙碌的生活和工作中。所谓成长，也许就是明白，没有人有义务承担你的痛苦，日子永远是自己的，一切困难也必须自己独自承受。人总要学会自我承担与消化，然后自己去寻求解决的办法，亲自去化解一切难题。世界上没有过不去的坎儿，只有自己才是自己坚不可摧的后盾。

后来发觉，真正的成熟也许应该是一种毫不声张的寂静，不管你有多少烦心事儿，不管你有多少委屈痛苦，不必四处诉说，不必反复咀嚼，没必要见人就哭诉自己的遭遇，掀开自己的伤口。因为别人不会真的明白那有多痛，反而让暴露后的它们变得更难愈合。不如让自己坚强起来，刚强地走过这一段路。

你失恋后痛苦不堪，朋友也许会安慰你，无非是失去了个根本配不上你的人，不要也罢。朋友可以陪你狂欢买醉，一起发泄人生的不满，但没有人能真正理解你的心路历程，懂你为何伤心。因为没人知道你们之间到底经历了什么。说得多了，反而变成了大家眼中无法从情伤中走出来的弱者，热闹场合中降低气压格格不入的人。

你喜欢一个明星，竭力推荐给好朋友。很可惜，在审美喜好这方面你们的选择完全不同，任凭你如何兴高采烈地描述点缀，对方都无动于衷，顶多是敷衍两句，说“有空就去看看”，有时候不耐烦了，可能还会抱怨两句“能不能不要老说他了呀”。后来你明白，喜欢一本书、一部电影、一个人，都是最不适合分享的事。各人有各人的情感共鸣器，没有一条规则可以把所有人的感官聚拢到一起。

之前看到一句话说得很犀利，“把喜欢的东西分享给不懂的人，是一种自取其辱式的孤独”。的确如此，很多时候无论多么喜欢一样东西，终究都是自己的一腔热情，对他人来说无关紧要。喜欢如此，悲伤亦如此。

后来我们终于明白，很多事情并不适合拿出来分享，很多痛苦并没必要让大家一起感受。对一个人来说天大的事儿，可能还不及别人的普通日常重要。没人会真正在意谁过得不好，或者换句话说，没人会长时间为他人的处境考虑。

人生已经如此艰难，我们常常自顾不暇，哪还有那么多精力去牵挂别人的不顺意。所有的困难、悲伤，最终都要靠自己去应对。时时挂在嘴边，刚开始可能会博人同情，时间久了，不过变成了别人眼中喜欢抱怨的祥林嫂罢了。强者从来都是打掉牙往肚子里吞，哪怕后背被炸得血肉模糊，也要给观众一个意气风发的正面。

向别人哭诉再多，也没人能真的替你走剩下的路，把事情讲得再具体，把感受讲得再惟妙惟肖，依然没有人可以代替你去经历。既然没有人可以对你的痛真正感同身受，又何必把痛苦掏出来像奖状一样到处张贴呢。不如自己默默消化，然后学习做个内心强大的普通人。

没有人能一直关注你的悲痛，就好像没有人真的在意你过得多好。感同身受的对象无论是喜悦或是忧愁，都往往差了点分寸，而感情的事常常是差之毫厘谬以千里。我说升职特别开心、工资翻了几倍，你说真替你高兴啊，可是也许你并不能真的笑出来，因为自己还有房贷重压不知道如何解决。朋友刷屏秀恩爱时，想想你到底是真心为她感到高兴，还是觉得有些不耐烦？

除了亲人和三两知己，无论你是痛苦还是欢乐，对于别人来说只是过眼云烟，很多人可以和你共鸣一下子，却永远不可能真的感同身受，变成你。

大多数人，不是嫌你的痛苦太麻烦，就是嫌你的欢笑太耀眼。糖不吃在自己嘴里，无论别人怎样描述，都想象不出到底是哪一种甜；针不扎在自己身上，无论别人怎么龇牙咧嘴，都感受不到到底有多疼。

辛夷坞在《山月不知心底事》里说："世界上没有什么感同身受，你觉得自己心肝都被撕得血淋淋的，肠子都被绞断了。其实别人一丁点都体会不到，别人看你表情恐怖，同情一会儿，接着该舒服还得舒服，该高兴还得高兴。因为你是你、我是我、他是他。我们的心，我们的肉长在各人自己身上，酸甜苦辣，自己尝的味道只有自己明白，别把希望寄托在别人身上，别要求别人懂你的感受，叫得再大声也是白费工夫。"

更何况，很多时候，在不了解事实真相的情况下，强行共鸣反而让人觉得假惺惺、不舒服。当你郁闷无助时，你可以去找朋友倾诉，去想办法让自己分散精力，但永远记住，这些只是你发泄情绪的方式，不应该成为你解决问题的方法。

我特别喜欢的作者王欣说：“人生这一程，即使身边有好友亲朋，知己伴侣，对于信仰或成功的追求，一路上都只有自己做伴，熬过孤独寂寞的长夜，踩着自我怀疑、反复绝望的心情，一步步，才能走到云开月明的一天。”我所理解的生活也大抵如此。

大部分时候，感同身受这四个字只是一句美好的客气话。世界从来没有两片相同的树叶，刀没刺在别人的胸口，别人永远无法想象那种疼。没人可以真的完全理解你，从你的角度去思考问题。但这不关乎道义或者情感，不过是人性的自然选择而已。与其在不能被理解的痛苦中煎熬，不如自我消化慢慢强大。

人生来就孤独，不要把情感寄托在别人身上，人总要坚强地一路走下去，才可能披荆斩棘，柳暗花明。人生本是场孤单旅行，就看你有没有能力走到最后。

平日越热闹，独处越重要

年轻的时候觉得生活应该是成群结队的热闹，长大以后才明白生活应该是独处的自在和逍遥。

最近几年，我常迷恋一个人待着的状态。有时朋友打电话约饭，我拒绝，却说不出特别的理由。久了，有人说我高冷。其实说来冤枉，只不过是我越来越享受独处罢了。

我们也许都曾有过这样的经历：心情不好或者纠结彷徨时，很想找朋友聊聊，可是当这个人真的在你面前时，你们的谈话却像两条各自延展的曲线，尽管努力地接近彼此，但始终很难找到交点。就像理查德·耶茨在《十一种孤独》里写的那样："所谓的孤独，就是你面对的那个人，他的情绪和你的情绪，不在同一个频率。"

一个表面敷衍着，笑着想着自己的心事，另一个装作投机的样子不断自说自话。每个人都想要发泄，却没有多少人真的喜欢倾听。有时候一耗就是一下午，所谓的下午茶时间也许只是找个人出来，各自演了一幕独角戏而已。

如果没有一拍即合的畅快，或是不动声色的默契，那么大部分时候所谓的社交更像一种尬聊，一群人聚会，更多的是找不到重心的时间消耗。在众人的喧哗之中，我们心知肚明这种感觉并不好，于是特别想停下来，想赶紧回家，享受一个人的时间。

就像梭罗说的那样："多数情况下，我们外出，到人们中间去时，比待在自己的屋子里更为孤独。"所以再下一次，索性就不去了。因为明白，向任何人倾诉都不比与自我对话来得更彻底、更舒服，每个人都有自己的生活，读懂自己比表达自己更重要。

越长大，就越常有陈奕迅的《孤独患者》里唱的那种感觉："欢笑声，欢呼声，炒热气氛，心却很冷。"以前觉得矫情，现在觉得写实。年少的时候也曾和朋友夜夜笙歌，推杯换盏以茶代酒，肆意摇摆青春的尾巴，觉得生活就应该充实热闹。最近两年，许是自己老了，也或许受够了放肆消耗之后的空虚抽离感，开始越来越厌倦这样的生活，享受一个人的安静。并非不再喜欢朋友之间的聚会，更不是生性孤僻。只是，相对喧嚣与热闹，更愿意享受独处和思考。并且随时间的推移而越陷越深，随着自我认知越来越充分而越发的沉醉其中。

平日越热闹，独处越重要。生活越慌乱，独处越困难。

我想，人成熟的标志也许就是学会享受独处。独处并非孤独，更不是别人眼中的凄凉，独处不是简单的姿态，更多的是一种心境的回归。我最认同心理学家Kosh给独处的定义："在特定的时间空间内，与别人没有直接来往时，开放、自在、觉悟的心态。"独处有时并非一种客观的物理状态，在我看来更像是一种破除外界屏障的心理状态。独处的意义也在于开放觉悟和自在，绝对不是孤单寂寞冷、负能量爆棚的一人蜗居。

我们从小便在寻找这种感觉，处处挖掘存在感，时时需要安全感，后来才发觉从焦虑聒噪到平和自处，每个人只是在不断寻找心智成熟的路。

很多人看了网上热门的孤独等级对照表，觉得无法接受，但很多人却甘之如饴。有时候我们选择一个人去做一些事，并不是因为没有朋友陪伴，而是更遵从自己内心的喜好，更喜欢自我对话、自我选择、自我了解的过程。

最生活化的例子可能是女孩儿们逛街。小时候我们都喜欢结伴而行，几个人一起逛商店看衣服，陪这个去这家店看一眼，陪那个去那家店看一眼。如果穿衣风格、审美喜好不同，那么最常见的情况就是一个人在那儿匆忙地挑选，一个人在那儿无所事事地转圈。逛了一整天，很多人却根本没买到自己喜欢的东西。后来长大了，或许因为相约变得没那么容易，我们开始习惯一个人逛街，每次直奔主题，遇到心仪的就驻足尝试，不必担心陪你来的小伙伴多么无聊和着急。后来发现，自己逛的时候，买东西竟然最快、最好。

阿兰·德波顿在《旅行的艺术》里说："人类不快乐的唯一原因，是不知道如何安静地待在自己的房间里。"那么成长，从某种程度上来说，就是在几平方米的空间里自得其乐的过程。

我们可以在忙碌了一天以后晚上回家做半小时冥想，回顾一天的经历，自我总结反思。也可以在快节奏生活中抽空儿给自己放两个小时假，享受一个人的下午茶，吃着甜点，看看书，让自己沉静下来。我们可以在清晨来一段晨跑，在微风中，在身体逐渐温热中，体会运动的力量，让自己更清醒。甚至时间再长些，还可以给自己安排一场一个人的说走就走的旅行，在身形之动中体会内心之静。

喧闹的聚会，热烈的白日欢歌过后，一定要给自己准备一定的空白时间，才能真的调整好之后的节奏。所以很多人才特别享受火车上或者飞机上的独处时间。大导演李安常常有工作在纽约，但是他住的地方离工作的地方很远，每天要搭乘两个小时的火车才能到达。有人就问他，为什么不搬到近一点的地方住。他回答：“每天通勤两三个小时，对我来说，是生活中极其重要的片段。”我也想，也正是火车上的那段独处时光，给了他难得的安静思考的空间。

事实上，当我们真的找到自己的节奏，会发现从独处中得到的内心喜悦，从来不会比从众人热闹中得到的少。那些把日子过得更从容淡定的人，更能体会独处的乐趣。

人在成长的过程中，需要伴随不断的自我了解和自我认知。从一开始亦步亦趋地学习，到后来独立思考走进自己的灵魂深处，独处是最必不可少的环节。就像周国平曾经比喻说：“世界是我的食物，人只用少量的时间进食，大部分时间在消化，独处就是我消化世界的过程。”

当你遇到让你心情不好的事儿，想要到处倾诉、到处发泄，可之后你会发现吐槽和吵闹过后，内心仍然荒芜，换来的不过是人多时的狂欢和人后的更加孤单。

相反的，一个人安静地待着的时候，更容易想明白一些道理。你会发现，其实对于某些决定你并非需要别人的意见，你会发现对于某些事情，你内心深处早就有了答案。

我喜欢在一个人的时候想事情，把自己放在一个真空屏障里，当真正走进自己内心深处的时候，你会发现外界的一切都打扰不到你。所谓遇见未知的自己，大概都是在独处的过程中完成的。

人从来都是越长大，活得越孤独。而这种孤独并非贬义或坏事，反而是自己主动选择的结果。刚开始不由自主地拒绝别人的邀请，一开始很不习惯，后来看了很多书，明白了这种感觉原来叫作“建设性独处”，是个体主动选择独处状态，具有较高的自主性。最关键的是，在这种建设性独处中，个体有更多的积极体验，包括加深自我了解、提升自我恢复和创造力等。所以，这种独处和孤僻是完全不同的。

我想，喜欢一个人待着，不是高冷，不是孤傲，更不是对生活没了感觉；只不过是更认清自己，更爱惜自己的时间而已。因为我发现，我头脑最清晰的时刻，是独处的时刻；做得最果断正确的决定，是一个人沉下心来摒弃杂念后的结果；写得最好的文字，是一个人安静不被打扰时思如泉涌的作品。相比人声鼎沸，宁静中的独处更能让人辨识自我。很多重要的东西是没办法在众人的探讨中得到的，而必须经由一个人苦苦研磨和安静思考。

一直觉得，人只有真正驾驭孤独，才能真正获得自由。以前曾以为走向远方交更多朋友，拥有很多人所谓的高频社交，人生就会充实而不孤独。后来发现恰恰相反，越是把生活寄托在外界的喧哗之中，越会被假象裹挟而丧失自我。真正的灵魂自由都是在独处中得到的。

徐静蕾在鲁豫的访谈里面说，自己从来没觉得一个人待着无聊过，永远有无数的事儿可以做，非常享受一个人的生活，不会无所事事，也不会感到焦虑。想来就是活得最明白的状态。

当你发现你越来越享受自己一个人的时光，当你可以毫不费力地把一个人的时间安排得满满的时候，你就离真正的自由又近了一点。

人成熟的过程，其实是学会与自我相处的过程。这个过程必然伴随着从热闹到安静，从慌张到淡定，从迷茫到自知，从有人陪伴到泰然独处。

也许正如叔本华在《人生的智慧》里所说："只有当一个人独处的时候，他才可以完全成为自己。"

有种孤独叫“习惯性讨好”

如果你是个喜欢书的人，平时爱关注各大实体书店或者网上书店的排行榜，对一本书你一定不陌生，它是《人间失格》。

这部日本作家太宰治的经典作品，近几年在国内似乎变得很流行。这本在译者心中很小众的书，为何忽然戳中了人心、获得共鸣，让众人直呼经典欲罢不能？

在我看来，有一大部分原因是，故事里的那个“我”像极了我们内心深处那个习惯讨好的小孩儿。因为终于有一本书，把现代年轻人心底那一块灰色的部分照亮，让我们发现，原来自己并非是那个奇怪的孩子，原来那些自己脑子里层出不穷的怪东西别人也曾有过，原来很多人都和自己一样，小心翼翼、脆弱又敏感地活着。

就像这本书的译者杨伟说的那样：“或许在所有现代人的心中，都或明或暗地存在着一块懦弱、孤独而又渴求着爱的荒地。”而太宰治的文字，刚好关注了现代社会中出现频次越来越高的自闭者、叛逆者、边缘人或多余人的悲剧。

故事里的主人公“我”是典型的讨好型人格，为了让别人喜欢自己，为了让别人觉得自己不是异类，刻意地扮丑搞笑。去别人家吃饭的时候，即使对方拿来的饭菜不喜欢，为了让对方高兴也会装作很喜欢吃的样子狼吞虎咽。别人想要送自己礼物，第一反应不是自己喜欢什么，而是猜测对方希望给自己买什么。

父亲以每次出差回来给兄弟姐妹带礼物为乐。有一次，出差前，父亲问“我”想要什么。“还是要书吗？浅草的商店街里，有人卖那种过年跳狮子舞用的面具呢。你不想要吗？”“我”支支吾吾没有回答，当时父亲非常失望。过后“我”非常忐忑，担心自己惹恼了父亲，后悔没有直接说出父亲想要的答案，于是特地半夜起来蹑手蹑脚地打开父亲电脑，在礼物那一栏里写上了狮子舞。但实际上，“我”对那东西一点儿兴趣都没有，只是为了迎合父亲的意思，讨他高兴而已。

这个场景让我印象深刻，原因是特别写实。回想自己，似乎也有过这样的时候。比如，当别人问我想要什么生日礼物的时候，我的第一反应不是自己真心喜欢的东西，而是先猜猜对方想送什么，然后再做回答。习惯性地从对方角度想问题，也同时习惯性地隐藏自己的真实想法，为的只是营造一个让人人都舒服、人人都满意的虚假好人。

生活中有很多人也是这样。

如果你问他们：“咱们一会儿去哪儿吃饭啊？”他们会说：“我都随意啊，你决定就好。”很多人也喜欢说随意，但潜台词也许是 “我想不出来，但你一定要想出来我喜欢的那个随意”，习惯性讨好的随意，是真的希望迁就你的喜好，只要你觉得高兴，她就觉得安心。

还有些人，表面看起来朋友很多，实际内心特别孤独，表面看起来人缘很好，真正的朋友却寥寥无几。因为他们有求必应，因为永远微笑附和，别人遇到什么事儿都愿意陪、愿意迁就，哪怕牺牲自己的利益、隐藏自己的喜好。于是他们逐渐便成了那个随叫随到的老好人，变成了那个人群中看似随处可见，其实无足轻重的人。这样的生活也许看起来很热闹，但内心的孤独和敏感只有自己能体会。似乎内心深处，总有一个声音在提醒自己：眼前的热情丰盈，都是自己刻意讨好换来的虚伪假象。很多时候，自己更像一个陪衬或是围观者，自己身在其中，却根本没有被任何人关注。

2017年日本“四佳导演”的获奖影片《态度娃娃》，讲的也是一个姑娘在讨好别人的过程中迷失了一生的故事。

电影中的女主角艾利，从小就习惯了讨好别人，做那个所谓的乖乖女和懂事的孩子。小时候，同学不小心打碎了她心爱的鱼缸，她明明伤心得要死，却不敢当着同学的面表现出来，而是跟同学说：“没关系，再买一条就好了。”

为了融入朋友们的生活，她习惯性地把微笑挂在脸上，渐渐地，微笑变成了一张面具，她变成一个“假人”，为了讨好别人失去了真实的自己。更残酷的现实是，表面上看起来，始终保持微笑的她很受欢迎，但背地里，她却听到自己的朋友们在吐槽：“艾利只会笑，在与不在根本没什么不同。”她依然没有融入自己一心想要融入的集体，她依然没有被朋友重视，她的内心比以前更敏感、更孤独。

以为迎合别人就能换来别人的喜欢，实际得到的仍是轻蔑和无视。

这世界上最累的事，也许就是努力迎合别人，而丢失了真正的自我。害怕别人把自己当作异类，于是拼命想要挤进那个看似热闹却无比陌生的世界，违背着本性去假装寻找同类，害怕别人对自己失望，所以一味地满足别人的期望。这个世界上最孤独的事，是身在人群中，却没有人听到自己内心真实的声音，是身处热闹的环境，实际却格格不入，是一切的行为举止都不情不愿、不发自肺腑。

一个习惯性讨好别人的人，通常有颗敏感的心，特别容易去感受别人的情绪变化。两个人聊天儿，对方也许只是无意中回复了个“嗯”，自己便开始惴惴不安，胡思乱想，是不是自己说错了什么话而惹恼了对方。假如朋友许久未主动联络，便在某个下雨的夜晚偷偷思量，开始反省，是不是自己在无意间做错过什么事而让对方误会了。

特别在意别人对自己的评价，又不由自主地想去窥探别人对自己的评价。怕给别人添麻烦，哪怕委屈自己也很少对别人提要求。经常在群里说一些违心话，刻意迎合某些人。比如大家都在讨论一部自己觉得很俗的电影，大家都在称赞，其实你内心觉得这部电影很差劲，但嘴上却完全不敢表达自己的态度。因为怕被众人远离，所以从来不敢表达相反意见。

我很喜欢的青年作家蒋方舟，曾在一次采访里面说到自己，她说她从小就形成了讨好型人格：

“我在成年前都没有什么朋友，没有很好地习得和别人的相处方式，却渐渐习得了一种最不会犯错的、近乎“谄媚”的生存之道：总是小心翼翼，在和人交流时担心冷场，想要不断照顾别人的情绪，不会表现出任何伤害性和攻击性。”

这种讨好型人格，让她在之前的20多年里都成为一个没有情绪的人。可是现在她不想再这样了，她开始改变自己，终于学会了表达自己真实的心理，不再左右顾忌，不再假装谦卑，也开始有了“脾气”。但周围人却说，这样真实自信的她，比之前好多了。

也许是因为小时候没有得到无条件的爱，也许是没有得到足够多的褒奖，再或者只是基因里自带的脆弱和敏感。很多人，从很小的时候开始就不能自控地去做那个习惯性讨好的人，直到成年也无法摆脱那种不由自主。我们不必去深究其形成的根本原因，那是心理学家的任务。我们能做的，不过是厘清源头，向内观察，看清自己，听见自己的声音，然后做出那么一点点的改变。

也许我们的灵魂深处，都住着《人间失格》里那个习惯性讨好世界的“我”，也许我们也都曾是那个“没有脾气”的蒋方舟。但是试着问问自己，这样的你是否快乐？努力迎合世界的结果是远离了孤独，还是离孤独更近了？

我想，当我们变得真实，有脾气，敢拒绝，敢说不，愿意表达自己的真实想法，哪怕那种想法会招人讨厌的时候，我们才会获得真正的自由和快乐。

告别迎合，回归自我。毕竟，我们活着，不是为了讨好这个世界，而应该是好好取悦自己。

你能忍受更大的寂寞，就能获得更多的自由

有个姐姐和我说，她曾无数次在失眠的夜里，幻想自己老了以后的生活。

她三十五岁，还没另一半，不是不想找，只不过一直没遇到合适的。她有自己的事业，经济独立，有自己的追求和爱好，活得潇洒而有趣，无奈始终没有在茫茫人海中找到令自己心动的那个人，又不想迫于世俗的压力而去凑合，于是就变成了现在的样子。

她说，感觉照现在的日子发展下去，既不愿意去妥协而接受配不上自己的人，也不愿意去降低自己现有的生活品质而做无谓的牺牲，那么到最后，也许就会变成人群中所谓的奇葩，然后孤独终老。

听到这里，就不免感到一股人生的寂寞苍凉。姐姐的话听起来似乎带着一些悲观的意味，实际却始终透着一股坚持自我的倔强。她过得很好，我也始终相信，她的坚持与等待终将不会被辜负，当一个人独立且有光芒，一定会迎来属于自己的那份美好。

然而并不是所有人都可以做到这样。

我也知道一些姑娘，在一段感情结束后、青黄不接的时候，因为内心的寂寞和空虚随意接受了身边恰好出现的某个人，然后开始漫长的自我纠结，沉浸在对别人的不满和对自己的自怜自艾中，反反复

复，反而错过了更好的人。

我也知道有一些人，因为长期沉浸在一个人的孤独寂寞冷中，变得找不到方向或者对自己失去信心，必须借由另一个人才能找到一点慰藉，于是放弃了自己长久以来的坚持。

然而，真相有时候就是，如果你能忍受更大的寂寞，也许就能换来更大的自由。感情上如此，学业上如此，事业上亦如此。

就好像学生时代，高考或者考研，都是对人意志力的考验。只有那些经历过日日夜夜两点一线、交替行走于寝室和自习室之间的人，只有那些心无旁骛囿于封闭领地煎熬的人，才能在获知成绩的一刻，品尝到寂寞带给你自己的芬芳，才能明白什么是耐得住寂寞守得住清明。

闺蜜给我讲过她留学之前的事儿。

她所在的家乡是东北的一个小县城，在那里大家通常读个三两年书便早早步入社会，或干着一份不咸不淡却稳定的工作，或出去到大城市闯荡打拼，挣点大钱再衣锦还乡。大部分人对学习没有执念，对读什么研究生，看什么世界名著，或者寻找灵魂伴侣，更没太多兴趣。要么早点结婚生子，要么早点安稳立业，整个地区也没有几个想要出国的人。而她，却决定要去国外读研，看看更大的世界。

在准备考雅思之前，她是个连大学英语四级都没过的人。当她向周围人宣布自己要出国留学的时候，大部分人的第一反应都是，能说明白话、能考过语言考试么，“还是有点自知之明，像大家一样，在国内找个工作就得了”。然而，她心里却绷着股劲儿，梦想着有天可以站在更大的舞台上绽放光芒，虽然当时成绩不好，但总抵不过一颗拼命想要出人头地、力挽狂澜的心。

于是她开始拼命地学习，自习室、图书馆成了每天待得最多的地方，从最简单的词汇开始背，隔绝了所有热闹的聚会和无谓的社交，放假了就把自己关在自己的小书房里，一整天不出来，以期把之前落下的用最短的时间补回来。别人逛街的时候，她在学习；别人吃喝玩乐享受生活的时候，她在学习；别人睡觉的时候，她还在学习。

很多人说她变了，变得不合群了，就知道在自己的世界里钻研，仿佛外界的一切都对她没有任何意义。她说，印象最深刻的是大年三十那天，窗外灯火通明、鞭炮轰隆，而她依然把自己关在小房间里一遍又一遍地刷着剑桥真题。那时候觉得自己特别孤独，没有人能懂那种热闹中的孤寂，若非有坚定的信念，决不能坚持到底。

她说，那段时间虽然日日身处黑暗与寂寞，内心却觉得平和阳光。因为她坚信所有的孤军奋战都可以换来收获，所有的卧薪尝胆都终将有所回报。现实没有辜负她的努力，她顺利地考过雅思，申请到了国外著名大学的研究生，踏上了体验更广阔世界的征程。像这样，用一段寂寞的时光，换一场更加自由的流浪，真的特别值。

周国平说："人在寂寞中有三种状态。一是惶惶不安，茫无头绪，百事无心，一心逃出寂寞。二是渐渐习惯于寂寞，安下心来，建立起生活的调理，用读书写作或别的事务来驱逐寂寞。三是寂寞本身成为一片诗意的土壤，一种创造的奇迹，又发出关于存在、生命、自我的深邃思考和体验。"

很多时候，我们在最开始可能是第一种状态，当一个人的时候，我们找不到自己的存在，不知道该如何与自己相处。因为周围缺少声音，而显得寂静清冷，黯然神伤，甚至是焦虑到抓狂。一旦熬过了这个阶段，找到纾解寂寞的方法，无论是读书、写作，或者弹琴、画画，健身或者冥想，都让我们可以暂时放下浮躁的心，找到可以给生活提供补给的方式，汲取营养，慢慢成长。接着，如果有幸，可以进入到最后一种状态，那么我们才能真的体会寂寞带来的愉悦，从而与它为友，并与它携手走向自由。

这世界唯有真正耐得住寂寞的人，才能得到内心的平静。

真正耐得住寂寞，就是在众人观点与自己不同的时候，不盲从于别人，也不急于否定自己，而是专心凝注，心无旁骛，通过自己的思考和判断，来坚持自己的人生态度和价值取向；真正耐得住寂寞，是宠辱不惊，去留无意，不会因为外界的变动而改变自己的想法，心无杂念地保持自己的节奏，然后按照自己的规划去一步步实现自己的人生；真正耐得住寂寞，是对自己的真心有所坚持，不会见异思迁，也不会因抵挡不住外在的诱惑而犯错。

说到底，寂寞是对人内心信念的一种考验。

生而为人，必须有直面自我的勇气和享受孤独的恬静。任凭窗外人声鼎沸，仍然能守护住自己内心的缝隙；任凭周遭风云变幻，依然可以在自己的山清水秀中悠然自得。若能做到如此，才能拥有一个真正不被束缚的灵魂。

婚姻不是幸福的唯一选择

网上有条新闻让人很受触动：27岁，长相好，学历高，月入二三万的女子，被父母逼婚跳楼，留下遗书称“你们安排冥婚吧”。本应该在最好的年华享受青春的旖旎，却最终选择结束生命留下一辈子的遗憾。

究其原因，新闻里说，因为女子被父母不停催婚，而且频繁被安排相亲，每次失败就遭父母谩骂，父母一直在说“如果30岁之前女儿嫁不出去，二老就不活了”之类的话语。因为不堪父母催婚压力，女子最后选择了跳楼轻生，并在遗书中称“你们安排冥婚吧，我再也不会反抗了”。

让人深深感觉到，即便在女性权利越来越被重视的今天，在婚恋市场上，女性依然是弱势群体，精神上始终处于水深火热。新闻听起来有点荒谬，怎么人心可以如此脆弱不堪，实则却更像是现代社会女人内心焦虑根源的真实写照。

但我能理解这个女孩为什么轻生，这不是内心太脆弱，而是内心太刚强。越是敏感越是要强的女孩，越接受不了自己最亲近的人的否定和指手画脚。

可以想象这个女孩在被逼婚的过程中所遭遇的痛苦。因为我身边也有这样的例子。大部分时候这些女生都坚强独立，不管年龄如何，都在卓有成效地愉快地度过自己的每一天。她们看书写作，旅游健身，热爱生活，她们经济独立，人格健全，不卑不亢地做着自己。可是，你以为这样你的人生就没人给你添堵了么？恰恰相反，我们可以远离那些说话难听的同事，可以选择和三观不同的同学们渐行渐远，但最最逃避不了的是我们的亲人，正是他们，给我们带来了最大的压力和最深的伤害。

我们最亲近的人喜欢用孝顺懂事来做道德的缰绳，把我们绑架在至高无上的十字架上任人宰割。“不结婚就是不孝顺”“不孝有三无后为大”诸如此类的言语，每隔一段时间就冒出来，既刺耳又戳心。他们一面哭喊着“我好爱你”“我都是为你好啊”，一面给柴火堆添加木材，让好这熊熊之火燃烧得更旺盛。

说起来家长们也不容易，女孩到了适婚年龄不结婚，就好像犯了诛九族的大罪，不但自己被打入冷宫，自己的父母也要蒙受冤屈，从此在人前抬不起头来。几个老阿姨打麻将，边玩边聊：“你家闺女还没嫁出去呢啊，看看那谁家那谁，大学没毕业就找到了金龟婿，你家闺女读什么研究生有什么用啊，那么大岁数了还不是没干成正事儿。”很多人被父母的语言暴力贬低得一文不值，好像不结婚就是残次品，就是没有社会价值的废物，不给别人生孩子就丢了祖宗八代的脸。

如此，也可以理解父母天天逼婚的无奈，也许只是因为他们自己也一直是被逼迫的对象。就算父母再理解再开明，这种让人烦躁的“枕边风”成天吹来吹去，也难免让人头疼。

也许你平日的生活多姿多彩，自得其乐，可是总抵不住别人觉得你过得不好，觉得你是昔日黄花剩菜一碗。有时候你不去想，但周围的人，你的父母，你的亲戚，你的朋友同事，甚至你的闺蜜都在无形中压迫你，让你觉得整个世界的气氛都是double，而只有你一个是single的感觉。人是社会性动物，自己过得再舒坦，往往也抵挡不住身边人使劲儿吹来的丧气之风。

于是，这些本来过得很好的姑娘，不得不接受这些讯息，长年精神都像在遭受至亲至爱的人的凌迟，这种感觉的确可以把人逼入绝境。

还记得几年前春节，合家欢聚的时刻，看到某相亲网站三观不正的广告时的尴尬。

视频里，慈祥外婆变身逼婚狂魔，见到自己的孙女，先不问吃不吃得饱、过得好不好，一张嘴就是“结婚了吗？”拖着一副病入膏肓的嗓音，仿佛把自己最后的生命和希望都寄托在孙女的另一半上。另一个相亲网站的广告内容则是，一个男的面对大屏幕层出不穷的各种不同类型的单身女性开启海选模式。一个男屌丝跟皇帝翻牌子一样，在一堆姑娘的照片里来回检阅，一边挑一边念念有词：“二十出头，唇红齿白鹅蛋脸。”在这个广告里，我们好好的广大未婚女青年，就此被打上标签沦为商品，还得根据个人品相分为三六九等待价而沽。

这种感觉就好像被人灌进了碗汤药，明明苦涩难受，还得要装作理解黄连背后的苦口婆心。到底是谁给女人定义成了不结婚就毫无价值的动物，到底谁给女性的幸福自由上了这道枷锁？

李银河老师曾提出过一个议题，她认为人类的婚姻终将消亡，并给出了诸多数据作为论证的支撑，虽然极具争议，却不乏是对人类进步的一种希冀，更给那些所谓的大龄女青年们找到了宣泄的出口，给孑然一身的女性找到了比较合理的解说。

比如，20世纪80年代，美国、法国已经约有30%的人不结婚了。

截至2015年8月，16岁以上的美国人中，有50.2%是单身。2016年中国国家民政局的数据是，中国单身人口近2亿。这些趋势都表明没有伴侣的人越来越多。

究其原因，有一点不容忽视。在过去的社会里，结婚是女性唯一的经济来源，现在则完全不同。女性有了其他经济来源，很多人不需要依附婚姻去维持自己的生活。我想买包可以自己刷卡，想买口红可以自己买，想去的地方自己买机票、订酒店就可以去，我想要的东西我自己就能满足自己，那到底还有多需要一个男人呢？人越有钱，就越多选择，这是定律，女人当然也适用。女人越有钱，她就越有权利去选择到底要不要结婚。

随着女性的女权意识提升，很多女性把自己活成了一支队伍。如果自己可以拥有一切想要拥有的东西，那么她对婚姻的渴望就变成了纯粹的爱与情感的依赖，而非物质或者条件的链接。而相对满足物质需求，满足情感需要太困难了。我需要的是爱，如果你不能给我爱，那为什么我还要找一个人来拖后腿或者添烦恼呢。

婚姻也许不会真的彻底消失，但可以肯定，未来结婚的比例会大幅度减少。想到之前有闺蜜开玩笑说："如果可以单性繁殖，这世界应该都是单身的人，谁要给自己塞进围城找罪受啊。一辈子恋爱的感觉多好。"

如果摆脱了生殖、基因传递、财产等功能性的束缚之后，仔细想想，一辈子不结婚真的是大有可能的一件事儿。而且，如果你找到了人生中比繁衍后代更重要的事儿，更有价值的活法儿，其实结不结婚、生不生孩子，也真的没有那么重要。

当然，一切观念的进化都需要时间，一切社会的变革也不是一蹴而就。我们需要对抗的，也许并不是父母或者七大姑八大姨的闲言碎语。人真正的敌人，是自己的心。

外界的束缚和压力可以有很多，但内心的平和自信是自己给的。很多时候，让我们纠结焦虑的并不是别人，正是自己。因为害怕，觉得不结婚和大多数人不一样会显得很奇葩；因为缺少勇气，所以只能被世俗牵着鼻子走，而不是跟着自己的内心的喜好淡定行走。试着迈过自己心里那道坎，穿越防线，你会变得豁然开朗，会拥有更自由的灵魂。

女性真正的价值，应该是自己能不能感受到幸福，而不是别人眼里过得幸不幸福；应该是自身的独立，而不是成为任何人的依附品；应该是与世界和心灵和平共处的能力，而不仅仅是恋爱、结婚、生孩子的能力。

人生是否快乐，不在于是不是在规定时间内有没有结婚、生子，而是有没有毫无遗憾、充实地度过。我觉得，孝顺的方式有很多种，不只是靠带个男友回家吃饭就能体现。幸福的方式有很多种，不只是嫁得好、有个好归宿这么简单粗暴。

这世界的魅力就在于，随着文化进步和社会包容性提高，我们比从前有更多的选择和活法儿。结婚有结婚的活法儿，不结婚也有不结婚的活法儿。我们都不是演员，不必配合任何人表演，不必按照别人的剧本去生活，不必活成别人的影子，而是可以活成自己最爱的样子。

幸福的方式不止一种，重要的是，一定要去选自己真正想要的那一种。

因为懂得，所以勇敢

2017年1月，我陪老公在北京化疗，我爸从沈阳来北京看我们，临走前丢下两本书给我，说希望里面的文字对我有启发，一本是《心灵神医》，另一本是《宇宙的裂缝》。

那时候的我，还沉浸在生活的沉痛打击里，所有的精力都还围绕在确诊、和周遭的人们讲述遭遇、迷茫想不通、抱有幻想、沉迷于每日医院往返的忙碌与盲目之中，哪有心情体悟书中的话。匆忙之中扫了两眼书的介绍，毫不走心地随便翻了翻，便随手丢到一旁。

痛苦和磨难就像是一大碗苦涩的粥，需要一勺一勺慢慢地吃，没有人可以一口全部吞下，因为苦涩的东西需要慢慢消化。我亦需要时间开解自己。

心情波动的时候强迫自己安静下来并不容易。内心像分属两个战场的士兵，一个说着冲啊，哪怕耗尽最后一滴血也不坐以待毙，另一个则不断安抚说卧薪尝胆来年再战。经常是一边冲动地想要爆发，一边又不断压制冲动让自己回归平静。慢慢整理情绪，理解生命的本质，在无数个失眠的夜里闪现根本不需要提前编辑的台词，然后两个自己不停地对话。如果有一台摄像机可以记录脑中所有的回闪，我想，应该是激烈碰撞然后回归平静吧。

生活始终在给我们上课，乐此不疲。与学校老师不同的是，生活这位老师所教你的必须要自己真真切切亲身体验。一旦经历了些事情以后，当你再去回头看某些东西，便会迸发出新的感触。于是，半年后，我又重新拿起了这两本书。

慢慢地，释然了很多，也想通了很多。重新翻看，才感到一字一句中闪耀的智慧光芒。果然和杨绛说的一样，没有经历是读不懂书的。

《宇宙的裂缝》是一本带有哲学意味的书，对我来说，里面的很多内容还不能理解得很透彻，但亦有不少内容，让我纠结的心有所舒展。也许，当我们对死亡有真正的认识时，才可以从根本上克服对死亡的恐惧，才可以卸下身上最沉重的包袱。正如蒙田所说“教会别人死亡的人，同时也能教会人生活”。

书中说：“社会太焦躁，人心欲望太强，上天的任务就是让世俗的人们忘记生命的虚无，所以制造出光怪陆离的人间故事让人们贪恋生命，害怕死亡。然而物极必反，太沉迷对生命的追求，反而会让生命带上沉重的枷锁。”

我们害怕一样东西，是源于未知。没有人真正经历过死亡，因为经历过的人已经不在了。我们看电影，看小说，看各种故事，死亡的悲剧被渲染得让人无比绝望，我们在一片漆黑中摸索前行，想象着所有的死亡的场景和模样，然后给自己设定最恐怖的那一种。人总是在思维定式中去认识设定本身。这是人的智慧，但也是人的悲哀。

子曰：“朝闻道，夕死可矣。”说的是如果一个人了解了宇宙间的法则和道理，即使死去也无任何遗憾。这是孔圣人面对生死的观点。在我看来，如果理解了生死的意义，生死就不重要了。

我们是从小被唯物主义教育长大的一代人。很多人觉得任何时候都要以客观和科学看待事物。很多人自诩为新世纪有知识有见识的年轻人，一提到佛法道法或者玄学的东西便嗤之以鼻，觉得毫无道理不值得一提。我们从不相信什么轮回，归宿或者灵魂升华，我们只知道科学里说了，人一死就一切归零，什么都没有了。

但实际上，花有开谢，树有枯荣，冬去春来亦都是生命固有的规则。害怕也好，不害怕也好，其实都无法改变，有信仰的人更容易勇敢坚定。而所谓的信仰并非一定要你皈依某种宗教，或者变成某位神灵的虔诚信徒，而是坚定不移地去探索生命的终极意义，为自己的生命找到一个有恒久价值的目标，为生命的存在给出一个永远可以自我说服的理由，在了解生命科学的基础上，加入精神层面的解析。

在我看来，生死是一个哲学命题，而哲学又是一件非常主观的事情，不需要争论是非对错，或者用所谓的科学验证什么。关于生死的很多东西，在我看来是一种只可意会不可言传的非常主观的个人感觉，想要通过文字梳理出来，是一件非常难的事儿。于是只能借由一些很俗套的问答，去唤醒心中的某些答案，不能代表全部，只能当作深入思考的引子，提醒自己可以从这些角度去看待问题而已。

比如，尽量设身处地地去思考一下，若是自己身患绝症，在没有有效治疗方法的前提下，是“努力”到最后一步，哪怕浑身插满管子，忍受器官或者躯干的损耗，争取呼吸到最后一秒，还是理智地选择“放弃”，回到自己最熟悉最喜爱的地方，平静地接受生命的结束。

比如，我们每天都在讨论三观，却很少有人思考过，三观之于自己具体指向的是哪些东西。在思考自己的价值观之前，先想想自己的人生观，是否相信这世界有不可辩驳也不可解说的虚无存在，比如灵魂。在自己的世界里，精神作用到底可以强大到何种程度，意识是否可以改变物质，等等。

再比如，思考一下人生在世的终极意义，如果生命只剩一天，自己最想做的事儿和最遗憾的事儿是什么。如果可以自己撰写墓志铭，仅用一行字来描绘自己的一生，或者说理想中自己的形象，会选择哪些词作为自己的标签和关键词。

很多类似的问题，我们中的大多数人，一开始可能没有答案，或者不确定答案，但随着每个人经历的事情越来越多，思考的维度增大时，也许你的内心会有笃定的答案，那时便也找到了让自己的精神得以自由、灵魂得以解脱的法宝。

我想，在迷茫与困惑时，我们需要做的是静下心来，向内寻找生命的真相，和自己对话，问问自己最心底的声音。当你试着去探讨人性最本质的丑恶或者羞涩的一面，把自己掰开了揉碎了，重新塑造，就会豁然发现，一切没那么复杂。当你认清了生命的真相，懂得生死的原理，了解活着的意义以后，之前很多无谓的追求和纠结都自然地放下了，之前很多想不开的事情，也忽然都找到了答案。

《最好的告别》里说："无论父母还是子女，我们都要经历一场考验。治疗之路如何走，是认同生死，顺应生死，还是全力抵抗，永不言弃？如同一次新的竞赛，大家都没有准备好，但发令枪已经响起，生死观的测试开始了。"而所谓生死观的测试，要建立在人对生命意义的了解上，建立在关于生死这一刻之前的学分修炼上。

大多数的人，在真的面对生死考验的时候，都会把注意力转移到自己本身。再也不会想那么多"别人怎么想别人怎么看"，也不会成天去和别人的生活进行比较。周遭的一切显得不那么重要，自我的存在感便会瞬间凸显出来。

所谓的圆满的一生，不是你拥有了多少财富、获得了什么地位、长得好不好看，而是一种纯粹的自我感知。实际上就是，生的愉悦外加死的坦然。当我们想明白这些，面对那些看似绝望的事情，也许就会少一点点恐惧，多一点点淡然。当你懂得，便会勇敢。

第三章

感情让人柔软，现实让人勇敢

所谓父母，
就是不断对着背影既欣喜又悲伤，
想追回拥抱，
又不敢声张的人。

——龙应台《背影》

总是向你索取却不曾说谢谢你，
直到长大以后才懂得你不容易。
每次离开总是装作轻松的样子，
微笑着说回去吧，
转身泪湿眼底。

——筷子兄弟《父亲》

父爱无声，但我懂

冰心说：“父爱是沉默的，如果你感觉到了那就不是父爱了。”我觉得，前半句对，后半句不对。

父爱是沉默的，但我们绝对感觉得到。

我是在单亲家庭长大的孩子，但我的大家庭从没让我缺少过一点温暖和爱，没受过一点委屈。我的少女时代，算是被捧在手心长大的小公主。我很少和别人说起，别人亦很少察觉。

即便如此，我和我爸之间的感情还是要比其他父女更夸张一些，我总是倔强地觉得，生活就是我们父女相依为命。因为在这世界上，只有我懂他二十几年来，云淡风轻下的那份不容易，懂他沉默寡言背后的那份心酸。

我们很少互相表达爱和感谢，但我们彼此心里都非常清楚，我们对彼此的爱大于天地，大于生命。

新婚两个月，老公意外检查出癌症，要去北京治疗。所有人都非常崩溃。可是我爸没有说一句负面的话，而且一反平时的暴躁脾气，安静又淡定地面对，默默陪着我跑前跑后。

那时，我看到他沉默里的心疼，更看到他行动里对我的支撑。在我最无助、最痛苦的时刻，只要一想到有我爸在，就觉得天还没塌，日子还有希望。因为我知道，无论什么时候，不管发生什么，他都会在我面前，摆出从小到大的那种无所谓的表情，说一句：“啥都不用怕，有爸给你托底呢。”

我爸是典型的天蝎男，就是特别不善于表达，平时什么都不会说，却会默默对你好，把爱放到眼神和行动里的那种人。

我不善表达这点随他，很难说出“我爱你”“谢谢你”“有你真好”这类的话。所以我很感谢每年有父亲节这样一个日子，让我可以借由一些仪式感的东西去表达难以启齿的感情。

我大概是从小学开始给我爸过父亲节的。

那时候很小，也没有钱买礼物，因为小时候喜欢绘画手工，当时有老师教水彩喷墨画，我就照猫画虎地喷了一只蓝色的兔子（因为我自己是属兔的），然后在右下角写了“祝爸爸父亲节快乐”几个字。

那时候，我害羞到不好意思亲自给他，不是怕看到他的反应，而是怕我自己会先哭。可能是内心过于敏感吧，我就在爸爸下班之前，偷偷放到他的书桌抽屉里，然后回到自己屋里装作若无其事的样子，等着他发现。

还记得那天他回来后比较忙，一直都没打开抽屉。我很着急，后来直接暗示他有东西在抽屉里，说完自己赶紧跑到另一个屋里。到最后我也没敢看他的反应，但我知道他一定特别感动，这就够了。

长大后，每个父亲节我也都会用自己的方式陪着他，为他做点儿什么，他却总是一副无所谓的样子。记得我在悉尼留学那年，父亲节的时候我没在他身边。那天我在外面打工非常忙碌，干完一天活儿，才得空儿赶紧给他打个电话。当时我以为他是粗线条的人，根本不知道那天是什么日子，没想到我问他干吗的时候，他说在和大爷吃饭，大爷女儿请客，给爸爸们过父亲节。

当时我能明显感觉到，隔着时差接到大洋彼岸电话的他的高兴。因为他觉得自己没被遗忘，在这样的日子里，他也是被女儿贴心惦记着的人。

再后来工作后，每个父亲节我都会给他买各种礼物，因为不想错过一直以来这个日子里的那份仪式感。哪怕他总说不用、不要，我也固执地觉得这很有必要。

我经常会抱怨我爸怎么总是那么闷，什么都不说，也不知道多问问我、多关心我。可是我又经常因为他的不善言辞，而哭得稀里哗啦的。

龙应台说："所谓父母，就是不断对着背影既欣喜又悲伤，想追回拥抱，又不敢声张的人。"实在精辟得很。

出国留学那年，在家和各种亲戚朋友告别，我爸却一如既往云淡风轻。在去机场的路上我还在想"怎么马上分开了，连一句嘱咐的话都不说呀"。快到机场的时候，不小心通过后视镜，看到了他迅速摘掉眼镜，抹了一下眼泪的样子。原来他是舍不得，所以什么都说不出。看到他故作坚强的样子，我瞬间就撇嘴，泪水从眼角溢了出来。

后来毕业，很多同学都去了北京、上海或者直接留在国外，自己心里也有想去大城市大展拳脚的欲望。但有次偶然听到爸打电话，和朋友聊天儿，对方问："孩子毕业了，准备去哪儿工作啊？现在海归都去北上广，发展很好，但有一个缺点，如果你闺女去了，肯定再也不会愿意回来了。"我爸听完，若有所思，黯然神伤了好久。而我听完，便决定留在家乡，因为相信有能力在哪里都能发光。算不上谁为谁牺牲什么，只是人类情感牵绊和潜意识的必然选择。

结婚的时候，我取消了婚礼流程里通常最重要的一个环节，就是那个，女儿挽着父亲的手出场，然后缓缓走到新郎身边这个桥段。我和我爸都特别怕这个场景，每次看别人结婚的时候，还没被新郎新娘爱的誓言感动，就已经先被这段丈夫和父亲的交接搞得泪奔。所以我说，我结婚的时候绝对不要。因为到时候场面肯定会控制不住，哭作一团真是没办法往下进行了，搞不好要大声说："我不结了，我要继续回家当我爸的小公主。"

我每次看到什么心仪的东西，随便叨咕一句，过后自己早就忘了。结果之后的某一天，我爸就会忽然拿着那个东西出现在我面前。小到一盆花，大到一辆车。有年春节我说看到朋友家的水仙花开得特别美，可是过节的时候早就没有卖的了。第二天一回家不知道他从哪里搞来了两盆，笑着问我喜欢不，感动又窝心。像很多父母一样，他对你的爱无关有没有钱，只关有没有心。我能感受得到他在竭尽所能的满足我，希望我快乐。

我爸从没和我说过一次生日快乐，却在每个生日的时候，跟我温柔地聊一聊。天蝎男温柔起来是很吓人的，似乎没说什么，又似乎什么都明白了。每当这时候我都会转身，不让他看到我的眼泪。

我总是这样，内心既坚强又敏感，既爱感动又喜欢哭。所以总是我爸什么都没说，我却先哭了。这是我和我爸的普通日常，我想也是很多父女、父子之间的默契。

我想，每个爸爸都一样，都会在你最无助的时候成为你的依靠，在你迷茫的时候变身为你的灯塔，在你需要的时候挺身而出，又在你不需要的时候将爱默默隐藏。

他们总是含蓄又有力量，他们的爱不善表达不易察觉，但当你真的遭遇一些事儿的时候，便会猛然发觉，这份爱一直在身旁，为你挡风遮雨不惜一切。他们把你视为珍珠想要好好收藏，却也希望你展翅飞翔。

在我看来，这世界能让你肆无忌惮撒娇，包容你没心没肺的任性，毫不计较为你付出，还心甘情愿给你花钱的男人只有一个，不是你的男朋友或者老公，而是你的父亲。

父爱无言同时父爱如山。他总是默默地做着你生命里的英雄，始终厚重不移，安稳不变。我在一天天长大，而他在一天天变老。但我始终坚信，就算他老到又固执又烦人的那天，他还是我心里的英雄。

亲情是我们的铠甲，更是软肋

我不知道多少人和我一样，一提到父母的话题，就感觉被人深深地戳中软肋，向来无比坚强的盔甲瞬间消失，剩下那颗一碰就碎的心。

《奇葩说》有一期的辩题是“要不要送父母去养老院”，眼泪像决堤的洪流，从头到尾控住不住泪腺，既心酸又难受。

辩手刘楠讲，有天回家，发现她爸买了几万块钱的保健品，而且没牌子。她看了非常震惊，她是个CEO，爸爸要什么她都可以给他买什么，为什么非要买这个保健品？

原来，她爸加了保健品销售员的微信，那个销售小姑娘居然在微信里说：“爸爸，你今天早上腿不疼了吧？”刘楠看到先是特别生气，“那是我爸，她凭什么叫爸啊！”她想谴责保健品公司无下限的销售手段，却发现，这并不怪别人，是因为“自己叫爸爸少了”。最后这一句真让人忍不住心头一紧、鼻子一酸。

有多少爸爸们也正如此。他们不是看不穿，不是不知道这保健品不好。而是心里有一块空缺，所以宁愿自己看不穿。这块空缺叫儿女的陪伴。很多老人，家里孩子工作忙，没时间看他们、陪他们，但是那些销售人员年轻嘴甜，可以像自己的孩子一样陪自己说话，就是因为这么简简单单的原因，这些老人就愿意买单。

记得听樊登读书会时，里面也讲到过类似的故事，说爸爸去买那种三无产品，孩子很生气问为什么要买，爸爸说他也知道这东西不能吃，但是销售小张每天陪他聊天儿，帮他干活，比亲女儿对他还好，他心疼小张，就想多买点儿帮她提升一下业绩而已。这话现实得让人惭愧。

印象中，我最近的几次流泪，无论是看电影、读书或是生活琐事都是因为亲情。

看爱情电影很少流泪，最多是在感人至深的地方，内心多了一份感叹或者悄悄眼角湿润一下，但看到亲情的地方却总是忍不住痛哭流涕。看《泰坦尼克号》没哭出来，看《七号房的礼物》却哭到抽搐，是那种根本控制不住的感觉。上学的时候印象最深刻的最喜欢的一篇文章是朱自清的《背影》，现在最不敢听的歌是《当你老了》。

很多时候，让我们哭到不能自已的，不是“我爱你”“我们在一起”，而是“太累就回家吧，爸养你”“妈妈不嫌你丑，再大都是我的宝儿”。

我老公患重病的时候，全家人的感觉像天塌下来一样，但我一直没哭，因为始终觉得自己是独立刚强的，觉得咬咬牙就可以扛过一切困难，从没有什么可以把我打倒。

可是就在忙活完一切住院事宜，安静下来时候，我爸顶着一脸疲惫挤出一个大大的笑脸，安慰了我一句：“别怕，啥事儿都没有，还有爸呢。”那个瞬间，一下子就觉得自己绷不住了，想哭，真的。

人真的很奇怪，我们不会被天塌下来压死，却会被一根针戳破。也许对于很多人来说，阿喀琉斯之踵就是亲情。一旦被触碰，就溃不成军。

我时常为自己进步的速度，赶不上父亲老去的速度而感到低落和焦虑。一想到自己还没凭自己的能力让家人住上大房子，还没牛到让他们毫无顾忌地买买买，还没变成他们的骄傲，走到哪里就到处说“这是我姑娘买的”，就觉得很沮丧。

你有没有发现，被骂“傻叉，笨蛋”的时候也许不会勃然大怒，但对方如果说出某句国骂，你会气得想杀了他。因为那三个字是我们的底线，是我们最最无法接受的侮辱。很多人愤怒的时候，遇到键盘侠或者跟人吵架的时候，喜欢说“你怎么说我都行，但是别牵连我家人”或者“骂我可以，骂我妈不行”也是这个道理。

就像之前轰动网络的辱母杀人案里，人们愤慨的点在于，高利贷黑社会在儿子面前对母亲的侮辱。我们同情支持杀人者于欢的点也在于，我们骨子里都接受不了别人侮辱自己的母亲。

这是一种作为人的本能。在父母面前，我们没有理智，只有爱和弱点。

你有没有发现，很多情歌会让我们沉默、让我们难过，但真的让人哭出来的歌，永远是亲情。

印象特别深刻的是，以前在大学给学生上课的时候，要讲一篇关于亲情的文章，我课前给学生放一首歌，打算作为引导让大家进入课堂节奏。我让他们闭上眼睛静静感受歌词内容。结果，歌还没放到一半，却有一半的学生都哭了。

那首歌是筷子兄弟《父亲》。“总是向你索取却不曾说谢谢你，直到长大以后才懂得你不容易。每次离开总是装作轻松的样子，微笑着说回去吧，转身泪湿眼底。” 这是我一直不敢听的歌。因为听一次就会哭一次，里面的一字一句都太戳泪点。

还记得那会儿看《私人订制》的时候，一直吐槽怎么冯导现在作品这么水了，但看到宋丹丹那个part的故事时还是忍不住被打动，看到一天结束时，在车里郑恺给宋丹丹点的那首《时间都去哪儿了》的时候，还是会哭出来。人一谈到亲情，泪点就会变得特别低。

我们之所以会被打动，是因为大部分的父母和歌里唱的一样，半生存了好多话，却因为我们忙碌总是来不及说，最终藏在了满头白发里，藏在了默默无言中。一辈子生儿养女，满脑子都是孩子哭了笑了，半辈子柴米油盐，转眼就只剩下满脸的皱纹。

随着年纪越来越大，才越来越体会到时间之快，才明白父母真的像歌里唱的一样，还没好好体会年轻就老了。

记得几年前看过一个视频，叫《遇见20年后的父母》。那是一个亲情测验，给父母化妆，然后让孩子和二十年后的父母近距离对视，看子女的反应。从摘下眼罩的那一刻开始，视频里做测验的几乎所有的人都泪崩了。

当父母老了的时候，你眼睁睁地看到他们的白头发变多，皱纹变深，手上胳膊上长满老人斑，牙齿会慢慢脱落，走路越来越不利索。小时候在你心中的那座大山，被时间悄悄侵蚀，等你回过神来，就已经来不及了。不敢面对，却必须面对。

生活中每每戳到泪点，不是自己生活的艰辛，不是遇到的磨难非议，而是看着父母逐渐斑白的发丝，忽然耳背听不清你说话的瞬间，开始喜欢回忆往事，想做很多又力不从心的时候。

是父母想和你多说话又怕耽误你工作小心翼翼的样子，是特别特别懂事，不给你添麻烦而被迫说谎话委屈自己的样子。每遇见这样的时刻，怎么也控制不住自己，泪水奔涌而出。

我想，很多文字可以打动人，是因为写的是我们的心声；很多节目可以打动人，是因为让我们看到了自己。

在遭遇人生磨难的时候，他们是我们的盔甲，让我们不惧风雨，勇敢去闯。而随着年华老去，相聚寥寥，他们又变成我们的软肋，藏在不敢触碰的地方。

父母在，人生尚有来处。父母去，人生只剩归途。我们能做的，也许就是在彼此有限的生命里，多点陪伴、少点遗憾吧。

给父母最好的礼物，是让他们与时代同步

很久以前，听过一个关于父亲和乌鸦的故事，每每想起都依旧让人动容。

儿子和年老而有点迟钝的父亲走在路上，父亲指着那个黑色的鸟问儿子："这是什么？" 儿子说是乌鸦。没过一会儿父亲又看到了，又问了一次，儿子回答说是乌鸦啊，刚才告诉您了啊。过一会儿父亲又跟从来没听过似的，懵懂地问："这是什么啊？" 儿子很不耐烦地说："是乌鸦啊，都说了多少遍了，怎么连这都记不住啊。"

后来有一天，他翻到了父亲40年前的日记。里面写道：

"今天儿子三岁了，他指着乌鸦问我，这是什么啊？我告诉他，是乌鸦。他又问，我又回答。他问了11次，我答了11次。"

儿子合上日记，瞬间泪奔。

有没有发现，我们可以和同学朋友聊天儿、喝酒到通宵，回家时却不愿和父母多说一句话。我们时常对上了年纪的父母缺乏耐心，连一些最简单的问题都不愿意回答，连一些最基本的东西都不愿意教给他们。

"儿子，这个怎么用啊？"

"就这样，这样，就完了。"

"哎呀说了好几次了，怎么还记不住啊。"

"这么简单的还问啊。"

"你问别人去吧，我现在有点儿忙，回头说啊。"

这些不耐烦的话，仔细想想是不是我们都曾说过？

有些稍微年长的父母不会用微信，刚开始连语音都按不明白，总是发一半信息或者录不上，我们便责备他们太笨，教了没两分钟就失去了耐心。后来他们学会了用智能手机和微信，然后在朋友圈转各种养生传销类文章，我们又开始像防瘟疫一般，避之不及、掩面无语。他们总是给我们发很多在我们看来既夸大其词又毫不科学的文章，而我们连点都不会点开直接转丢垃圾箱，回头还要埋怨父母一句"怎么总是相信和传播这些谣言"。

我们对待自己的孩子可以循循善诱、耐心有加，对待年长的父母却时常丢掉耐心，大声喝斥。我们可以一次次地教自己的孩子牙牙学语，却不愿意花多点时间去教父母掌握现代通信工具。我们可以忍受小孩子的无理取闹甚至还鼓掌陪笑，却不愿意分给父母多一点点包容。

我想，或多或少，我们都该为此自我反思。

我们越长大，越觉得自己懂得多，自己成熟历练无所不知。同时，也越来越嫌弃父母的落后与无知。在潜意识里总觉得父母已经老了，没必要和世界同步，觉得他们就活在自己的圈子里就好，觉得很多东西不需要沟通和解释。

其实，并非如此，父母是在变老，但没有变傻，你觉得他们不懂，可能只是因为你没有耐心教他们。你觉得你和他们说什么他们都不理解，是因为你没有真正给他们机会去理解。耐心地对待父母，就像小时候他们耐心对待你一样。

实际上，我们这代人，大部分的父母也许年龄是有些大了，但还不是特别老。经济上有自己的工资做基本保障，大多不是特别缺钱。他们不需要孩子为自己买多少贵东西，只希望孩子能经常陪伴，多分享生活，不让他们被这个快速发展的世界丢在后面。

在我看来，对父母来说最好的礼物不是昂贵的保养品，不是足浴盆、保暖内衣，或者各种价格不菲的烟酒茶。而是坐下来真心陪伴，耐心地教会他们这个时代流行的东西，和他们聊聊你的生活近况和新的感受而已。

对孝心最好的诠释应该是既有耐心，又有温暖。给父母最好的礼物就是让他们和这个时代同步。

我们可以手把手教他们用微信，用智能手机，可以更好地和我们沟通，让我们无论身处何地也不用担心他们的近况。可以跟他们探讨我们自己的养生知识、健康秘诀；告诉他们微信朋友圈里的东西都是个人撰写的，没有那么大的公信力，有很多是没有经过审查的假消息；告诉他们那些直销的本质，让他们懂得其原理，也就不会再轻易被洗脑被欺骗。

陪他们多去外面走走，有条件就一家人去旅游，一起见更大的世界，而不是你自己见完世界，再讲给一脸懵懂的他们。可以和他们一起拍张照片，顺便教教他们怎么使用修图软件，让自己更年轻精神，同时也能留着你们最珍贵的瞬间。把自己宝贵的时间多分给他们一点，在每个举家团聚的日子里，不要只顾着在各种群里抢红包、发祝福，不要只顾着玩手机刷朋友圈，坐下来耐心地教他们怎么发红包，教教他们怎么网上购物，教教他们社会上最流行的东西。

我姐是我见过的最有耐心、最懂得和母亲沟通的成年人。二姑快八十岁了，居然在几年前第一时间用上了智能手机，微信、朋友圈，复制、粘贴、打字、语音各种功能用得特别溜，还有各种手机软件，有时候比年轻人知道的都多，这都得益于我姐的耐心。老年人一般都特喜欢看养生堂，二姑每天定时定点儿的，偶尔有事儿漏看了一集还特别着急，我姐就给她下载了个软件，把各期节目下载下来专门给她看。

反观自己，我们对自己的父母，是否也可以做到如此。

我爸喜欢遛弯走路，每天早晚在院里溜达上好几圈，之前用的计步器容易丢，还不算准，后来我给他买了新手机，教他使用微信运动功能，现在每天走路都能看到自己的步数，还有排行榜，走得越来越有动力了。

他爱看谍战片，我便给他买了视频网站的会员，教他怎么在手机上、在pad上看视频，自己研究过后居然还解锁了缓存和跳过广告的新技能，每天自己看得不亦乐乎，竟然还总结出爱奇艺综艺特别多，优酷的广告特别长，搜狐欧美剧很多，等等，完全不比我们年轻人差。

他喜欢看国际时事，但又不太爱看门户网站某些假新闻，我就帮他弄vpn，越来越多地接触国际化的东西。后来发现他上的网站比我都洋气，知道的东西比我还新。我完全不觉得他老了，虽然有些地方反应慢一点，但真的学会以后，甚至比年轻人更厉害。

以前我都爱问我爸想买什么，我给他买，帮他下单，或者给他寄过去。现在他都说要自己买，也想尝试网上购物的快感，想试试指纹支付的神奇，和网上嗨淘的乐趣。自己看好了东西就自己下单，还能送到家，解决多少麻烦。

时代发展这么快，很多老年人因为不会使用智能手机，在寒风中打不到车，因为不会用打车软件而不敢出门。其实只要教他们下载一个打车软件，教会他们怎么使用，一切问题都可以迎刃而解。他们不再需要和年轻人抢出租车，即便子女不在家，也可以有高效、热情的专车司机到家门口接送。

而且很多时候，只要让他们真正感受过一次时代的便利，他们就不会那么排斥这些新的东西和高科技，也不会排斥对各种新鲜事物的学习。

小时候，父母是给我们人生启蒙的老师。然而，即便是老师，也会对世界的更迭力不从心，这时候，我们该做的是让他们不觉得自己是麻烦，不觉得自己落伍了，不觉得自己老了，不觉得和我们有代沟。

我想，让他们跟上世界的脚步，和这个时代同步，也许就是我们给父母最好的礼物。用多一点耐心换多一点温暖，用多一点陪伴换父母半世心安。

真正的友情无需说“谢谢”

私心想在书里夹带一篇对朋友的真心话，不知道以什么为主题，想来想去，就选择这两年生活的关键词之一——“谢谢”吧。

我是一个不擅长说煽情的话的人，也经常觉得和闺蜜们之间的交情，是凡事用不着说谢谢的程度。生而有幸，活了三十年，从小到大，从学生时代到工作职场，都有走心的朋友始终相伴，一路跌跌撞撞，相互扶持，总是倍感温暖。

我常觉得，新婚俩月老公患癌症是人生绝顶不幸之一。可每每回望身边一直陪伴的朋友们，就仍觉得老天待我不薄。很多人说患难见真情，在你耀眼的时候你可以轻而易举拥有无数朋友，但当你落寞的时候，才能看出朋友们的真心。

很感恩，当我遇到困难的时候，我的朋友们总是可以冲在前面，陪在身边，给我力量和勇气。总想找机会和闺蜜们说说感谢，却总是觉得很难开口。姑且用文字表达心声吧。

先说说我的闺蜜，宁。

从小学到现在，认识二十多年，我们是最知根知底也最有安全感的老友。

还记得老公被医院确诊的那个夜晚，知道消息的你们夫妇二人，立刻来到我家。那个惶恐不安的漫漫长夜，因为有了你们的开导和支撑变得没有那么无助。你们陪我们去医院检查，像家人一样忙前忙后。在无数个失眠的夜里，在无数个崩溃的白昼，每次在我需要的时候，总是可以有求必应。

记得有一个特别崩溃的晚上，我在北京出租屋的被窝里发微信和你说："真的特别感恩，你们在我身边。没有你们我根本挺不下去。"你平静地说："别这样说，如果换作是我，你也一定会这样做。" 是的，我们都会为对方的成就开心，为对方的难过而心痛。

有人说爱情就是一日不见如隔三秋，而友情就是三秋不见如隔一日。我觉得我们就是这样的感觉，即便不联系，也不会有不自在的感觉，随时随地交换心事。我们之间，似乎总有默契，不需要那么多谢谢，生活就是所有言语。

还要说说我的闺蜜，欣。

我们的友情始于学生时代，那时候你失恋而我始终陪伴，后来我们变成彼此的情感依赖，一起经历风雨，再不用多说一句怀疑。

你是我最"实用的"朋友。往返北京买不到车票，一条短信过去，五分钟之后跟我说"来取吧，找人买完了"。老公到医院找不到接洽的大夫，你和阿姨第一时间赶到医院忙前跑后。我说我失眠、根本睡不着，看到你家宝宝的安抚音乐玩具，随口说了一句"好想要婴儿般的睡眠啊"，此后的两天，你的助眠礼物便乘着特快专递到了家里。

最难过的那一年生日，你全程陪着我。而每个失落的节日里，也永远有你的身影在。你是那种不需要每天见面，但在需要的时候一定会出现的朋友，是那种讨厌一堆矫情的废话，直接干实事儿的大金牛。你节俭，但对朋友毫不吝啬。你是行动派，废话不多，永远都是做到比说出还要快一步。

所以每次想要矫情说句“谢谢”的时候，想到你一定会摆出一副“说那些干什么”的样子，就又把那句话咽了回去。

还要说的是我的闺蜜，倩。

人人都说，职场没有朋友。我总觉得我们是例外。

在沈阳的第一份工作，让我们认识彼此，我们同期入职，培训第一天就看对眼儿了。我总觉得友情很多时候和爱情一样，第一眼的电光火石特别重要。我们有相同的穿衣风格，一样的偶像喜好，相似的三观和对待事物的判断。很多人说我们长得很像，也许这也严格遵循了爱是相似性的标准吧。

很多人说，检验友情的标准就是一起去旅行。我们每年都会有一次共同旅行。每次和你出去，我可以变身傻瓜，什么都不用操心，因为你总是会把一切都安排得很好。我们分享彼此的孤单心事，说好了以后的每一年都要继续扶持、互相取暖。

有一些朋友，想到她的那一瞬间，只有一个词来形容，就是“特别靠谱”。而你，就是这样的人。

家里出事的时候，你在大洋彼岸，一通视频电话，你和我一起哭起来。之后隔着太平洋几个月，一直担心着我的担心。回国以后，你第一时间来北京看我们，帮我买药，陪我疗伤，尽管工作无比忙碌，还是会在需要的时候及时登场。工作中遇到问题，你向来毫无私心倾囊相助。心里有很多的感谢，却不知该如何表达。

还必须说说我的闺蜜，平。

你有时疯狂大咧，有时又体贴细腻。从高中到现在，我们一起上课，一起上班，一起旅行，一起大悲大喜。有时互损吐槽，有时拥抱取暖。

我们都是那种心里有事儿不说出来会憋死的人，所以每一次见面都像一次“话疗”，放肆倾倒悲伤的秘密，然后再鸡血一般开启下一个篇章。

我们了解彼此的各种优点缺点和“光荣事迹”，却始终互相不离不弃。你会在我最需要的时候冲到最前面，当我崩溃地说“以后怎么办怎么办”的时候，你会说“什么都不要想，任何时候就算天塌下来还有朋友替你顶着呢”，会写信跟我说：“朋友就是要为你挡风遮雪，即便有时无能为力，也会祈祷风雪降临在我的身上。”

我出事儿的时候，你刚生宝宝，却还是会在我需要安慰的时候随叫随到，在我最低沉的时候用你的开朗和活力带动我。有人说，当你意志消沉时，你身边最需要一个可以似火热情占据你所有思维，不断给你注入希望和活力的人。而你，就是这样的人。

最后想说的是我闺蜜，默

以前一直觉得25岁以后，人是很难交到真心好友的。我以往也很排斥陌生环境下认识的人，你是例外。

第一次见你就一见如故，三观巨合。那时我们都在沈阳，有同好，有共鸣，毫无陌生感，也毫不做作。后来你去北京工作，我竟然也因为老公生病到了北京。每个痛苦的周末，是你陪我散心给我安慰。出院临走的时候，你在北京的出租房楼下给我的那个拥抱，让我永远记得，那个无比瘦弱的你特别有力量。

周国平说：“与人相处，如果你感到格外的轻松，在轻松中又感到真实的教益，我敢断定你一定遇到了同类，哪怕你们从事着截然不同的事业。”深以为然。每次和你见面，都会有收获和新鲜感，这是我觉得朋友之间最难得的东西，你身上有特别多我欣赏的特质，然后就在不知不觉中被影响被改变。你总是能给我新知和启发，同时也激励我不断努力，变成更好的自己。

所谓势均力敌、心意相通，也许就是这种感觉。

年轻的时候，交友通常是自然行为；人成长到一定年龄以后，友情便很少会出于偶然。友情这东西和工作家庭一样，都需要培养。你不花心思在上面，是很难有收获的。纵使和朋友们的感情充满安全感，纵使很多人说我们之间的关系不需要说感谢，还是想在表白的文字最后，附上一句："谢谢你，我的好朋友们。"

有人说，陪伴是最长情的告白，之于友情也是一样。我们需要高山流水的精神知音，更需要脆弱时刻的沉默相伴。我们需要大洋彼岸的一通鼓励，更需要软弱无助时的一个拥抱。我不相信什么女生的感情都是塑料姐妹花，我只觉得有了她们，我的青春温暖如花。

还有很多朋友，我想无须点名，自在各自心中，有一份属于彼此的默契。

以前常听说，患难见真情，想要考验周围人对你的感情，就看你落魄时朋友如何对你。实际上，除了她们，还有无数的好朋友，同学，甚至是朋友的朋友，在最需要的时候给予了无尽的关怀。在知道噩耗的第一时间二话没说给我经济的支持，在我内心最脆弱的时候，发来一段说到心坎里的话。真心幸运，在我生活跌入谷底的时候，朋友不离不弃、肝胆相照，在我怀疑人生、缺少自信的时候，是你们让我觉得，有朋友真好。

我时常觉得，生命中除了亲情、爱情，友情是相当相当重要的东西。不敢想象，如果没有朋友们的支撑和陪伴，我能不能撑过这一段段的艰难岁月。亚里士多德曾说："纵使拥有世上所有的宝物，如果没有友谊，也没有人能活得下去。"

如果有一句话必须要说，那一定是："谢谢你们。"

为何旧知己在最后变不成老友

在成年人心中，大概都有一个经久不衰的疑问：我们为什么会和那些曾经关系特别好的朋友渐行渐远？

学生时代一起上学、一起放学，上厕所也形影不离的朋友，怎么一上大学就分道扬镳，再也没有联系过；从前一起逛街、K歌、聊八卦，倾诉彼此内心小秘密的姐妹们，好像说了某次再见后就再也没见过了；小时候去他家吃饭毫无顾忌，一起打球甚至一起骂人的铁哥们儿，怎么现在路过他家时，连招呼都不愿意打一下。

很多曾经最熟悉的人，变成了朋友圈里的点赞之交。很多曾经无话不说的朋友，在经年过后，变成了无话可说。那些说着改天有空儿见面好好聊聊的人，微信的聊天对话也仅仅停留在了无数个“最近怎么样啊”“改天聊聊”和“过年好”的页面上。

越长大越发现，成年人的感情建立在相互利益、精神共鸣和不间断的交往上。除此之外的关系，大多只能共同出发，却在最后分道扬镳。

像陈奕迅在歌里唱的那样，为何旧知己在最后变不成老友？究其原因，可能有三点比较典型。

第一个原因是，也许你们本来不是同一类人，只是特殊的时间、地点为彼此营造了亲密的假象。

仔细想想我们小时候交朋友的原则，也许会发现，根本就没什么原则。因为住在一个大院，所以自然而然的就是朋友。因为上学顺路，所以顺理成章地成了朋友。因为同桌因为可以随叫随到，所以成了朋友。很多人，只是在某个特定的时间点，出现在了同一间教室，或者在某个奇妙的时刻，彼此刚好需要旁边有一个人而已。不过是各取所需、没有多少的因为所以。

这种友情，形式上似乎很近，每天混在一起，本质上是完全不同世界的人。空间的接近，让大家误以为情感上也很接近，但实际上当自己真正有选择权的时候，当自己真的从心出发去寻找同类的时候，会猛然发觉对方根本不是我们想要的那个人。

心理学中对人与人之间的关系有一个定义，叫假性亲密关系。所谓假性亲密关系，是指朋友或者人与人之间，看上去好像很亲密，但实际上他们都在小心翼翼地维持着这种亲密的状态。他们之间有许多不可触碰的禁区；一旦触碰，就会使这种状态产生崩塌。实际上就是一种，我们彼此之间物理距离很小、但是我们的心却相隔很远的一种状态。很多我们小时候交的朋友，其实都处在这个假性亲密的阶段。

那个时候，我们只是需要一个能陪自己的人，那时候我们觉得朝夕相处，如影随形，就是最好的朋友。而长大以后才发现并非如此。如果三观不一致，或者说没有共同的喜好或者愿景，那么即便是两个人并肩走路，也会觉得内心异常孤独。

于是越长大，话越说不到一起去。各自有各自的喜好，各自有各自的观念，一开口就知道根本不是一个世界的人，又何必勉强再绑在一起。

和老友渐行渐远的第二个原因，是随着成长彼此人生轨迹差别太大，没办法找到共同交流的内容。这也是大部分知己在最后变不成老友的原因。

所谓的人生轨迹，大体上有几个转折点，比如上大学、工作、结婚、生子。最简单的例子，中学时候玩得很好的朋友，大学到了不同的城市，一开始大一、大二的时候可能联系还很紧密，但是渐渐地，我们心底重要的位置就会被朝夕相处的大学同学替代。那些说好不会走散的关系，就在日渐减少的联系中慢慢疏远。每个人都想维持那份既遥远又美好的年少感情，但大部分人终究还是难以抵挡身边的陪伴。这和异地恋的道理很相似，远方的问候大体上永远比不上身边的温暖。

工作以后，又迎来另一个转折点。曾经的朋友们，有的去了国企或者事业单位，每天朝九晚五过着标准化模式化的生活；有的去了外企，每天加班到深夜，早就没时间和老友把酒话桑麻；有的自己创业，累得像狗身心俱疲。无论最后成功或者失败，他们对事业的认知也已经和打工仔有了天壤之别。每个人都在各自的频道不断向前，有共同语言的人，从原来的同学变成了后来的同事。也许同事感情并不深，但却占据了自己大部分的时间。年龄越大，压力越大，每天工作完的疲惫让人再没有那么多心情去讨好谁。哪怕是原本不错的友情，也会因为没有时间维系，没有用心经营而逐渐走远。这是非常自然的事情，谁都没有错。

而女生之间，最容易划分世界的是已婚和未婚，有小孩儿和没小孩儿。不管曾经多深的姐妹情，在一个人一直单身，另一个人已经变身宝妈以后，都会变得疏离起来，不是情感上而是日常共鸣上。一个每天忙着带孩子，忙着喂奶，忙着在宝妈群里交流心得，觉得那个单身的闺蜜听不懂自己的辛苦，理解不了年轻妈妈的不由自主。而另一个人则每天读书、看电影，充电、旅行，好不潇洒，同样也不理解为什么人年纪轻轻就把自己包围在生活的一地鸡毛之中。这样的状态长久下去的结果是，单身女孩儿和单身女孩儿的关系越来越近，生过孩子的则自动合并归纳成另一阵营。也许谁和谁之间都没有矛盾，只是人生的运行速度略有差别，造成交流上的错位，如此只能渐行渐远。

还有一种原因最为残忍，是物质上的鸿沟和精神上的错位。

很多人都赞同一句话，友情和爱情一样，也需要门当户对。门当户对一是指在金钱上有相当的能力，二是指在精神上有同样的境界。

不得不承认，很多人从多年的好朋友变成陌生人，无非是两个人发展的不对等。如果一个停留在赤贫阶段，一个已经走进富豪行列，那么大多数情况下维系友情都会变得非常困难。社会资源差距变大，社会地位让彼此都变得敏感，人的格局和见识在日积月累中拉开距离。

你发一个朋友圈本来想分享，在对方眼里却变成了炫耀。对方发的一个吐槽，你却完全理解不了。彼此都小心翼翼，一个想要维护对方的自尊，一个想要不暴露自己的胆怯。可能你们在心里都把彼此当成老友，但是每次见面以后，除了不停地忆往事，回顾同窗旧情，就再无其他新意可言。不敢再谈一句现在，更不敢憧憬任何未来。因为彼此的未来早就不在同一维度了。

还有一些人，在成长的过程中三观发生了变化，精神世界越来越远。比如我有一个朋友，上学的时候有个最好的闺蜜，两个人形影不离，一起研究美食，一起买漂亮衣服，曾经都把嫁人和变得更漂亮当成人生第一要务。但后来，朋友出国留学，看到了更大的世界，从前那个小女孩儿变得独立成熟，向往更美好的诗和远方，在自己的努力下越来越好。而回到家乡再见到好闺蜜时，对方的话题就只有“最近交了个有钱的男朋友，可是对方不怎么把她当回事儿，还有一堆小贱人在勾引他可怎么办啊”。

二十岁的时候谈论的话题，到了三十岁还在谈论，就会显得有点不成熟甚至低级。一个口中有理想、事业、山川、世界，一个口中却只有男人有没有钱和恋爱顺不顺利，那么她们注定没办法再谈到一起去。因为彼此都能隐约感觉到，精神世界相去甚远，便不会再互相讨不自在。

东野圭吾说：“人与人之间情断义绝，并不需要什么具体的理由。就算表面上有，也很可能只是心离开的结果，事后才编造出的借口而已。”

其实，朋友渐行渐远这事儿，顺其自然就好。人生这列火车，乘客本来就是在不停地上上下下，有人陪我们走过一段路固然幸福，但当对方要下车，或者我们不得不换乘时，也不必过于纠结难过。在同路中寻找朋友，要比硬拽着朋友上车轻松很多。任何关系，必须两个人步调一致、共同进步，否则都注定会在青春岁月里越走越远。

每个人都没有什么错，只是当我们走在了不同的轨道上，走到分岔路口时，没办法再相依伴行而已。

黄伟文在《最佳损友》里写得多好：“即使相处到有个裂口，命运决定了以后再没法聚头，但说过去，却那样厚。位置变了，各有队友。来年陌生的是昨日最亲的某某。”

可是，仔细想想，曾经最亲、最厚，有这份回忆也已足够。不必问为什么旧知己在最后变不成老友；真的到了那种时候，请选择大方地告别，优雅地挥手。

不要为了做“好人”，而压抑自己

几年前，有部剧情狗血却火爆得一塌糊涂的电视剧，名叫《回家的诱惑》。剧中的女主角林品如，是超级好女人的代表，温良恭俭让，一个都不少，但在剧里却被丈夫和公婆完虐。

她不管怎么做都得不到大家的喜欢和尊重，她的不断忍让换来的是全家的步步逼近，她的所有付出都变成了众人眼里的理所应当，以至于后来丈夫出轨也出得理直气壮。最关键的是，这位女主角自己也觉得这样很正常，不管遇到多狗血的不公平待遇，都随时检讨自己的错误，默默改正，堪称好人典范。

很多人说，这是电视剧啦。生活中哪有这么憋屈的包子。恰恰相反，这部剧的热播在一定程度上已经证明，人们在影视作品里找到了现实生活的影子，并津津乐道。事实上，生活中为了讨好别人，无底限忍让的事例比这夸张一万倍。

如此委屈自己成全别人的好人，生活中无处不在。也许是因为心软不懂拒绝，所以即便在内心抗拒的时候，行为上却仍然是一副欣然接受的样子。也许是因为圣母情怀泛滥，所以明知对方毫无感恩之心，还是会在别人落魄时给予帮助。然而更多的后果是，在别人囊中羞涩时倾囊相助，换回的可能却是自己弹尽粮绝时对方的冷眼旁观。

世界有时候很残酷，不会因为你是所谓的好人而对你仁慈。相反，却会因为你不加筛选的善意而对你回以苛刻。在毫无保留地对别人好之前，先看看对方值不值得。不要让自己的好，变成别人眼里的理所当然。

之前在微博里看到一个真实的故事，特别让人唏嘘。一位教授长期资助一位贫困山区的学生，未曾谋面却常年准时打款。但最近教授被查出患癌症，无法再给那个学生汇款，于是特地嘱咐自己的朋友继续去资助那个孩子。

朋友接受委托义不容辞，但当他和那个受资助的孩子联络，第一时间说明情况后，得到的回复不是对长期资助自己的人的感谢，而是一句“怎么过了这么多天才联系我，我都没钱花了！”

那一瞬间，教授的“好”就像喂了狗，让人觉得心酸又廉价。在做好人之前，先看看对方值不值得。在无条件付出之前，先看看是否能换来尊重和感恩。

还有一些好人，特别怕给别人添麻烦，永远是委屈自己，成全对方。

日本人是众所周知的绝不给别人添麻烦的民族。甚至连自己亲人去世的时候，都不会在办公室放声大哭，原因是怕影响到其他的同事。民族的高素质保持住了，可压抑的人性却不知用什么来偿还。日本患有抑郁症的人特别多，可能与这种长期的性情压抑有关。他们从小受到的教育是追求一种无我的境界，没有自我的表达方式，永远在考虑别人。从来不去面对自己内心真正的需求和渴望，无限度地压抑自己。

在日本留学的同学经常说，日本这地方确实非常有素质，让你待得很舒服，但这种舒服绝对不是放松，多待几年，才会明白那种骨子里的压抑，当好人真的很不容易的。日本的小孩子，从小都致力于打造一张大家看了都喜欢的面具，为的就是不麻烦别人，成为大家心中的“好人”，让整个民族都充满了压抑感。而当这种压抑包裹不住喷薄而出的时候，便是更多悲剧产生的时刻。

不愿意麻烦别人，大部分时候这的确是一种良好的品质。但仅限于在一定范围内。如果执拗地把其当作生活准则，到头来也许会给自己和他人都带来很多烦恼。做好人，很多时候是很累的。千万不要为了做“好人”而压抑自己。

电视剧里最终好人都会有个比较圆满的结局，好人有好报，坏人受到惩罚，但残忍的是，现实生活中，往往是好人更容易得病、更容易受伤。

因为很少向别人表达恨意，因为很少向外倾诉自己的不如意，于是越来越多的情绪被桎梏在身体里。人都是有感情的动物，每个人都会对生活产生不满，而当这些不满的情绪长时间集聚在自己的体内，没有地方化解时，便会转而攻击自己的身体，最终转化成各种疾病。

我有一个五十多岁的阿姨，长年在家相夫教子，在外人眼中脾气超好，从不发火，大家都觉得她是性格超好的人，结果后来居然被检查出重度焦虑和抑郁。大家找不到原因，也找不到帮助她解决病症的办法。后来有一次，这位阿姨的老公喝得大醉回家不小心动手打了她，她才彻底爆发，酣畅淋漓地表达了自己压抑多年的愤怒，如此过后，抑郁缓解了大半。

曾几何时，我也是一个中国式好人，总是处处迁就别人的感受，遇事不麻烦他人，总是先考虑别人再考虑自己，但最后搞得自己好像经常受委屈，然后还美其名曰自己宽容善良来安慰自己。实际上，除了给自己憋出一身内伤，也并未让周围人感恩戴德。

崔永元说，从央视辞职以后，他不装了，想骂人就骂人，在微博说话也没有那么多顾忌，后来抑郁症都好了。

而且有时候，你越好，越没有存在感。

好人太喜欢自己的好，有时甚至会因此丢掉了最真实、浓烈的人性，变成既无趣又不被珍视的角色。很多人，在朋友圈里迎合所有人，可自己却并不快乐。在家庭生活里一直大度忍让，可自己根本不舒服。努力想要活在社会的主流，却不小心走到了自我的边缘。越是这样性格好的人，越容易成为各种场合故事里的人肉背景，毫无自我价值。

想想生活中，那些让你印象深刻的人，是不是都有着鲜明的性格特征、活力满满？那些让你心动的男人女人，是不是一个个都充满生命的活力，而不是你问什么都说好、你说什么都随声附和的人？

这个道理似乎也能解释，为什么有时候在婚恋市场上，某些刁蛮骄纵的姑娘受欢迎程度竟然比善良懂事的好女孩儿要高；那些身上有缺点的人，比所谓的完美女人更容易碰到真爱。很多时候，压抑自己的本性，去做一个假好人，并不会让你的人生变得轻松，甚至那些从你身上得到好处的人，也没并没有感到轻松快活。

正如武志红老师说："成为一个不伤害别人的人、被动的好人容易，但成为一个能主动散发热情与爱意的善良的人，不易。"

在我看来，一个真正的好人，首先是一个尊重自我意识，会照顾自我感受的人，而不是一个毫无底线、牺牲自我去满足他人的人。学会对别人说不，学会拒绝，学会表达自己的想法，不去压抑自己的天性，而是选择聆听自己的内心，才应该是一个好人首先所应该做的。

好的婚姻是同舟共济，但你手里一定要有船桨

很多人说，家庭主妇是世界上最危险的职业。

《我的前半生》热播时，很多人吐槽电视剧情节脑残，把原著改得乱七八糟，我倒是觉得挺现实、挺符合真实逻辑。很多时候我们觉得事情匪夷所思，也许只是因为，那些狗血八点档的剧情尚未发生在自己身上罢了。故事永远来源于生活，而生活永远比故事精彩离奇。

剧里马伊琍饰演的女主一开始的人设是全职阔太，比全职主妇要舒服多了，买菜、做饭、打扫卫生、接送孩子都是保姆的活儿，她只负责漂亮和买买买，连喝口水都有人递到手边。一开始，靠着爱自己的老公，不需要工作，有着所谓的好命，过着人人羡慕的人生赢家的生活，简单快乐满足。

然而第二集就开始画风一转，那个一直以来让所有人都觉得踏实能干又爱家的老公居然出轨，而且对象并非想象中年轻貌美的姑娘，反而是一个默默无闻离婚带娃的普通同事。女主完全接受不了这个事实，彻底崩溃；用尽方式挽留，却只能换回男主一句："我爱她，无可救药。"

原本的人生赢家衣食无忧的生活瞬间天崩地裂，这个没有社会经验、没有工作能力的阔太太瞬间被打回原形。她想不通，自己怎么会

输给一个不修边幅、还没有自己漂亮可爱的妇女。

直到男主戳穿事实："结婚是为什么？不就是人生不易，要找一个队友同舟共济吗？你已不再年轻，不能再靠刷脸去做人生的摆渡船了。你要做一个有用的人。人家找上你，是要先看一看，你手里有没有拿船桨。"

众所周知，剧中的女主，一定会在这样悲痛的人生打击后触底反弹，变身为一位独立自强、浑身散发光芒的新时代优秀女性。然而现实生活中的家庭主妇全职太太们，却未必都有足够的底气、足够给力的闺蜜和足够幸运的后半生。

不可否认，的确有那些人品好、有责任心，始终如一专心爱家的男人，在许给你一个无忧无虑的未来的同时，依然能够坚定不移几十年不变初心。我身边有很多成为全职太太的女朋友们，很多人也过得非常幸福，把自己的生活和家庭经营得灿烂千阳。

但不得不承认，对于家庭主妇来说，很多隐患是不为我们外人所知，很多问题是不可忽视的。家庭主妇这项事业，从来不比白骨精在外企打拼来得容易，甚至更为艰难，必须得到老公及家人对其价值的充分认可，同时自己也要始终保持正确的自我认识和自我价值才行。否则一旦被踢出局，不是残疾也是重伤。

家庭主妇的二人生活中，大部分的情况下，一个的生活是工作中的压力繁忙，面对的是社会的复杂和绚丽；另一个的生活是柴米油盐老人孩子生活琐事，面对的是实实在在的家庭环境。这样的两条平行线，注定会共同语言越来越少，即便互相尊重爱护，也非常容易变得毫无浪漫火花，缺少互相欣赏和为同一目标共同奋斗的快乐。

人这一辈子有很多不确定的因素。在我看来，对全职主妇来说，在不考虑对方是否是渣男，或者随着时间推移变化以外，想要活得精彩，需要两个前提。

第一个前提是自己本身的家庭条件殷实。经济基础决定上层建筑。这世界有时候很现实，大多数时候有钱才有底气。你的娘家就是你的底气，一方面男方不太敢搞小动作，另一方面即便婚姻遇到问题也可以体面离开，不至于竹篮打水一切全无。

如果没有，那么就尽量培养第二种，就是自己有很强的理财或资产掌控能力。

我有个姐姐是全职主妇，自己没上过一天班；老公是学生时代的青梅竹马，感情很好，但两个人家庭差距很大。这个姐姐家条件很一般，全家甚至娘家的开销，一开始几乎全部依靠老公。但后来这个姐姐自己钻研理财知识，用家里多余的钱做各种投资，还把家里的各项资产利用做到了收益最大化，让老公的钱越来越多。连他老公最后都佩服她，怎么坐家里就懂得钱生钱的路子，绝对放心地把所有财产大权交付给她。这个姐姐的生活过得既有地位又有滋味。

也就是说，你想坐稳婚姻这条船，和你的另一半同舟共济走下去，你要自己有双桨。这双桨就是你的能力、你的价值和你的人生意义。这双桨可以是你的赚钱能力、经营事业的能力，可以是你对丈夫的扶持能力、驾驭能力，可以是你过人的智慧和思想，可以是丰厚的家底，了不起的人脉，等等。

如果对方有一艘船，你最好不要空手上船，起码要带好双桨，才显得匹配。如果对方有一缸米，最好你能提供一口锅，方可互相扶持丰衣足食。如果对方有能力，你最好有智慧，才能强强联合不至于削弱势力。

不是说全职太太不对不好，只不过在这变幻多端的世界里，没有人能真的百分百保证始终如一。价值观的改变，人生态度的转变，喜好的转变都不稀奇。人的一辈子中，总需要有些时刻，让你不得不走出你的安全地带，去真真正正靠自己的能力直面人生。

好的二人关系，需要齐头并进、共同进步。就好比二人三足的游戏，其中一个跑得再快，另一个不动也没用，不但不会领先，反而可能因为步调不一致而一起摔倒。两个人在一起，进步快的总是很容易甩掉原地踏步的那个。永远不要做那个被养在家里拖后腿的人，永远不要做那个把对方推上岸、自己却被反作用力推下水的人。这和男权、女权无关，这只关乎一个人的尊严和幸福。

而我们所说的共同进步，也不是简单的男人、女人都要出去打拼，让家庭变成竞技场，放下老人、孩子不管。每个家庭都需要一种平衡，精神上的进步从来不小于物质。很多人说，最好的婚姻是门当户对。物质上如果对不上，起码精神上不能落后。

女性对自我的坚定认知，女性经济和精神的双重独立，在任何人生的巅峰、低谷，都是自己永远的安全感。同舟共济的过程中，记得把桨握在自己手里，为自己的人生掌舵。如此，才能在需要转弯时奋力划水，才能在遇到风浪时稳住船只，才能在生活的惊涛骇浪里拥有自己的一方平静。

男人出轨，到底该不该被原谅？

林丹出轨新闻出来的时候，整个微博和朋友圈都爆炸了。

体育界的神仙眷侣，众人心中的中国英雄华人之光，老婆心中的好丈夫，国民心中的好男人。越是辉煌的人设，崩塌倒下时越让人哗然，越让人愤慨。

更何况，还是在老婆谢杏芳怀胎十月临盆之际出轨。毕竟几天前的热门还是林丹、谢杏芳欢迎宝宝来到这个世界的恩爱模样，马上就被爆料打脸，剧情转换之快，也难怪让吃瓜群众无比愤恨难以接受。

男人出轨，舆论的第一风向标永远是那个家里被出轨的女人。

“谢杏芳怎么办？” “是不是早就知道？”“会不会产后抑郁？”“还在坐月子啊，身体能受得了吗？”“肯定特别难过、特别隐忍吧？”

就好比文章出轨，大家比马伊琍更难过。陈赫出轨，大家每天都去许婧微博翻看十三年爱情的点点滴滴。因为大家在意的都是，女人怎么办？

在这种事情上，女人好像就是天生的弱者。而弱者的姿态，是旁观者最喜欢关心的。于是，各种声音甚嚣尘上。并且，每次都差不多：

“这种男人，留着他过年吗？”“在女人怀孕的时候出轨就是渣男，不可原谅！”“有一次就有第二次，女人不能委屈自己。”“你有钱有颜什么都有，为什么不离婚和他耗着？”

我们都不是当事人，所以可以站在所谓三观最正的角度，慷慨激昂，言之凿凿。但是，如果事件的主角变成我们自己呢。

当你遇到渣男，和闺蜜声泪俱下吐槽的时候，大多数人都会站在你的角度为之愤慨，然后告诉你渣男不可原谅，必须分。可是，回到家里，面对孩子，那些独守空房默默流泪的痛苦，那些对未来毫无预计的恐惧，没人能替你承担。所以很多人，在没遇到事儿之前，在年轻气盛的时候，大多信誓旦旦地盖章“绝对不能忍”，而等到事情真的发生在自己身上时，却又没了底线换成了另一种态度。

作为旁观者，每个人都可以站在道德制高点愤愤然，用文字和语言发泄自己对这世界的不满和对男人的不信任。我们习惯劝别人去做看似最理智的选择，但当事人往往不能，因为没人能替她去过接下来的日子。

很多时候，那些说“必须离婚，绝对不原谅，如果是我肯定分”的坚定言论的人，通常没有亲身经历过这些事儿，只是对这种不道德事件的一种情绪发泄罢了。人人有难言之隐，人人有故事，而我们又怎能揣度别人的生活细节，为别人做主呢。

要不要原谅出轨的男人，终究是个难以抉择的问题。但这个问题不是问男人的，不是问吃瓜群众的，是问当事人自己的。

都说“出了轨的男人，就像掉在屎上的100块钱，不捡可惜，捡了恶心”。那如果是你，这钱你是捡还是不捡？在我看来，一来要看你缺不缺钱，二来要看你能不能洗干净，三来要看你心里嫌不嫌弃。

面对颠覆性的人生打击，这种时候保持理性是最难的事情。但是否原谅的确需要理智分析，才能得出更有利于自我的结论。所以，就算再崩溃，也必须让自己在最短的时间内冷静下来。面对毁灭家庭数一数二的头等大事，你要做的不仅仅是像其他人一样，发泄情绪处理眼前这么简单。

如果想要离婚，首先想想自己是否有独立生活下去的能力和资本。这种独立生存的能力一方面指经济条件，另一方面也是精神独立的能力。

首先，如果你已经为了这个男人，成为全职妈妈全职主妇，没有独立经济来源，没有独立的社交能力，暂时失去了交际圈和社会感，请暂时不要离婚。经济基础决定上层建筑，那些刚开始叫嚣着必须离婚，后来只能忍气吞声寄人篱下的女人，有一大部分是因为自己经济不独立。没有独立住所，就谈不上一气之下说走就走；没有独自带孩子的能力，就谈不上二话不说自顾自的生活。

当然，很多新时代的女强人的确是有一定经济基础，还有一些出轨的男人因为愧疚或责任，也愿意留下大部分的财产给女人。但可悲的是，有些人尽管在物质上不匮乏，精神上却是典型的寄居动物。

很多人在丈夫离去后，每天茶不思、饭不想，忧愁消沉，放不下曾经的相濡以沫，又无法投入到新的生活，整天沉浸在对曾经美好瞬间的回忆中无法自拔。然后一次次地找对方，或者一次次地让自己陷入纠结失眠、精神痛苦之中。这种案例比比皆是，如果精神上还没有做好分手的准备，那么离婚会比对方出轨更让你痛苦，更难以接受。

一个懂得控制好自己情绪的人，才会拥有智慧去做最好的决定，知道什么才是自己想要的。如果做不到拿得起放得下，没有独立自主的精神世界，先不要冲动立刻离婚。

除了物质和精神的独立之外，你还需要仔细想想这个男人的本质到底如何，是否值得被原谅。

当然，很多人会说，出轨只有一次和一百次，男人只分会出轨的和不会出轨的，不分次数不能被原谅。但这世上也确实有浪子回头金不换。

再退一万步说，如果你的老公平时在家里对妻子对孩子尽职尽责，对双方父母孝顺，对爱人永远呵护有加，很少让你挑出来不满，一直很有家庭责任感，为人稳重，理智，重感情，当他声泪俱下地道歉，痛哭流涕地保证的时候，我想很多和对方有真感情的女人，都会选择妥协和原谅。

正如那些经历过的女人所说，婚姻不仅仅是两个人感情的事情，更是双方利益的结合、家庭的合体，因此离婚也不是草率的决定，更不能出于一时的冲动。旁观者也许不知，你觉得对方在隐忍曾经有过前科的出轨男，但也许人家就真的享受阖家团圆的温馨一刻，也不觉得那么难以接受呢。

我们都希望自己的爱情毫无污点，但想要婚姻毫无瑕疵几乎不可能。更多时候，很多人也只能在隐忍中品尝偶然的甜蜜和短暂温暖，然后用小部分的光亮，照亮大部分的黑暗。这听起来也许有点悲观，但实际生活里却几为现实。更何况，爱情本来就是件冷暖自知的事。

但话说回来，如果你在冷静思考的过程中，发现自己曾经被爱情冲昏了头蒙蔽了双眼，反而是这件事让你看清了这个男人的本质时，不要犹豫，分。

比如你在回忆的过程中发现，老公一直以自我为中心，是幼稚不成熟的男人，在平时的生活中对自己也不够好，没有责任与担当，有很多你忍受不了的缺点，仔细想想，是不是这个人的本质就不及格，原谅只会让对方更猖狂，未来的日子更彷徨。

和这类男人讲道理、打感情牌、晓之以理动之以情都是没有意义的。你会发现，你所有的原谅换不回感恩和反省，而是助长了对方无所顾忌的气焰，纵容了对方责任感的缺失。更何况，现代生活中，很多男人自己本身还是个孩子，在人生大事上，尚不能为自己负责，更何谈为你为婚姻负责呢。那么，哪怕这个人再有钱再帅，曾经再浪漫对你再好，都别有半点犹豫。

最后，如果你发现老公承认出轨，并且真的有离婚的想法，感情已经真的完全不在你身上，该不该原谅他就已经不重要了。这种时候，无论你怎样愤怒，破口大骂，回忆往昔，装可怜软弱，原谅都是无济于事的。一切怨恨、强迫、追问都毫无意义。

你要做的，就是潇洒放手；无论多难过，都为自己想好退路，活出自己的一片风景。尽可能地在夫妻共同财产上争取到更多的利益，为自己的以后多考虑，学会更好地爱自己，毕竟这世界唯一可以给自己安全感的只有你自己。人生偶遇坎坷，反而让人成熟、焕然一新，也未尝不是一件好事。

所以，面对出轨，女人第一个问题也许不是该不该原谅对方，而是问问自己，真的能看清自己、看清对方、看清前路吗？如何做才能让自己的生活更独立更光彩照人？到底怎样才能更冷静更全面地看待这个世界看待未来？

由衷地希望，多年之后，女性不再是两性关系中的弱者；面对离婚出轨这类新闻时，大家不再第一时间关心被出轨的女人如何如何，而是转向其他更重要的层面。

在我看来，婚姻，爱情，孩子，都不是人生的全部；我们自己才是自己人生的全部。

异地恋，熬过去就赢了

M小姐和W先生终于结束异地恋了，真替他们高兴。

M是我的好朋友。他们不仅是异地恋，还是异国恋，一个在中国，一个在美国，他们的爱相隔一万公里。他们爱得热烈疯狂，也爱得揪心痛苦。朋友圈里，一会儿被两个人的聊天记录甜到血糖升高，一会儿又发现删除了所有相互关联的内容。

三年异地恋，分过无数次手，吵过无数次架，每次都红肿着双眼对对方说“没你活不下去”，没救了。俩人好像是有前世的宿命，怎么拆都拆不散，到最后自己都没辙了的那种。好在，老天待彼此不薄。

M说，异地恋真的特别考验人性，隔着屏幕那种抓心挠肝的感觉太难受了。

见不到面又特别着急的时候，恨不得一头撞墙泄愤，有时候想瞬间飞过去杀了对方，有时候想狠狠抱着对方放声痛哭，可身边只有一床被子一个孤单的身影。那种感觉没经历过的人绝对体会不了。

当然，也有特别美好又揪心的时刻。

所谓的异地恋就是，我为你翻山越岭，却无心看风景。同样的路走过无数次，却不知道窗外是什么景色。因为去的途中迫切地想你，回来的途中无尽地思念，哪里还有心情看周围。

无数张机票和火车票都是爱的见证。飞机票很贵，她省下好几个月的钱只为去看他。买了飞机票，可能就没钱买礼物，于是自己偷偷拼命赚钱，累到病倒还骗对方是自己偷懒想在家躺一天。

火车很挤，买不到票，她宁愿站十个小时来到他的城市。不想打扰他休息，宁愿自己傻傻在肯德基从三点待到七点，然后再发条短信告诉他，“大傻子我来啦”。

每一次的见面都像倒数计时，拼命享受每一秒钟，好像下一秒就要失恋了一样。每一次分离都搞得像生死离别，好像自己比偶像剧主角还要苦情，觉得全世界都在和自己为敌。

每次送彼此到车站、机场，都是你送完我出站、我再回来送你进站，反复好几次，依依不舍，心里憋着难过，用力拥抱一下，转身眼泪哗哗地流。隔着太平洋，我的黑夜是你的白天，但还好，他们没辜负这一次次撕心裂肺的思念。

真心觉得，异地恋的姑娘真的都很厉害，她们用青春和爱为彼此堵上一个不确定的未来。赌赢了是爱情，赌错了是青春。那种奋不顾身去下的赌注，连旁观者看着都觉得疼。

对于异地恋的人来说，手机是全世界最重要的东西。

我想有过异地恋经历的人应该都有过这种状态：像个傻子一样，整天抱个手机，看着屏幕能笑一整天。一分钟都离开不了电话，否则就会犯焦虑症。聚会时，大家都成双成对，只有自己和手机配对。看到好的东西，第一反应是拍下来发给对方；发现有趣的事儿，第一反应是打开手机微信。手机里全是彼此的视频截图，那个最难看也最有爱的彼此。

但手机很多时候并不能解决问题。女孩儿生气的时候，男孩儿恨不得立刻坐飞机到对方身边，可是不能。剩下的是，打电话被挂断，再打再挂断，再打再挂，无数个电话之后对方关机。然后只能一个接一个信息轰炸，等待回复的每一秒钟都是煎熬，看到对方信息那一瞬间，会觉得整个世界都亮了。

明明见面一个拥抱就可以解决的问题，微信里发一百个来回，而且彼此都觉得，对方没有说到自己心里，脑补一大堆以后越想越生气，一晚上辗转难眠。

异地恋里，太多信息不对称和不理解。

女孩儿说今天的论文好难写，今天的presentation好难做；男孩儿却完全听不懂她的苦恼，只能敷衍两句加油加油。男孩儿说今天遇到的客户是傻瓜，单位工作特别辛苦，累到话都不想说，女孩儿在这边也就真的不知道该说什么了。有时候，一边忙得像狗一样，一边却闲得像屎一样。彼此不理解对方，完全做不到等价等时的情感交换。

异地恋最痛苦的事就是，我最需要的时候，你永远不在我身边。

女孩儿来大姨妈说自己好难受，男孩儿只能说一句多喝热水；女孩儿生病需要照顾的时候，男孩儿只能说，能不能打电话给XX让她带你去医院，而自己在电话这一头无能为力到怀疑自我。

有句特别流行的话怎么说来着？“你住的城市下雨了，很想问你有没有带伞，可是我忍住了，因为我怕你说没有，而我又无能为力。”这种感觉每个异地恋的人都有过。

于是，多少人没有败给时间，却败给了另一个人的陪伴。多少人，没有败给爱情，却败给了某个脆弱的瞬间。

我想吻你，却只能发一个亲吻的表情。我想抱抱你，却只能发一个拥抱的表情。我想拉你的手，伸出手迎接我的却只有空气。我像一个独角戏演员，每天和幻想中的自己在恋爱。明明是两个人的戏剧，却只能一个人表演。后来，我学会了一个人搬家，一个人装修，一个人采购，一个人看电影，一个人做所有事。

再后来，女孩儿的安全感会直线下降。对方回微信慢了，会觉得是不是对自己感情淡了，或者是不是背着自己干什么事儿呢?

发微信尽量不要发文字，看不到语气，特别容易误解彼此。也许只是因为忙回复了一个“嗯”，对方可能就会胡思乱想一个下午。明明是问句，对方可能会解读成肯定句甚至否定句。都说微信拉进了彼此的距离，但和面对面相比，真的还差太多。

是的，异地恋如此痛苦，如此揪心，却又如此浓烈，如此甜蜜。

有人说，谈恋爱一定要经历一次异地恋，体会一下欣喜忧愁无从分享、欢笑落泪不能拥抱、学会拒绝诱惑的感觉。异地恋不只考验着对方的耐心，更是考验了自己的认真。

永远不要小看一个女孩儿的坚定和决心，不要小看一个男孩儿的深刻和长情。这世界也许有一些人会在距离中走散，但永远还有另一些人，跨越山海，穿越丛林，迎接你的爱。

当我看到，最开始提到的那对轰轰烈烈的异地情侣修成正果的时候，我再次相信，爱和信念可以战胜一切困难。愿所有异地恋的情侣，都能一直爱下去。

第四章

好好安顿自己，别怕来不及

世上每个人本来就有自己的发展时区。
身边有些人看似走在你前面，
也有人看似走在你后面。
但其实每个人在自己的时区有自己的步程。
不用嫉妒或嘲笑他们。
他们都在自己的时区里，
你也是。
生命就是等待正确的行动时机。
所以，放轻松。
你没有落后，也没有领先。
在你自己的时区里，
一切安排都准时。

赶时间的人，永远没时间

我身边有很多“大忙人”。

他们似乎永远有做不完的事儿，脸上永远写着待办事项四个字，生活的节奏也像是被按下了快进键，干什么事情都很急。看似努力地像陀螺一般疯狂旋转，却并不见多少收获，最后倒是给自己折腾的身心俱疲。看似处处在加速超车，但时常边气喘吁吁地追逐时间的脚步，边吵嚷着没时间享受生活。这似乎已经变成很多年轻人的通病。

也许是因为社会结构不稳定，很多人不是着急，而是怕被这个社会抛弃。有人说，这是现代社会的弊端，科技让我们的生活变快，快到已经成为习惯，让人慢不下来，一慢下来就会焦虑。

是的，社会越发展我们越焦虑；科技越发达，我们越没有耐心。就像马克·舍恩在《你的生存本能正在杀死你》里面说的“我们太容易沦为现代技术的牺牲品了”。智能手机的普及给我们带来了前所未有的效率和速度，同时却也极大地增加了我们的焦虑感，减少了我们的安全感。

我们的注意力和耐心在极速发展的信息时代开始急剧消减。

比如，经常看到一些篇幅较长的文章就开始不耐烦，希望内容精简一点或者有重点摘要。看到一篇文章长长的阅读条，就发现根本看不进去，不由自主地滑动手指往下刷，翻到最后可能什么都没记住。看到喜欢的文章，看到各种所谓的干货，喜出望外如获至宝地添加到收藏夹，想着以后认真读一读，结果却再也没有打开过。看了一些文章、一些书的标题，就以为自己效率很高地揽获了很多新知，其实真正走脑入心的屈指可数。

生活在现代世界里，我们只要有问题就可以立刻拿起手机搜索，瞬间就能得到答案。但稍微年长一些的人们都记得，在没有互联网的时代，在信息不那么便捷的时代，为了寻找答案和知识，人们不得不在图书馆，劳心费力地翻阅一摞摞的图书和期刊才能找到自己要的东西。那时候我们没那么急迫，我们的心态也平和得多。尽管花费了很多时间，但得到的知识走心又扎实。那时候我们的效率也许看起来并不高，但质量很高；也许看的东西不多，但每样都印象深刻。

木心先生的《从前慢》为什么这么打动人，是因为和现在的对比太强烈。他说："从前的日色变得慢，车马邮件都很慢，一生只够爱一个人。"只是简单一句话，就直戳我们的心。我们以前发短信，等回复等很久都不会生气，甚至还带着期待；现在我们发微信，没有秒回就觉得对方不爱自己。

记得我上中学那会儿还流行写信，给好朋友或者喜欢的人写一封信，从贴上邮票放进邮筒的那一刻，心就开始被一种叫作期待的东西占据。从对方收到信再到回复回来，有时候可能有一两周的时间甚至更长，但正因如此，每次落笔都更深情款款，每个字句的酝酿也都更富情感。在等待的漫长时间里，我们内心有种美好在升腾。那时候一点儿都不焦虑，也没觉得等待是件多么浪费时间的事。

现在，我们想吃什么好吃的，一脚油门就能到饭店，或者下楼买菜回家自己想做就能吃到。以前不是，小时候想吃一顿好吃的，要期盼很久，想买一件新衣服，可能提前一个月就开始酝酿欣喜。

《查令十字街84号》里说：“一旦交流变得太有效率，不再需要翘首引颈，两两相望，某些情谊也将因而迅速贬值，不被察觉。在那些自以为省下来的时空缝隙里，美好的事物大量流失。”而现在，我们变得越来越不耐烦，能集中注意力的时间变得越来越短。当我们无法立刻获得自己需要的东西时，便会轻易地变得烦躁或者生气。

在网上看视频，我们不停地快进，不停向右滑动手指。我们去银行办事排队，总是觉得其他队伍走得更快，然后就开始烦躁。在马路上开车，我们永远在不停变换车道，就为了抢个一分半秒，如果碰巧出了剐蹭事故，等待理赔的时间却比抢出来的时间多一百倍。我们看一本书，恨不得前一分钟看第一页，下一分钟就直接跳到最后一页。

很多人自诩自己有时间观念，有紧迫感，所以常常给所有事情规定截止日期。比如，多少岁之前该结婚，多少岁之前要事业有成，多少岁之前要孩子，多少岁之前要去过多少地方。因为怕落后于人，所以在某些特定的年龄，强迫自己去做所谓的有时间界限的事儿，可是这样真的会让生活变得更平和幸福吗?

因为内心的时间大限和无以名状的焦虑感，急急忙忙地找了一个差不多先生或者差不多小姐，赶在三十岁前完成了终身大事，实际却未必幸福。风风火火地完成一份策划方案，它的质量可能比你深思熟虑多次修改的那一份低很多。因为赶时间，抄近路开快车比别人优先到达，却并没有因为第一个完成任务得到额外的奖赏。

很多时候，越是着急，就越是得不到，越是赶时间，就越是会没时间。

连我自己也常常在赶时间。我是典型的急性子，就是那种很难慢下来的人。即便没人催我，我也会下意识地急。最可笑的是，从前的我一直觉得这是个优点，因此一直以有效率自居。

比如，以前上学的时候，我可以一边听歌一边写作业，准确率还很高，成绩一直还不错。工作以后，上班时候我会一边写稿一边和同事说话，另一边在qq上听闺蜜诉苦。朋友都说特别羡慕我，有可以一心多用的大脑，我也一度为自己可以同时做很多事，既节省时间又有效率而感到高兴。

我最经常的状态是，耳朵上挂着耳机听着歌，手里拿着书，另一只手拿着手机各种刷，偶尔再吃点喝点东西。我的大脑好像从来没有闲下来过，好像从来没有专注在一件事情上。于是越来越容易脾气暴躁、胡思乱想、焦虑、失眠。

后来我发现，我越是有效率越是有做不完的事儿，待办事项上打勾越多，被新加入的事儿也更多。我一直引以为傲的“效率”可能是一切的罪魁祸首。

因为失眠，我曾练习冥想，试图让自己专注安静。但我发现，即便闭上眼睛，我都很难安静下来，感觉坚持了一个世纪，一看表才过了五分钟。后来才发现，真正的效率，从来不是同时做很多事，而是专注。正如乔布斯所说：“专注和简单是成功的秘诀，一旦做到便可创造奇迹。”

人类是习惯的奴隶。当你习惯了快就很难慢下来，甚至一慢下来自己会崩溃。习惯性地想节约路上的时间，其实并不知道省出来的时间到底要去干嘛。习惯性地同时做好几件事，最后也许哪件事都没有做好。习惯性地把自己的日程安排得很满，想要利用好每一分每一秒的时间，最后抓住了速度却丢了质感。

论语里面早就说过，“欲速则不达”。在很多大事上，都是越快越赶时间，越会耽误事儿做不好。我曾为自己一心多用的能力感到自豪，全天候不停歇，把to do list安排的满满，让自己的世界连轴转，我以为这是最有效率的事儿，实际却恰恰相反。因为缺少全情投入，每一个事情最终都很难做到最好，或者真正享受其过程。

我想，当我们专注做一件事，哪怕花了很多时间，哪怕看起来没那么有效率的时候，我们的内心也一定会获得之前追求效率时从未感受到的平和与确定。与其把有限的精力分配到十件事儿上心猿意马，不如集中到一件事儿上斩钉截铁，唯有如此，才能获得真知。

人生中有很多魔咒，其中一个就是，越急越得不到。很多时候，你的赶时间，只是有了速度，却没了深度，没有质量，没了热情和匠人之心。我们可以选择步履不停，只争朝夕，但永远不要忘了生活的意义。花一辈子的时间赶时间，不如花一点时间享受时间。

试着去做一位生活中的慢行者，做一个自由的人，就像蒋方舟形容的那样“心不为形役，形不为心役”。如此才能真正找到自己的速度与节奏，而很多时候，慢一点，也许会更快。

当你专注自己，焦虑便会自愈

有没有发现，我们越来越容易焦虑了。

闺蜜说，生了孩子以后，整个人会变得特别敏感，总怕哪一点做错了会影响到孩子。为孩子吃的每一口饭都精确到时间和克数，每次喂奶、换尿不湿都很紧张。因为没有母乳喂养，自己总是会在半夜的时候想哭，觉得特别对不起孩子。大家都说，其实并没有多大事儿，孩子很健康可爱啊，家人对自己也很好啊。但自己就是经常敏感焦虑到像个神经病一样，经常自责，最重要的是，根本控制不住这种情绪。

朋友Cindy是外企总监，前一阵说，单位新来了几个刚毕业的小姑娘，海归硕士，很漂亮，人也都很好，她们有礼貌、有能力，对自己也很尊重。但不知道为什么，自从她们来了以后，自己就总是感觉不舒服，人家也都挺客气的，但就总觉得背后有股力量再推动自己，好像不再努力一点，不再继续加班加油，就要很快被赶超，工作就要不保了一样。大家都觉得她多虑了，可她就是控制不了每天很急躁。

现代生活中，似乎很多人都处于这种莫名的焦虑和恐慌之中。我们的生活越来越优越，我们比以前有更多的钱和时间，我们的社会发展越来越好，可是，我们却越来越焦虑，越来越负能量。

你每天很努力地提高自己，一早起来听罗辑思维，上班路上每天听本书，关注了很多财经时事的账号，利用碎片化的时间了解了很多东西。但你发现，越努力，越焦虑。

看得越多，觉得自己差得越多，感觉压力越大。听到的新知识很多，觉得自己欠缺的更多，想把每个都好好学习，却总觉得没时间，越想越急躁，越想越睡不着。不停地刷微博，不想错过任何一个新闻点，不想失去和别人的谈资，但是感觉怎么都看不完，看得越多脑子越乱。罗振宇出本书说“我懂你的知识焦虑”，我觉得恰恰相反，很多时候，似乎正是这些自媒体，这些提供所谓碎片化知识的人，造成了这个时代的知识焦虑。

《心理医生为什么没有告诉我》里面说：“焦虑的起因是内心而不是外界，是对某个模糊，遥远，不可辨识的危险的反应。”我们常常说不清楚为什么，但就是感觉很烦躁、很焦虑，好像在担心什么，但仔细想想，担心的那些事儿可能根本就不会发生。有时候甚至觉得自己很荒谬，但就是控制不了。说到底焦虑的根本原因，来自于我们自己。

我们的生活每天看起来似乎很忙碌，其实不过是焦虑心在驱使着自己不由自主地停不下来。比如，因为不想错过任何朋友圈的动态，五分钟一刷社交软件；因为不想在别人谈论什么的时候自己插不上嘴，不停地刷新微博里的新闻；不想被生活中各种爆炸的信息抛弃，便不停地从各种维度接受信息。看了很多，得到却不多。

我们常常忘了，自己是人，而不是纷杂信息的接收器。

总以为要一刻不停地跟随着这个世界的脚步，却在不知不觉中丢了自己的节奏。因为想比别人利用更多的时间，所以在该睡觉的时候不去睡觉，转而去做看似紧急实则无益的事，表面上争取了更多的时间，实际上反而丢掉了效率。

我们生活的时代，节奏快到起飞，焦虑早就是人之常态。人人都会有焦虑的感觉。产生焦虑是人的本能，战胜焦虑才是人的本领。

扪心自问，我们每天觉得累，很多时候并不是因为在一个工作上花费了几个小时的时间，或者看了多少小时的书、背了多少小时的单词。而是因为，我们经常同时在N个角色之间不停切换。工作了没一会儿就拿起手机，看一眼朋友圈内容和这个互动一下、那个互动一下，刷个微博看到热门新闻注意力又被拐走，听到办公平台上有同事讨论新计划，忍不住侧耳听几句。一会儿又拿出一本小说，如饥似渴地，看一会儿想吃点儿东西，就又分散了。

让我们累的，是不专注，是随时出入的一种状态。做这件事儿刚有点进入状态，就戛然而止，骤然抽离，转而把注意力放在另一件事儿上。正是这种不断的反复聚焦的体验，才是让人最累的。

想要摆脱焦虑的裹挟，需要从内在调整自己的秩序，学会专注便是最重要的一课。心浮气躁、朝三暮四不可能带来真正的效率，只会让人不断地焦虑，让事情半途而废虎头蛇尾。尝试去专注自己的生活，把时间精力和所有灵动的注意力放在自己即将要做的事儿上，最大限度地发挥自己的效能，不为周遭的喧哗所动，也许会有意想不到的收获。

当你沉浸在心流之中时，你感觉不到时间的流逝，甚至忘记了自己是谁。这种无比专注又充满兴趣的状态，会让你自动屏蔽掉生活中那些恼人的琐事，让你不会去在意周围的任何声音，只是专注于自己手头的这件事。然后在这件事完成之后，会有一种充满电的满足感。

感觉烦躁焦虑的时候，记得做个深呼吸，闭上眼睛专注自己的意识一分钟，然后尽量屏蔽周围的杂音，关注自己的感觉，关注自己的内心，也许会瞬间好很多。

很多时候，如果你花多点时间在专注上，就会减少时间在焦虑上。如果你不把别人当作参照物，便会心无旁骛自顾自的生活。学着接受自己的不完美，接受世界的不公平。不再沉溺于他人的生活，不再过分在乎别人的看法，才是真正的解决之道。

焦虑的根源是我们的内心，没有人能代替，也没有人能拯救，唯有自己。我想，当我们专注自己的生活，努力变得越来越优秀时，我们的焦虑便会不治而愈了。

所谓匠人精神，就是一次只做一件事

也许是从某个运动品牌的电视广告开始，大众的视线重新投回到“匠人精神”这个概念。

所谓匠人，指的是技艺精湛的人。而匠人精神，就是追求极致的精神，是对专业的专注精神。很多时候，我们提到匠人，大家首先想到最多的是德国人、日本人或者瑞士人。瑞士钟表的高端精密，德国制造的严谨如一，日本品牌的千年传承，这些地方的匠心工艺无不透露着一个字——专。

别人家的匠人有多专呢？全球著名专业信息提供商汤森路透，近年出过一个150年老店调查报告。世界上150年以上的老店最多的国家是日本，有两万多家。这其中包括创建于公元578年的寺庙建筑企业“金刚组”、创建于公元705年的“西山温泉庆云馆”、创建于1295年的旅馆“法师”、创建于1296年的旅馆“千年汤古”，它们的寿命都在1000年以上。

而中国，现存超过150年历史的老店只有五家。最古老的企业是成立于1538年的六必居，之后是1663年的剪刀老字号张小泉，再加上陈李济、同仁堂以及王老吉三家企业。泱泱千年大国，仅仅留下这些，实在让人遗憾。

去日本旅游时，在京都随处可见各种百年老店甚至千年老店。不需要任何人的介绍，只是在门口驻足一会儿，就能清晰地感觉到，在那里，有一碗汤的传承，有一个手卷的匠心。我想，银座的数寄屋桥次郎，应该是每个去东京的人，都一定要去的地方。那里有一位寿司之神——小野二郎。各国首相名流都慕名而来，只为品尝这位日本寿司第一人超过五十年的寿司功夫。尽管这个餐厅只有十个座位，厕所甚至在外面，需提前一个月订位，最低消费三万日币，但每个吃过的人还是会感叹，这是“值得一生等待的寿司”。

据说，小野二郎的寿司之所以好，是因为从食材的选择，醋米的温度，到腌鱼的时间长短，再到按摩章鱼的力度，小野二郎至今都亲自监督。他对顾客观察得非常仔细，会根据性别调整寿司大小。而且，他还会精心记住客人的座位顺序，会记得客人的左撇子习惯，调整寿司摆放的偏好。而他的所有学徒都需要经历艰难而漫长的学习，要先从学拧烫的毛巾开始，十年过后，才会让你煎蛋。这种苦修的精神远非常人能及。

如此对比，便能知道我们国家为什么很少有这样的人。也许因为太慢，因为来不及、等不及，因为我们要的是速度、是效率。

现代社会里，每个人看似都是聪明人，想迅速地获得成功，想在短期内实现跃迁。所以那些“21天突破雅思写作”“一个月搞定绘画ps”“从月薪三千到年薪百万”“如何在一年内格局逆袭”的帖子才会那么火热。所以那些“三个月从月薪3000到年薪20万”“12堂课揭秘年薪百万的秘密”“高情商训练，五分钟搞定一个人”的各种速成微课，才会有那么多人去买单。

我们不想要太多繁琐复杂的过程，我们只想要快准好的结果。而那些日复一日重复相同工作的人，反而变成了大众心中的异类。所谓的执着在很多人眼里不过是浪费时间，所谓的坚持在很多人眼里变成了不会变通的固执。

我们是世界上最“快”的国家之一。这点当之无愧，在国内的确很多时候很有效率。在澳洲留学时，去政务部门做申请或者去银行办事儿，一小时能办完的事儿估计要好几天，大家还都不急不慢的。盖座房子、修条路，周期也都特别长，从一个季节到另一个季节，马路一直被围着。很多人抱怨现国内政府工作效率低下，如果你去国外看看，一定会感叹中国速度之快。

我们的新四大发明让生活更加便捷，高铁让两个城市的距离变得更近。在国内，想买东西，各种快递可以让你很快收到货物，相隔百公里，快到甚至当天就能到手。想吃东西在家随便点几下手机，半小时东西就送到手边，这种体验其他国家的人是不敢想象的。

中国并不是没有匠人，在古代我们的匠人不比国外少。

比如，庄子在《养生主》里就提到了一个技艺精湛的人，给我们讲了一个“庖丁解牛”的故事。这个故事我们小时候上语文课的时候应该都学过，说的是庖丁为惠文君解牛的故事。但小时候我们都不知道庖丁到底是怎么解牛的，只记得老师说庖丁拿一把刀伸到牛的身体里面，三下五除二。

梁惠王非常惊奇，就问庖丁：“你解牛的技术怎么竟会如此高超啊？”庖丁的回答也挺玄的，他说他凭精神和牛的接触，根本不需要用眼睛去看。每当碰到筋骨交错很难下刀的地方，他就小心翼翼地提高注意力，视力集中到一点，动作缓慢下来，动起刀来非常轻，霍啦一声，牛的骨和肉一下子就解开了。

这听起来简单，其实却蕴含了匠人将近二十年的熟练与钻研，既要用心，也要用神，真的把工作做到极致，自然能得到出神入化的境界，说白了，一个人一辈子能把牛宰得这么明白，也绝对算得上一等一的功夫高手。

古代匠人比比皆是，为何我们现在越来越找不到这种匠人了呢？

记得家里装修的时候，想找一个手艺好的木工或者瓦匠特别难。当时我们的木工师傅和我们说，他儿子不想跟他学艺，大学马上毕业了，也想和我们一样正常去外面找工作。因为他总觉得父亲天天干木匠的活很丢人，没意思没地位，而且学起来特别慢，等到学成要经历太多时间和辛苦。周围很多同事的孩子也都是这种思想，他们想赚大钱，更想赚快钱，久而久之；手艺就基本失传了。也许再过几十年，估计中国都找不到真正的木匠了。

前一阵子看央视的《国家宝藏》，里面提到《千里江山图》的制作，其中最厉害的一点是这幅画卷经历了近千年的风霜，竟然始终保持原本的明艳色彩，完美地诠释出当年的芳华绝代。究其原因，是因为绘画所用的颜料全部来自于大自然最最珍贵的矿石宝藏，而寻找和挖掘这些宝藏是最难的事情。国画颜料传承人仇庆年就是这些颜料的发掘者，并且十年如一日的去山里开采打磨，极其耗时耗力。然而当张国立在节目里问他，“那您的这种技艺现在有传承的人”的时候，他很无奈地表示之前一直是没有的，现在才硬拉着自己的儿子和女儿跟自己学。这话听起来让人有种莫名的心酸和遗憾感。

在效能至上的时代，我们接受的教育，大多数是功利性的。上学时老师告诉我们，通过哪些学习技巧能考高分，怎么能通过最少的努力获得最大的成果。最后培养出来的我们，以高分低能的选手居多，而原本的创造能力和走心精神却所剩无几。工作以后，我们最喜欢的是做短平快的事情，希望能以最快的速度得到最高的收益。交友的时候，如果一个人没有什么利用价值，一个客户短期之内不会给我们什么反馈，我们通常都没有耐心再跟对方走心或者示好。没有人愿意费尽心思去做一眼望不到头且没有经济回报的事情。

在这种环境中，每个人都不由自主地追求速度，要所谓的效率。我们不喜欢等，不喜欢慢，不喜欢花时间在培训和积累上。大多数人，恨不得今天是刚刚上岗的职场小白，明天就变成年薪百万的业界大咖；恨不得今天才是新晋入行的懵懂青年，明天就变成行业内挥斥方遒的资深人士。缺少积累，却急着上位；缺少沉下心来的苦学钻研，却期待一飞冲天的职业反馈。

尤其是这两年，又开始流行斜杠青年。看各种大V赚钱火热，看老板不顺眼就辞职做自由职业，反正东研究研究，西琢磨琢磨，总能找到点儿挣钱的道儿，何必还下苦功夫折磨自己，在固定地方挣那一脚踢不倒的工资呢。每个人都像孙悟空有七十二变，既可以是办公室白领，也是原创作者，又是旅行达人，还是公益组织的头头。

我觉得，斜杠青年没问题，但首先要明白，所谓的斜杠是一种结果，是拥有一定的匠心，在一万个小时的付出中收获更多的一种延伸。而不是把它当作一种目标，非要一心多用，展现自己各种所谓的能力和才华不可。或许仅仅是给自己的不专心和没毅力找一个冠冕堂皇的借口而已。

刘震云在《一句顶一万句》里说："世界上不存在大智慧，存在的是琐碎。重复的事情不停地做，你就是专家，做重复的事情特别专注，你就是大家，就这么简单。"

而所谓的工匠精神，很大程度上说的是慢，是专，是一次只做一件事。“慢就是快，少即是多”这个道理，我们很多人都听过，却很少有人愿意踏实去做。我想，真正的成功和尊严都藏在“认认真真，一次只做一件事”里。无论有多么的焦急和期许，都必须藏在潜心深耕之下。学会远离浮躁，寻回匠心，才能真正创造出真正的价值。

心静是最好的心境

小时候，夏天吃着冰棍儿还满身大汗，说“不行了，热死了”，恨不得一头扎进冰箱里。这时候父母或者老人会说：“孩子，心静自然凉”。

上学的时候坐在书桌前两个小时，磨磨唧唧发现才做完两道题，脑子里各种想法此起彼伏，典型的身在曹营心在汉，看似刻苦学习，其实没有成效。老师会说：“心不静是学不会东西的”。

以前不懂得，长大以后才发现，让心保持片刻安宁，根本就是一件极度奢侈的事情，需要极为强大的自律精神和自我调节能力。

老公刚得病的时候，我整个人都陷入一种莫名且无法控制的恐惧和焦虑当中。随便和朋友聊聊天，可能就会控制不住情绪哭出来，甚至有时候会觉得自己像祥林嫂一样，整天就会反复说一些无用的话语，既不解决事情又让人厌烦，最关键是自己还根本控制不住。

那段时间，时常陷入一种说不清缘由的心慌、焦虑和对未知的担心恐惧之中，随之而来的是失眠和抑郁。仿佛脑袋上被戴上了一个紧箍咒，仔细一听，那念咒语的声音竟然是自己的。

后来放松心情，看书、写作沉淀自己，渐渐找回状态。记得有一天，难得没什么事儿，家里只有我一个人，泡了壶茶，那是一个充满阳光的午后，我静静地坐在沙发上看一本书。窗外的阳光洒进来，暖暖的，那种感觉特别好，似乎内心的忧愁少了一大半，自然的明媚好像可以让人暂时忘却生活的烦恼，仿佛一切苦难都是发生在陌生人身上的事儿，猛然间有种置身事外的平静和满足感。

我当时特别享受那个状态，于是拍了张饮茶读书的照片，放到了许久未更新的社交网络上，却不知该配上怎样的文字才能表达当时的心情。照片发出后，发小看到，回复说："心静是最好的心境，真替你高兴。"瞬间觉得被一语道破，彼时的感觉正是如此。自己不觉得，被人点破时则深感赞同：原来所有的愉快来自于那一刻的心静，而这种心境则成了精神最大的救赎。

人一生病，焦虑感就会增强，之前每天起早贪黑夙兴夜寐的重要事物，因为一场病，都不得不停下来。这时候，你着急想要快点好起来，快点回到工作中是没用的，越着急身体状况越不好。你焦虑"这些日子不上班耽误了赚钱怎么办""好多事儿等着自己呢"，没用，越焦虑越影响心情从而越影响身体恢复。苏东坡说："因病得闲殊不恶，安心是药更无方。"实际是在安慰那些身处病痛中的人们。这种时刻，除了让自己的心安静下来，别无他法。

时常觉得，我们虽然活在现代的城市中，物质丰富，色彩斑斓，可是内心却时常像行走在充满枯枝败叶和草莽荆棘的树林里，一颗心始终颠沛流离备受煎熬。工作太累，压力太大，想要闭目养神一会儿，却发现无数念头在脑海回闪。内心焦躁不安，充满了各种各样的想法，如果有人正在旁边观察闭眼小憩的自己，估计一定会看到，不那么舒服的眼皮子底下疯狂转动的眼球，从头到尾都没安生过。

焦虑这个词儿，不知道什么时候变成了最深入人心的流行词汇。

全民焦虑，从我开始。很多时候，焦虑就像一场重感冒，完全没有特效药。一阵流感侵袭过来，无数人中枪倒地，在这个焦虑感泛滥的社会里，中招的却不止我们自己。但是，那些自身免疫力强的人，面对焦虑这场持久战，总是可以完胜。

就好像武侠小说里的那些大牛们，外面一场磅礴打斗过后，气数消耗大半，但是回到自己的小世界里，双手合十运功，瞬间又能恢复元气，逼出毒气，然后再出去大战三百回合。想要到达如此境界，必然需要深厚的内功。

金庸先生在《倚天屠龙记》里说："他强任他强，清风拂山岗，他横任他横，明月照大江。"我特喜欢这种心态。人只要做到内心平静，任凭外界如何波涛汹涌都不会影响你半分，只要自身具有强大的对抗焦虑的免疫力，还会担心惹上这种现代病么？

我有个朋友就具备这种抗焦虑的能力。我从没见她着急过，不管遇到什么事儿都能心平气和地处理，尤其是和我聒噪又激动的嘴脸对比，她更是显得像一尊现代佛像，似乎从来不为所动、心如止水。

不管外出遇到多少奇葩，马路上碰到多少令人无语的奇遇，都不会让她着急上火。即便遇到一些十万火急的事儿，她也总能化百炼钢为绕指柔，轻轻松松、安安稳稳地就给解决了。

以前我以为这是慢性子和性格温柔导致的结果，后来仔细问她才知道，哪有那么多天生。其实她有刻意练习过禅修，达到如此境界。也非一日速成，多年修炼，经过的事儿多了，才终究达到这样的心境和状态。

是的，为了让自己放松下来，为了减压减负，为了对抗焦虑，人们发明了很多办法。比如，冥想、瑜伽、正念或者腹式呼吸，等等。

从某种程度上来说，我觉得这些说的是同一件事儿。

比如说，在佛家的理论中，静心的方式就是去禅修，也是人想要获得解脱必须去践行的事儿。而在西方的理念中，就管这种修心的方式叫正念。所谓正念，就是要我们通过“注意”去觉知事物本来的样子。这种注意的方式是有目的的，关注此时此刻。简单来说，正念不是思考，而是去感觉。用西方一句著名的哲理解释就是“我是我的观察者”，也就是把自己抽离出来，从一个旁观者的角度，平静地看待自己脑中想到的一切，感知身体发生的一切，看着看着心就静了。如果放到印度大师嘴里，寻找心静的方式就是冥想。练过瑜伽的人一定不陌生，盘腿做好，挺直腰背，跟着老师的节奏呼吸，放空，一节课下来确实感觉轻松不少。而对于大多数普通人来说，能练练腹式呼吸，就已经能起很大作用。

索甲仁波切在《西藏生死书》里提到，在我们的生命中，一直有两个人活在我们身上。一个是聒噪，要求很多、歇斯底里、诡计多端的自我。另一个是隐藏的精神生命，它是宁静的智慧声音，你偶尔才会听到或注意。

心静，对于我们普通人而言，想要修得并非易事，也未必有那个必要。但在浮躁的生活中，找到一种可以让自己放下焦虑、保持安宁的方式却非常必要。

生活中想要让自己心静下来的方式不少，关键是找到适合自己的，也就是自己喜欢做、不觉得痛苦的方式。有些人静心的方式是去听轻音乐或者自己喜欢的曲子沉浸其中，有些人是疯狂画画，有些人则选择安静阅读。我自己就是最后一种，阅读让我进入另一个世界，充满了趣味和安全感。

画家老树有首歪诗，写得既打趣又豁达：“天色将晚，抱妻上床，世界破事，去他个娘。”我想，若凡事都能有此心境，倒也可以给自己减去不少烦恼。我想，换成我们自己的口头禅，可能就是“爱咋咋地”“爱死不死”“就这样了”“享受当下”吧。弘一法师不是也说：“过去的事已过去了，未来不必预思量。只今便道即今句，梅子熟时栀子香。”

万事万物皆有它们的命数。内心湛然，则无往而不乐。任凭外界沸沸扬扬，只要内心平静便能畅游在自己的天空之城。无论世间多少令人烦躁焦虑之事，若能心静，便终会有瓜熟蒂落之时。

别让熬夜毁了你

网上有很多励志的段子。比如，你知道凌晨四点哈佛图书馆的样子吗？你看过清晨的纽约吗？比你漂亮的人还在奋斗，你却已经上床了。大部分有钱人都比你睡得少，等等。

如果你真的相信这些，并从此开始以熬夜作为自己努力的方式，把睡觉少作为奋斗的目标，那就真的太傻了。

励志故事只会让你不停打鸡血，只会告诉你："努力奋斗就是工作完晚上还要学习啊！人和人最大的区别就是晚上回到家那几个小时啊！你睡的那么多，就别怪别人比你工资高啊！"但从来不会告诉你："多少女孩因为长期熬夜变胖变丑，多少人因为长期睡眠不足工作缺乏效率和精准度，多少人因为长期熬夜而罹患癌症。"

有些鸡血和励志鸡汤总是让人误以为，自己学习上不去、工作不能晋升、追不到女神、变不成人生赢家，是因为太懒、睡得太多造成的。然而很多时候，真相是即使你整天熬夜加班加点，显得自己很忙很累，也未必就能如愿以偿。更多时候，你在金钱方面战胜不了别人，还要在睡眠上落后于人，直接的后果则是，你在身体上和精气神上也掉了队。我觉得俞敏洪曾经说过的一句话特别有道理："如果我什么都比不过你，就争取比你活得长吧。"很多时候，比缺钱更可怕的是缺觉。

闺蜜的妈妈，五十多岁奔六十的人，第一次见到她们娘儿俩的人都觉得她妈和闺蜜像姐妹俩，甚至比闺蜜还美，永远神采奕奕，看起来三十出头的样子。每每出场都红光满面，精神百倍。我们总是特别好奇，问阿姨到底用的什么化妆品、保养品，吃没吃什么营养药。得到的答案是，秘诀只有一个：“心大外加睡眠好！”

她说，她这么多年，各地奔波劳累，为孩子不辞辛苦，但始终特别重视睡眠。她是那种随时随地都能睡着的人，而且和一般上了岁数的人不一样，她到现在还能睡懒觉，不会莫名其妙早醒睡不着。晚上上床时间也是雷打不动的十点，绝对不熬夜，连大年三十都不例外。她性格豁达，很少生气，总是笑眯眯的。我们追问怎么培养这么好的性格啊，她却自我总结说好心情往往是睡好觉的结果。

她说：“你可能不相信，身体的状态会影响你的心情，只是你自己平时没觉察到罢了。”对于这点我相当赞同。

我认识一个很好的中医，找她调理的时候她说，一个身体各方面机能很好、气血充足、五脏六腑功能健康的人是很难生气的。个人觉得非常有道理。都说生气伤肝，其实反过来才更成立。是因为你的肝脏不健康，才控制不住生气；因为肝火太旺，所以根本压不住自己的气。

有没有想过，我们凡事爱生气压不住火，也许并非自己修养不够、锻炼不足，而是身体不够好，或者具体点儿说，是睡眠不足睡觉质量不高的结果。对于这点我深有体会，如果连续两个晚上没睡好觉，整个人都会变得特别负能量，看谁都不顺眼，特别容易发脾气。但反过来，如果前一晚睡了特别好的觉，第二天醒来感觉眼睛都特别亮，人也变得平和了许多。很多之前忍不住要生气的事儿，这时候看起来都觉得可以接受了。很多时候，是人自身的身体状态，决定了内心世界。

老公患肿瘤后，我们总是自我反省，总结与他人的不同之处。得出结论，除了心情和压力上的原因之外，最大的就是睡眠问题：熬夜。

他从学生时代开始熬夜，几乎没有十二点之前睡过，第二天还照常起来上班，很多时候睡眠时间只有五个小时，严重不足不说，还完全错过了最佳睡眠时间。长此以往身体早就透支，只是在恶果来临前自己丝毫不曾发觉。以前，傻傻的他还一直自诩爱因斯坦的大脑，根本不需要睡眠，总觉得身体没什么感觉，并不觉得多困多疲惫，就好像一年多前还觉得自己身体棒棒，毫无征兆。殊不知病魔早就悄悄上身，伺机爆发，杀得人片甲不留。这根本不是吓唬人，这是活生生的教训，如果你听完无动于衷，也许只是因为还没有经历过这种痛苦。

叔本华曾说："人类所能犯的最大的错误，就是拿健康来换取其他身外之物。"你挣了很多钱，银行卡多了很多0，可是如果没有身体健康这个1打头阵，后面那些0又有什么意义呢。我们的钱不应该是通过熬夜换来的，而应该是靠自己的智慧和效率赢得的。

熬夜的时候，我们总会自我安慰说，一次两次没什么。实际情况却是，积劳成疾，不小心拖拖就过了身体最健康的阶段，然而当疾病真正找上门时，往往为时已晚。俗话说，睡觉治百病。药补不如食补，食补不如睡补。确实，睡觉的力量有时候比任何药物都神奇，更是任何保健品、化妆品都无法比拟的。

很多人喜欢自诩年轻，熬熬夜没事儿。或者以每天时间不够用，需要努力奋斗作为熬夜的借口。还有一些人因为排斥中医理论，完全信任自己身体生物钟，觉得哪怕颠倒黑白，只要每天节奏不变就是好的。但是，看不到变化不代表身体内部没有发生变化，在不能确定之前，永远不要拿健康去做赌注。

更何况，抱着侥幸心理熬夜也未必就真的能让自己工作越来越好，挣钱越来越多。扪心自问，当我们睡不好的时候，工作状态是什么样？当我们满脸倦容的时候，谈客户的时候成功率高吗？

1998年，美国陆军进行了一项作战效率的研究，衡量一组炮手能够在三天里击中目标多少次。第一组被要求在3天里，尽可能发射炮弹，第二组则被要求不时停下来休息，然后再发射。第一天，不休息的小队击中目标的次数更多。第二天，不休息的炮手准确度急剧下降，经过休息的炮手们反超，并一直领先到最后。

这个故事说的就是充足休息和产生效率之间的关系。

如果把人生比作一场马拉松，真正聪明的人绝不会在前半程就以百米冲刺的速度奔跑。这样做前面也许效果很好，但后期体力透支以后便会让人后悔莫及。有张有弛，匀速前进，才可能创造最好的成绩。

著名心理学家洛尔博士在《精力管理》里说："睡眠可以帮助人精力再生，是成长与修复的阶段。尤其是慢波三角波主导的深层睡眠阶段，这段时期细胞分裂最旺盛，集体释放出最多的生长荷尔蒙和修复酶，白天持续紧张的肌肉得以恢复活力。大约有50项研究表明，睡眠缺失会导致人的思维能力——比如反应时间、专注力、记忆力、逻辑分析能力衰退。"

睡眠好不一定能增加你的收入，但睡眠不好，绝对会非常影响工作的效率。哈佛大学睡眠医学部主任以及他的同事发起了拯救睡眠运动，因为研究发现，睡眠不足的员工犯错误的概率更高，不能很好地解决问题，往往越是加班，越是工作效率不高。

《自控力》里也说，根据多种科学调查，睡眠不足会影响意志力。压力会越来越大，自控力会越来越差，记忆力也会大大减退。没有了记忆力、自控力，没有了精气神，我们的工作便很难达到最好的效果。最最重要的是，睡眠不好，直接可以导致各种疾病。

聪明人从不会牺牲自己的睡眠时间去追求所谓的效率。每次熬夜之前，想想它可能带来的后果，切勿舍本逐末。记得看过一句话说得特别好：“这世界上有很多事情都值得你为之付出生命，但没有任何事情值得你不睡觉。”

你所担心的事儿，90%都不会发生

现代人有一种焦虑感，总是莫名地为还没发生的事儿担心。

比如，明天要去见客户，晚上便睡不着，不断思忖着该怎么说才能给对方留下好印象，顺利完成订单。因为特别重视这一单，没眯一会儿又开始胡思乱想地担心明天对方不会突然爽约。然后辗转反侧，焦躁难眠。

很多时候，人们的状态就像哲学家罗素所说："大部分人不能控制自己的思想，带着烦恼上床睡觉，在本该养足精神去应对明天的问题的夜里，他们却反复思考着此刻根本无计可施的问题。这不是在为明天想出清晰的行动路线，而是失眠时的胡思乱想。"

这是现代人的通病。 我们总是把生活的重心放在纠结自己之前做的事儿上，或者是放在未来该怎么怎么办上。每天让我们睡不着觉的事儿，通常不是此时此刻发生的，而是今天哪句话没说对哪件事儿没办好，明天要干嘛干嘛，会不会有什么问题或者麻烦，然后不断自问自答、自我焦虑。好像此时此刻的自己一文不值，过去和未来才是人生的焦点。

我也经常这样。生活中对很多事，都有着严重提前完成强迫症，做事之前特别喜欢打很多提前量，或者做很多莫名其妙的假设。

比如，出门去机场，要求提前两小时到，我可能提前四小时就到了，因为总是生怕路上有意外发生。结果经常是硬生生在机场干坐四个小时，连登机牌都换不了，只能白白消耗时间。再比如，之前筹备婚礼时，因为定的是草坪婚礼，在室外举行，时间又恰逢七月的雨季，于是提前半年就开始担心到时候会不会下雨，会不会受影响，真的下雨了怎么办，怎么换场地做两手准备，等等。焦虑了半年，结果当天太阳大的要命，一切都很顺利。后来发现，大多数时候，自己担心的事儿根本没发生，而自己却因此牺牲了本来应该有的安稳睡眠。

孟子说，生于忧患，死于安乐。有时候觉得，我们可能误解了他的意思。也许孟子想要表达的，并非是人无远虑必有近忧的提前焦虑，而是重点在于告诫我们，现在受的苦难是为日后打下基石，让我们知道现在所有的不如意，都是天将降大任的前兆而已。

我们曾经在脑中幻想、担心，最后发现，让自己辗转反侧的成百上千个可能性，一个都没出现。回想一下你之前担心过的事儿，后来的结果怎么样？

上学的时候，经常临近几天开始担心论文写不完，最后也还是熬夜赶出来了。工作的时候担心被领导责骂，最后居然鬼使神差得了优秀。因为一句玩笑担心朋友记恨，其实人家根本没放在心上。看到财经新闻担心人民币贬值，第二天还是坚挺得好好的。出去旅游担心天气不好影响行程，结果一个星期都是晴空万里。

白岩松曾在《幸福了吗》里面说：“你知道什么叫作真正的恐惧吗？真正的恐惧不是血肉横飞的画面，真正的恐惧是调动你的想象力，把你自己吓着了。最高明的恐怖片导演都高明于此，调动你自己的想象力吓唬你自己。”

而那些为未来担忧，其实就是典型的自己吓自己。最后事儿虽然没发生，但恐惧和焦虑已然印在心中了。人生最大的智慧，其实就是学会活在当下，人生最大的成长，则是学会主宰自己的时间和精神。正如弘一法师所说：“很多事是无法提前完成的，过早地为将来担忧，于事无补。不要透支明天的幸福。”

史铁生曾这样自嘲：“四肢健全的时候，抱怨周围环境如何糟糕。突然瘫痪了，坐在轮椅上，怀念当初可以行走、可以奔跑的日子，才知道那时候多么阳光灿烂。又过几年，坐也坐不踏实了，出现褥疮和其他问题，怀念前两年可以安稳坐着的时光，风清日朗。又过几年，得了尿毒症，这时觉得褥疮也还算好的。开始不断地透析了，一天当中没有痛苦的时间越来越少，才知道尿毒症初期也不是那么糟糕。”

深以为然。之前生过一场病，病之前经常不珍惜眼前的生活，觉得这也不好那也不对，病以后觉得什么都不重要，每天能正常呼吸、健康行走就是福分。我们经常在忽略当下的美好之后报以后悔、哀叹、埋怨或者遗憾。没有人知道明天会更好还是更不好，但无论怎样都没有今天好。生命中永远有一个“更”，为什么不去珍惜现在呢?

如果你实在控制不住担心一件事，可以试试我尝试过的方法。

以前的我是一个特别喜欢为未来担忧的人，成天担心这个、焦虑那个。后来我决定，把所有担心的内容列出来，直接动笔写下来，然后用时间进行规范。比如，担心明天会发生的事儿，担心一周以内会发生什么，担心一个月以内会发生什么。标明以后直接藏到抽屉里不用去管它。等到一个月后再拿出来看，对比之前担心的，看看真正发生的到底有多少。挨个对照，划掉或者打钩。然后会在纸上清清楚楚地看到结果。

答案显而易见，之前担心的绝大部分事儿根本就没有发生，甚至有的事儿，在你再次拿出担忧列表的时候，都完全想不起来自己当时为什么会为这件事儿担心。于是明白，自己之前的担心和焦虑，有多么的浪费时间，自己曾经为此花费的精力和心血，是多么的庸人自扰毫无意义。坚持几次罗列审查对照，就会对自己无用的担心产生否定，也就越来越不会在无谓的事情上消耗时间。

尼采说，人的精神境界有三种：骆驼，狮子和婴儿。

第一境界骆驼，忍辱负重，被动听命于别人或者命运的安排。第二境界狮子，把被动变主动，由“你应该”到“我要”，一切由我主动争取，主动负起人生的责任。第三境界婴儿，这是一种“我是”的状态，活在当下，享受现在的一切。

要知道，今天让你睡不着觉的，你所焦虑担忧的事儿，未来变成现实的可能性不超过百分之十。绝大部分都只是自己吓自己，自己瞎操心罢了。

在信息传递成本极低的今天，在各种碎片化的消息漫天飞舞的时代里，我们被各种道听途说的消息牵动神经，无数人不断地沉浸在风雨欲来的恐惧中。知道越多越杂，内心便愈发慌乱。

然而无论未来风雨交加还是阳光普照，今天才是独一无二的真真切切的存在。更何况，生命中有一个很奇妙的逻辑：“如果你今天过得很好，那么明天也一定不会太糟。”

快乐的秘诀是不和任何人比，包括自己

人在摆脱温饱的困扰之后，一般就会开始寻找自我的证明。而证明的起点和终点就是比较。对于人这种群居动物而言，比较，几乎是所有开心和郁闷的来源。

从小到大，从生到死，我们几乎都活在比较之中。比成绩，比学历，比升迁，比车房，比谁的关系更硬，比谁和谁的关系更好，比谁对象条件更好，比谁的孩子更有出息。

还记得吗？小时候父母把我们跟别人家孩子放在一起比较的时候，我们内心的潜台词都是："妈，能不比了么？""别人家的孩子怎么什么都好？"后来我们忘了自己曾经的烦恼，到了为人父为人母的时候，也不免加入了比较的阵营。人是如此矛盾的生物，总是渐渐做着当年不喜欢的事，渐渐成为自己曾经最为鄙视的人。

年轻时候的比较虽然"劲劲儿"的，但真正能影响到心情的占少数。原因是那时候大家思想更简单，并且也大多没有被生活的艰难磨砺到无奈，不得不妥协。每个人都想着自己的未来会更加光明美好，当对未来有希望、对自己还有信心的时候，眼前对比出来的暂时弱势也就不那么刺眼了。

而长大以后，从学校步入社会，三十而立，尤其是应该立却还没立起来的时候，比较的结果就会显得尤为戳痛人心。因为在这时候，大部分的人，生命的轨迹已经固定，生活的成败也已经初见端倪，总觉得一切已成定局。

工作不管好坏，不敢再随意变动，大部分人已然可以看清自己十年后的样子。很多人的另一半已经选择完毕，是不是合脚都要自己忍痛走完。我们的人际关系基本固定，即便有几个新来的朋友，也似乎很难交心如从前。

所以，比较的结果往往是让自己既焦虑又抑郁。

朋友圈是个很神奇的地方，你可以在这里了解各种讯息，却又容易在博览天下的同时悲春伤秋——因为总有比你过得好的人。生活中每时每刻似乎都存在比较，但你是否想过，如果没有那些参照物，也许每个人都过得不错，你的幸福感会提高很多。

看电影《三傻大闹宝莱坞》时，里面有个经典片段：三个男主人公是好朋友，其中阿米尔汗饰演的男主角兰柯考了第一名，另外两个人平时始终和兰柯腻在一起，关系很铁，但在看到榜单的时候，还是相当失落。于是感慨："朋友不济，你会难过。朋友发达，你更难过。"这段表白相当说明人性。比较是人的天性，哪怕面对的是最好的朋友，也不免会在对比中变得失落。当我们看到别人拥有的更多时，当我们陷入与别人无止境的比较时，我们的焦虑感就会不断打扰我们。

如果你留意生活的细节，注意自己的情绪变化，你可能很容易发现，这世界最让人难以忍受的事，就是亲近的朋友比自己成功。

阿兰·德波顿在《身份的焦虑》里面说："有些人的生活胜过我们千倍万倍，但我们能心安无事。而另一些人的一丁点成功却能让我们耿耿于怀，寝食不安。我们嫉妒的只是和我们处在同一层次的人。世界上最难忍受的事，就是我们最亲近的朋友比我们成功。”

一对夫妻本来生活平淡幸福，但一次久违的同学聚会，看到别人都混得比自己好，开奔驰宝马，房子几套，别人家的孩子就读于重点学校，就会瞬间黯然神伤。一场本该愉快的聚会后，留给夫妻的是辗转难眠，内心对于生活的幸福指数直线下降。

本来在家待得好好的，刷了会儿朋友圈，里面都是各种旅行美照，恩爱图片，各种生活的小美好，然后低头看看自己，全是丧和水逆，本来平静的心情会莫名起一点波澜。明明这些都是好朋友的日常，怎么就看着这么闹心了呢。更夸张的是，有人关掉手机也还会浮现一些画面，闪过一些只言片语，让自己陷入烦躁之中。

实际上，一切生活都没有变，变的是在对比前后自己的心态。这些日常的点滴，让我们不停地感到焦虑。我始终觉得，现代人很多的焦虑感要归因于互联网。有人说，智能手机作为原罪，操纵着我们的焦虑感，侵蚀着我们的幸福感。因为生活资讯传递的便利，我们的比较就更加敏感和频繁。而比较的结果是：我们常常对未来产生莫名的恐惧。名义上是担心资产贬值，房价暴涨或者暴跌，孩子未来教育，年老医疗或福利，而本质上，其实是恐惧未来的生活不如别人。

英国流行病学专家理查德·威尔金森和凯特·皮克特在《不平等的痛苦》中说：“伴随着焦虑水平的上升，自恋也随之上升，二者拥有共同的根源。它们都是由所谓的‘社会评价威胁’的增加引起的。”

社会评价威胁是我们焦虑的主要来源。因为人们把自己过得好不好，完全建立在其他人的评价之上，一天到晚担心人家瞧不起自己，或者为了显得比别人过得更好，而焦虑得辗转难眠。我们不能接受掉队，总觉得身边人脚步匆匆，不断有人超车而去，我们不敢停下来，生怕成为吃灰的落伍者，生怕成为被嘲笑、被怜悯的对象。

于是，我们总试图通过各种方式寻求他人的尊重。不断要用所谓的成就来刷屏，向周围提示自己的存在。把自己所有拿得出手的一面，或者说自己认为满意的一面，稍加润泽就放出来，让别人在比较中黯然失色，偶尔占领一席高地。

我们甚至已经想不起，到底想成为什么样的人；我们念叨着不忘初心方得始终，却最终被真正的生活意义所抛弃。当每个人都如此时，便有了焦虑的多米诺骨牌效应，比较层层叠叠，不断传递。

很多人始终纠结于，自己生活并不缺少什么为何总是觉得不快乐。其实原因特别简单，无非就是关注周围人太多，关注自己内心太少，比较这件事儿永无止境，无论你身处低谷还是高峰，都总有人可以成为你遥望的对象。而想要快乐的方法其实特别简单，低头看看自己，不去比较，专注自我，焦躁和莫名的负能量即使不会消失，也会消减一半。

很多时候，生活就是这样，当你简单，你才会平和，当你专注自我，才能看懂生活的喜乐。

你没有领先，也没有落后

我们总怕来不及。

不管是不是急性子，都时常有觉得时间不够用的感觉，总觉得青春匆匆逝去，却还未有满意的收获。总觉得别人的脚步比自己的快，却不知道什么时候能追得上。

着急的事儿方方面面，从爱情到工作，从家庭到事业，从地位到金钱，每一个所谓的身外之物，在这个浮躁的社会，都变成了生命中最重要的东西，时刻提醒自己，再不怎么怎么样就来不及了。

尤其是在婚姻和情感上，人的焦虑感尤为显著。

很多女人把二十几岁的美好光阴放在寻求一个满意的结婚对象上，不断给自己洗脑说着即将跨三，再不安定下来人生就无望了。你劝她好饭不怕晚，对的人就在不远处，她会说不是自己要妥协而是身体不等人。

很多人说："我不是着急结婚，我只是着急生孩子。你看那么多报告研究都说了，女人一过30岁身体各方面素质就开始下降，35岁以后就是高龄产妇，孩子患唐氏综合征的比率非常高。""我不为自己担心，我是为下一代担心啊。你说，我能不在30岁前把自己嫁出去么！"

没错，包括我在内，无数女人被这些所谓的报道或者调查研究吓到了。

一篇疯狂转载的十万加文章，很可能给女性带来的是持续不断的焦虑和恐慌。我们喜欢看数据，喜欢看结论，却很少有人去研究一下那些数据是从哪里来的，靠不靠谱，结论有没有真实性和合理性。我们时常听风就是雨，不是因为数据多么准确，而是因为那些结论和我们心底的那份焦虑不谋而合，那些标题直接印证了我们心底的担忧，于是越来越着急，越来越觉得自己没时间了。

所幸的是，还是有人刨根问底的研究过这些所谓报道的真实性，比如《30岁前别结婚》的作者陈愉。

她在书中说，最大规模也是最近的关于女性高龄生育问题的研究，其实是2005年美国国家健康统计中心对八千名女性的研究。研究中说，15～29岁的女性，生第一个孩子的不孕率是11%。30～34岁的女性，生第一个孩子的不孕率是17%，35～39岁的女性，生第一个孩子的不孕率是23%。

正是因为这个调查数据，很多人被这个逐步上升的百分比吓到，于是给自己定了各种最后期限，25岁，30岁，35岁，等等。但实际上，这个研究采用的“不孕”标准是：一堆没有进行输卵管结扎的夫妻，在12个月中未能怀孕，就被列为不孕。

陈愉说，他们忽略这样的事实：“三十几岁夫妻的性生活比二十几岁的夫妻要少，而且很多夫妻是在12个月之后怀孕了的。”

也就是说，很多让我们焦躁不安的数据根本没那么科学。诚然女人的生育能力会随着年龄的增长有所下降，但到底是什么时候、什么程度其实根本没有定论。人的身体状况也往往大相径庭。并非要鼓励大家晚婚晚育，只是想要劝慰那些特别心急的姑娘们，生育不是借口，不要让这件事儿成为自己的心病而惶惶不可终日，最后忽略了最重要的当下。没必要为了结婚而结婚，为了生孩子而生孩子，那样未必会带来幸福。就像严歌苓在《芳华》里写的那样："天下所有为嫁人而嫁人的新娘，一生过到头才发现，就在结婚照上鲜亮过幸福过。"你说可悲不可悲。

还有人着急事业，被三十而立这个带有压迫性质的老话压得喘不过气来。

看到别人已经住上豪宅、开上豪车，而自己还苦苦奋斗在温饱的一线，连小康都没达到，更别提什么财务自由，就焦虑得睡不着觉，恨不得把24小时掰成48小时用。感慨怎么别人都比自己厉害，小小的朋友圈变成负能量的集散地，越刷越感觉全世界只有自己掉了队。

然而，这世界本来就这样。有人年少成名，有人中年得志。

张爱玲说："出名要趁早。"年轻有为的人一大把。往远了说，爱因斯坦26岁就发表了广义相对论，拿破仑35岁就叱咤风云称帝法兰西。往近了看，扎克伯格30岁已经创建了Facebook，郎朗在钢琴界一举成名，被美国人称为天才的时候才17岁。

不过，也有人大器晚成，比如我们最熟悉的肯德基老爷爷。

肯德基的创始人叫哈兰·山德士，5岁，父亲去世；12岁，母亲改嫁。18岁结婚，没几天媳妇就和他离婚了。32岁失业了，35岁几乎丧命，40岁才开始创业，变得有钱了。结果好景不长，49岁时"二战"爆发，他破产了。56岁时，他开始了第二次创业，从肯塔基州到俄亥俄州，兜售他的炸鸡秘方。这一次他终于成功了。

他在60岁时才丢掉了失败者的帽子，却用一生证明无论遇到何种困境，只要自己不放弃就不晚。看到这里是不是觉得一罐猛料灌下去，生活又有了点儿希望？

我很喜欢哈兰·山德士说的一句话：“人们经常抱怨天气不好，实际上并不是天气不好。只要自己有乐观自信的心情，天天都是好天气。”不谙世事的时候，觉得是一句无足轻重的鸡汤；真心被生活重压到透不过气的时候，才发现是黑暗中的一缕阳光。

记得有段时间，网络上被一段美国式的鸡汤刷屏。不为别的，只因说到了现代人的痛点：我们总怕来不及。我特别喜欢这首小诗，它写道：

“纽约时间比加州时间早三个小时，但加州时间并没有变慢。

有人22岁就毕业了，但等了五年才找到稳定的工作。

有人25岁就当CEO，却在50岁去世。

也有人迟到50岁才当上CEO，然后活到90岁。

有人单身，同时也有人已婚。奥巴马55岁就退休了，川普70岁才开始当总统。

世上每个人本来就有自己的发展时区。

身边有些人看似走在你前面，也有人看似走在你后面。

但其实每个人在自己的时区有自己的步程。

不用嫉妒或嘲笑他们。他们都在自己的时区里，你也是。

生命就是等待正确的行动时机。

所以，放轻松。你没有落后，也没有领先。

在你自己的时区里，一切安排都准时。”

为什么我们总怕来不及？

我想，也许是被这个浮躁的世界带乱了节奏，也许是看到了太多远处的繁华而忘了欣赏眼前的风景，也许是习惯于把别人当作参照物而非自己本身，也许是内心不够强大而对自己缺少一份坚持和笃定。

就像考试的时候，有人先交卷，有人后交卷。心里没底的人，看到别人一个个走上讲台递上卷纸就开始坐立不安，检查也检查不进去了，分析也分析不出来了，生怕最后教室里就剩自己一个人。而有的人却气定神闲，可以安心等到最后一刻铃响。因为他们知道，出成绩的时候，交卷的速度是不计入分数的，表面上看起来交卷是最后一个，实际上也许是最稳、最好的那个。对自己有信心，知道自己真正想要什么的人才能做到这样。

“一切都是最好的安排”，很多人觉得这种说法是阿Q式的安慰剂，除了麻痹自己，毫无意义，事实上却常常成为治疗焦虑的良药。实际上，正如那首流行的美国小诗说的那样，每个人都在自己的时区里做着最好的自己。人生有时候会有点宿命的安排，你要等，要耐心。无论何时，永远记得，你没有领先，也没有落后。

第五章

先让自己好起来，世界才会好起来

世界是由我们每一个人所共同创造的，
正如挪威剧作家易卜生所说：
“每个人对于他所属的社会都负有责任，
那个社会的弊病他也有一份。”
当我们做好了自己的这一部分，
也就做好了世界的一小部分。
如此，积少成多，集腋成裘，
世界终将美好。

有一种智慧叫不跟生活较劲儿

心情不好的时候，我常用的消遣方式是看书。总觉得文字有力量，一本好书便可以让焦躁的心暂时平静下来，让绝望的灵魂找到一丝慰藉。

几年前微博明星里流行过一阵冰桶挑战，呼吁大家关注ALS渐冻人患者，记得当时只有井柏然没有发视频，而是默默地推荐了一本书，名字叫《相约星期二》。

也许对于生活平静的朋友，没有经历过生死的同学，或者是被忙碌节奏充斥了生活的白领来说，这本书像一部鸡汤，平淡无奇。但当你真的经历过亲人的生老病死，经历人生的挫折和低谷，当你处于消沉怀疑，甚至绝望的情绪中的时候，这本书绝对是一剂良药，对我而言便是如此。

杨绛先生有一句话说得好："年轻的时候以为不读书不足以了解人生，直到后来才发现，如果不了解人生是读不懂书的。读书的意义大概就是，用生活所感去读书，用读书所得去生活吧。"放在这里再合适不过。

我喜欢这本书，因为它讲的是一个真实的故事。

年过七旬的社会心理学教授莫里，在1994年罹患肌萎缩性侧索硬化，一年以后与世长辞。作为莫里老师早年最得意的门生，作者米奇在老教授缠绵病榻的十四周里，每周二都上门与他相伴，聆听他最后的教诲。

所谓的相约星期二，其实不过是一个老人，一个学生，一堂课，课程的名称叫人生。这堂课上了十四周，最后一堂是葬礼。这十四周的课程关于世界、遗憾、死亡，关于家庭、感情、衰老、金钱，关于爱的永恒、婚姻和原谅。每个命题都很大，都可以讲出很多内容。而每个命题却又深入浅出，在日常的娓娓道来中，留给读者自己体悟的空间。

书里有一段很打动我，说的是“对于一个将死的人，如果还有一天完全健康的日子可以享受，他希望怎样度过”。

主人公莫里说，他希望的一天是：“早晨起床，晨练，吃一顿可口的早餐，有甜面包卷和茶。然后去游泳，请朋友们共进午餐，一次只请一两个，可以聊聊家庭，谈谈问题，和彼此的友谊。然后一起去公园散步，看自然的色彩，看美丽的小鸟，尽情地享受久违的大自然。晚上一起去饭店享用上好的意大利面食，或者鸭子。剩下的时间用来跳舞。然后回家，美美地睡上一个好觉。”

如此稀松平常，却又如此真实。当你健康时，你会觉得自己的梦想是周游世界，但当你深处病痛时，也许你只想拥有一天安稳平静简单的生活而已。

很多时候，我们拼命追求的东西正是应该摒弃的。我们年轻时候觉得无比重要的东西，年老的时候会嗤之以鼻。也许只有亲身经历过病痛才会明白，平静的快乐有多难得，简单的安稳最奢侈。而之前那些和生活的各种较劲儿，多么可笑。

我总觉得，人生漫漫，我们学习各种文化知识，努力跟上世界的脚步，却始终缺少一堂人生之课，缺少一个人生导师，来告诉我们，真正幸福的生活到底是什么样子。大部分人，活到最后也许都没搞清楚自己真心所想、真心所要，稀里糊涂地活着，又稀里糊涂地死去。

合书沉思，豁然发觉，所谓智慧地度过这一生，其实就是不和生活较劲儿。所谓不和生活较劲儿，在某种程度上就是不纠结于生命的自然规律。

顺其自然去享受每个当下的自己。每个人生阶段，都有它独特的魅力。很多时候，人生就像旅行，一处有一处的风景。二十岁有二十岁的青春懵懂，三十岁有三十岁的成熟理智，四十岁有四十岁的安稳优雅，五十六十亦有其独特的魅力，全看我们自己怎么想，全看我们自己怎么过。

然而我们身边太多人，不明白这一点。年轻时漠视青春或炫耀强壮，人到中年又开始揽镜自卑或扮演老成，老年时便忌讳年龄或倚老卖老。越是怕得病怕衰老，越难维持青春，越是容易丢失健康。生活往往如此，越害怕的东西越出现，越想要的东西越远离。

所谓的不和生活较劲儿，就是要拨开迷雾，穿越层层表象，找到最本真的那个自己，寻找最重要的东西。

很多人的生活就像勤劳的蜜蜂，终其一生都在努力采蜜。在那个庞大的分工明确的社会族群中，努力做好自己的角色，看似不断创造价值，实际从未真正品尝过自己的果实。每天跟所谓的成就和得失不断比赛，还时常不由自主地被自己的努力感动得一塌糊涂。把赚得的钱，以及它所买来的虚张声势的生活方式，看得比工作目的还重要。最后不知不觉人到中年，无论是否拥有一定的积累，都大多伴随一种说不清的空虚和迷茫。也许只有生活中偶然出现了重大变故，才幡然醒悟生命中真正重要的东西。

每个人都梦想成为人上人，大多数人都希望有个大房子、开上豪车，有完美的婚姻爱自己的人，最好再有儿女一双十全十美，然后为此不断拼命地奋斗，三年再三年，欲望在高山之上，永远被人仰望。身边超车的过客匆匆，总觉得自己必须加快脚步，因为远方的世界胜过眼前的无数。

然而这不是智慧，而是自扰。

就像哲人所说的："我们盲目无目标地在这个世界流浪，对于能够让我们解脱的内心力量茫然无知。我们的心构建贪嗔痴，而我们就像醉汉一般，跟着贪嗔痴的曲子狂舞。快乐稍纵即逝，痛苦却附随我们，形影不离。"

我喜欢这本书，因为它尤为适合那些深处迷茫青春的学生，适合那些被悲观和怀疑包围的朋友，适合那些为了赚钱拼死拼活、忘记享受生活、忘记照顾身边爱人的人。而对于那些正在被病魔折磨或对死亡有恐惧的人，那些为亲人爱人的病痛担忧焦虑的人，它会像一针镇静剂，能让你变得平静而清醒。

它告诉我们，身体里的很多负能量源于内心的不安静，生活中的很多麻烦也是庸人自扰。

真正的智者，是顺势而为、乘风而去，而不是在狭隘的世界观里坚持自己执拗的追求。真正的智者，是盛得下悲伤，也输得出力量，是看透世事后依然用坚定的眼神望向远方，是在适当的时候放掉紧绷的那根橡皮筋，既不伤害自己也不连累对方。

愿我们都能成为这样的人。

真正的喜欢不需要坚持

“真正的喜欢从来不需要坚持”，记得之前看王潇的书时看到过这句话，不能同意更多。一件事坚持21天就会成为习惯，但未必会变成喜欢。

人们常喜欢说坚持就是胜利，习惯于去强调坚持做一件事的力量和给我们带来的收益。我们告诫自己和别人，做事要有毅力，不要兴趣来了做一做，兴趣没了就放弃，不要三天打鱼两天晒网，到头来一事无成。

可是回头看看，那些你苦苦告诫自己要坚持下去的事儿，你真的一直坚持做了么？即使在做，你真的喜欢、真的开心么？真正的坚持从来是举重若轻，而非苦大仇深。

经常有朋友在后台留言跟我交流写东西的事儿。就拿自己的写作历程举个例子吧。

有人问我，看你阅读量不大也没什么营销手段，就这样一直写东西不觉得没有意义么？你是怎么坚持下来的？还有人问我关于读书的秘诀，说看我的文字觉得我是很喜欢读书的人，自己也想读，可总是坚持不下来，热闹几天就又该干嘛干嘛去了。

我的回复一般都是“我没有刻意坚持，完全是个人爱好而已。你也不用非要读书写字，喜欢就做不喜欢就不做”。

在我的价值观里，不存在刻意逼迫。强迫自己去做一件不喜欢的事儿，就好像在错误的道路上勇往直前，注定毫无意义。如果你真的喜欢写作，你根本不需要坚持，也不需要任何外在的动力；没有人看，就算自言自语你也一样会写。

正如村上春树在《当我谈跑步时我谈些什么》里面说的：“无论何等意志坚强的人，何等争抢好胜的人，不喜欢的事情终究做不到持之以恒。做到了，对身体也不利。”跑步如此，写作亦如此。

我是个有二十多年写日记习惯的人，也是一个特别喜欢通过文字发泄情绪、分享观点的人。所以大学的时候我选择了新闻学专业，工作了以后我也从事的是与文字有关的媒体行业。

后来老公得癌症去北京治病，我也因此职去北京陪护。每天往返于出租房和医院之间，除了照顾他就是看书、刷手机。写作让独处变得理直气壮，不为影响世界，只为安顿自己。心中有很多很多想表达的东西无处发泄，有了更多更多的人生体验和感悟想要分享，于是便促成了我的持续书写。得承认，很多时候，我们的进步和坚持并非个人意愿，而是生活和某种特定的机缘推着你向前。

我写东西真的完全是因为自己的爱好，即使没有人看，我也会自己写。没有人逼我，也没有人因为我写东西给我任何好处。大概从二十年前我开始记日记，并逐渐养成了习惯。从日记本到word文档，从纸质到电子版。我有个U盘，里面装的全都是我小时候写的日记，不为别的，只是因为喜欢记录生活。几乎每天都坚持写，可能是日常琐事，也可能是情绪起伏，没有特别的文采，只是把自己的感受记录下来而已。

高考的时候作文得了58分（满分60分），当时我很高兴，要知道那年语文巨难无比，能得55分以上都是很高的分数。我因此受到了鼓励，也认真思考起关于写作的问题，而后发觉书写的确是自己的兴趣所在。填志愿时候毅然报了新闻专业，不是因为我有多么崇高的新闻理想，只不过就是觉得，干这件事儿我不觉得累，并且还很高兴罢了。后来证明，我的选择是对的。

上大学以后我依然保持着记录的习惯。只不过从私人性质变成了公开性质。那会儿国内刚出现博客，在当时算是相当新鲜的事物。还记得院系的老师要求我们新闻专业的学生每个人都开一个博客，然后好好写、好好经营，年终会进行考核并记录成绩，当时因为写得不错还获得了最高人气奖。

即使后来博客风潮过去，看的人变得很少，我还是锲而不舍地自娱自乐。把博客当成记录生活的地方，每每回头去看，还能看到当年的自己，能看到自己的成长，这是让我觉得最开心的事儿。看到那些幼稚的、单纯的、青涩的片段，也能看到自己写作风格的变化。从当年的简单记录，到后来加入更多的自己的思考，再到后来形成自己的文字风格和选题，一步一步，是件很有意思的事儿。

后来新浪微博兴起，我又加入了140字记录生活的阵营。再后来我成为报社的编辑，写着我喜欢的旅游稿件，换了这种方式来记录生活。所幸很多文章还能被一些业内人士认可转载，让我感到无比庆幸和感激。

如果让我总结什么坚持写作读书的秘籍，我真的没有。直到看到前面提到的潇洒姐在书里说的那句话，我才恍然大悟。

是的，真正的喜欢不需要坚持。如果你真的喜欢一件事儿，你全身的每个细胞都会给你驱动力去做它，不需要自我强迫，不需要费劲儿的去给自己设定一个个短期计划，然后痛苦地坚持去实现。

这个道理就好像有人喜欢玩网络游戏，没有利益、没有好处，甚至还需要消耗很多钱，还是坚持玩了很多年。而玩到最后有人把自己的喜好变成了工作，成为电竞高手，比赛挣钱，或者变成了主播达人，月入过万。

再比如，你喜欢一个人，是发自肺腑的一种感受，根本不需要告诫自己不要变心，不要对不起他，一定要坚持下去，因为那完全是本能的反应而已。

有人喜欢游泳，不是为了强身健体，只是单纯喜欢那种在水中自在的感觉。冬天很冷，他也会找机会去游；家附近没有泳池，他辗转跑到很远的游泳馆游几个来回，不会觉得累，也不嫌折腾。

我大学闺蜜喜欢日本漫画和日本游戏，于是自学日文，每天熬夜到后半夜，从来没人逼她，就是一种喜好而已。后来她考过了日语一级，比那些日语专业的学生都轻松。不是因为她多有语言天赋多么持之以恒，只是因为她想看到最新连载，想赶快把游戏打通关。

对于写作，我从未觉得自己多有毅力，多么能坚持，更不觉得自己多厉害。写东西、看书都是我由衷喜欢的事情，就跟吃喝拉撒一样自然。我的“坚持”和大家所谓的“坚持”其实没有半毛钱关系。

很多时候，选择正确的路，比在错误的道路上坚持要来得有效得多。所以这世界根本没有那么多道理可言，喜欢自然会去做，不喜欢就不要强迫。

心理学家爱德华·德西，通过实验发现，在兴趣这种内部动机的驱动下，人们完成同一任务的表现，比在物质奖励的驱动下更好。相反，如果你自己对一件事儿并无兴趣，只是为了某些目的或者功利性的原因，强迫自己去做，得到的结果通常不好。学习、考试、工作其实都是一样的道理。所谓的干一行爱一行，也是一样。想要做好一件事，你首先要发自内心喜欢。

在没有利益的驱动、没有名利的诱惑的情况下，坚持是一件看起来很痛苦的事儿。

但其实，人在做自己喜欢的、感兴趣的事儿时，是会激发自己的多巴胺分泌。它像一种快乐因子，游走于我们的身体里，会让我们产生持续的动力，让坚持得意轻松实现。

我始终觉得，人能长期坚持做一件事，是因为这件事日日夜夜萦绕心头让人欲罢不能，是因为这件事唤起了内心深处最强烈的兴趣，是因为这件事给人带来的内心满足感超过了付出感。我们不必借由各种鸡汤或者励志读物，来鞭策自己对一件事持之以恒，如果需要，那只能说明不足够喜欢。

每个人都有自己的爱好，都有自己的兴趣和擅长所在，找到自己喜欢的，比坚持不喜欢的重要一万倍。做自己喜欢的事情，任何时候开始都不晚。

亲爱的，你可以不那么坚强

每年生日，闺蜜们都会绞尽脑汁为我准备礼物，每每让我很惊喜。记得有一年，我一整年霉运连连，感情有波折，事业亦不顺，面对超长待机的水逆病毒，倔强如我也绝不低头，虽然运气很不好，但始终把自己蜷缩在一副坚强的皮囊之下。

那次，我的朋友P小姐，一反常态，没有送我什么特别的礼物，取而代之的是一封信。她在信里写：

“我有位朋友，我们一起上学，一起逛街，一起旅游，一起崩溃，一起玩笑，一起成长。作为朋友，我做得很少，她做得很多。因为我总是不够成熟，所以她总是帮着我。我有一个心愿，就是希望她健康快乐，希望她不要那么坚强。尽管她什么都懂，但她总是把心包裹起来，自己承担所有。她很聪明，我却希望她有孩童般的智商，哪怕只是偶尔累了的时候，哪怕只是偶尔和我在一起的时候，可以放下自己的坚强，轻松地释放。”

我一直保存着这封信，每次读起来心里都会一软，忍不住想流眼泪。那种感觉就好像自己一直以来披着的虚伪外衣被人识破，看到里面包裹着的一颗流血的心。它也成了我这么多年来印象最深、最难忘的礼物。因为这世界，总有人看穿你的坚强，心疼你的忧伤。

我想不止我一个人这样，很多人都是疼痛的时候、委屈的时候没什么，一旦有人问候“怎么了，没事儿吧？”就会“哇”地哭出来。面对生活的艰辛，总是喜欢选择自己硬扛，咬着牙挺过去，也不觉得多么辛苦，从不会因脆弱而流泪。一旦被看穿，加以温暖的问候和戳心的安慰，人心里的那道坚毅防线便会瞬间溃不成军。

记得看综艺节目，一向大大咧咧男孩子气的谢娜曾谈到自己，她说：“其实我也不容易，只不过我经常忍着，假装自己是汉子，假装坚强，就是一定要装作一种刀枪不入的感觉。不想要去扮演一个弱者，不想让大家觉得你有任何脆弱的地方。”她边笑边说，眼睛似乎在闪光，听了觉得特别真实又戳心。因为深知，包括自己在内，好多女孩都如此，坚强又倔强，遇到问题总是一个人扛。

我算是个内心强大的人，也是个要强的人，但更是个典型的喜欢假装坚强的人。

生活中，遇到困难、遇到伤心的事，我都习惯性地自己消化承担。我知道很多人和我一样。

可是，我们的坚强有时候也会起到反作用，会把想要帮助我们、给我们温暖的心阻挡在外；可能会让自己越来越疲惫，陷入自我纠结的怪圈之中。让想要帮你分担的人，找不到打开你心灵的窗子；让想要给你拥抱的人，觉得你浑身是刺。

有些女孩儿找不到男朋友，不是因为不优秀，而是因为活得太自立太坚强。曾有男性朋友和我说，喜欢一个女孩儿，却不知道怎么追求她。

“她总是一个人扛下所有事儿，房子有问题自己当力工苦工，家人生病时第一个冲上去，朋友有困难第一时间出头，买东西、拎大米、换灯泡、修马桶没有不会的，下雨天没带伞，我说去接她，结果她直接拒绝了我。从没见她哭过、抱怨过，知道她遇到过困难，却完全拒绝帮助。她太坚强太独立了，有时候总让我有劲儿没处使。”

我说，其实很多女孩儿并没有你想象的看到的那么坚强，只不过她们在漫漫人生中学会了隐藏自己的那份脆弱。有句话说得好：“百毒不侵的内心，往往会被一句简单的安慰打败。刀枪不入的伪装，常常在懂你的人面前投降。”真的喜欢她，就试着走进她的心。有时候，所谓的坚强不过是自己给自己穿上盔甲；卸掉盔甲，抽丝剥茧，终究会发现里面那一颗柔软的心。

我有一个朋友，最近才知道她离婚了。离了半年，居然完全没有和周围人说，还是后来被我们无意中发现逼问出来的。

事情是这样的，她和她老公是认识十年的同学，双方家长都不算太满意彼此，经济条件也一般，但最后俩人还是排除重重阻碍，终于在第十年的时候结了婚，办了婚礼。可结婚没几个月，老公就提出要离婚，说非常受不了她，忍她很多年了，当时也是被逼无奈才结婚，现在觉得完全过不到一起去。女孩儿不知道自己哪里错了，但是听着自己爱了十年的人，满嘴都是难听的污言秽语和对自己感情的藐视，她同意了。

世界很小。离婚没到一周，就在一次逛街的时候看到自己曾经的老公和一个女孩儿手挽手亲密逛街，当时的震惊程度仿佛目睹一场车祸，浑身被点燃将要爆炸，却又瞬间熄灭回归平静。后来再问，才知道，她老公早就出轨了，当时说出那些话就是为了一身轻松地离婚。

我们听完都很震惊，同时特别心疼她的经历。她却笑笑说，没什么，当时就是一个想法：终于知道自己是怎么out的了，原本莫名其妙的，全明白了。

十年感情，就这么如梦一场。我们都替她难过，说怎么出了这么大的事儿都不找我们出来聊聊、劝劝、安慰一下。她却说："不是有那句话吗，爱对了是爱情，爱错了是青春。我很坚强的，挺得过去，没事儿！"她假装无所谓地笑着，我们却分明看到了她说这话时的哽咽，眼睛里的绝望。

那时候，我对她这段时间所承受的内心煎熬、她每次和我们玩笑背后内心的忧伤特别能感同身受。很多时候，越是一直说着没事儿没事儿的人，越让人心疼。我说，"其实你可以不那么坚强"，有苦尽情说，有泪尽情流。人生往前走，你还有朋友。不必那么逼自己，面对这些，可以偶尔脆弱，整理好心情再重新上路。

我这样劝别人，也同样告诫自己。

老公患肿瘤住院，周围的声音除了安慰，说得最多的就是"你真坚强"。每当听到这种"恭维"我不但不开心，内心反而会被深深戳痛一下。其实，我并没有多坚强，只是在某些时刻，面对生活的打击和残酷的现实不得不那样做罢了。

我想每个看似坚强的人，一定都曾经历过一段孤独无助的时光，在那些没有依靠、没有退路、没有选择的日子里渐渐学会了勇敢绽放，独自承担，破茧成蝶后再丢给世人一个无坚不摧的背影。

我从不反对女孩儿独立坚强，因为我自己也是这样的人。但我更希望，在某些时刻可以暂时摘下坚强的面具，面对可以给自己安全的人，闺蜜也好，爱人也罢，或者是自己最最亲近的父母兄妹，卸下伪装，放肆地哭泣一次，那会让人瞬间得到释放，重新注满能量。

就好像现在的我，已经不再像从前一样所有事情都自己扛，反而更愿意在好朋友和亲人面前展现我脆弱的一面，不求解救，只为聆听。因为我知道，在艰难时刻，人终需要一个肩膀，一些拥抱，一句安慰，一些帮助。活在这世上，我们都不是孤立的个体，我们都不能，也不必强大到一个人撑起整个世界。

生活有时不尽如人意，但我们亦不需要自我强迫，不需要隐藏自己的疲惫、自己的脆弱，而是应该适时地去表达自己的狼狈。当生活的重压吞噬了你的快乐，当周遭的负面气息瓦解了你的信念时，记得对自己好一点，放坚强一马，偶尔脆弱一次，喘口气再重新上路。

靠谱的人，是自己的贵人

原来在纸媒工作的时候，美编负责修图和排版，由于工作有技术性，又需要和其他编辑岗位配合，再加上我们报社岗位设计的一些弊端，导致这个岗位地位过高。

当年纸媒还比较红火的时候，一个报社有五六个美编。每天的日常是，各个版面的编辑，拿着自己准备好的稿子和图片，需要排队等人家有空儿了才能继续走流程。有些美编特别傲慢，经常对编辑指手画脚："你这个图不行啊，放上不好看，重新找吧，我没法排。""你这个文字有问题啊，我这个模板里根本放不下。""等我打完电话。""等我吃完饭。"

大部分人态度特别不好，并且排出来的版面也毫无美感可言。但由于岗位职责的限制，很多编辑也常常敢怒不敢言。

唯有一个同事Y，大家都特别愿意和他合作。每次找到他，态度都特别好。他会尽量把图文排成最好看的样子，如果图片真的不适合的时候，他会主动帮你找图，或者找其他办法修整弥补。他会仔细阅读与图片相搭配的文字，如果遇到错别字或者语句不通顺的地方也会指出并顺便帮你改正。

他话不多，很少看他和谁走得很近或是聊得很嗨。但平时如果我们编辑有关于图片或者排版的问题请教他，每次都很耐心地回答，即便是工作以外的私人事情，在他有空儿的时候也都会顺手帮忙做了。单位如果有什么事儿需要留下几个美编熬夜赶稿子，大部分人都是怨声载道再三推辞，但他每次都默默微笑着留下来，不紧不慢地坐在那里工作。

我们很多编辑私下都说，和其他美编合作像打仗一样，和他对接却觉得格外舒服。

后来我离职了，听同事说，他升职做了主管，再后来，听说他很快做了部门的副主任。大家感叹："这家伙运气也太好了吧！""是不是偷偷给领导送礼了？""一天不声不响的居然挺有心计啊。"

其实，他没有什么特殊人脉，也不搞乱七八糟的东西，唯一的优点就是靠谱。

也许每次大家叫他做的都是小事，但他总能耐心、认真地完成，甚至超出大家的预期。他不强势、不装腔，也没有什么特别多的办公室哲学，最大的杀手锏是做好手中的每一件事。他平时话不多，也很少有人讨论他的工作作风，但每个和他合作过的人，都记在心里，所以等到评选时，大家都愿意给他投上一票。而他平时的工作态度，领导也都默默地看在了眼里，记在了心里。

后来我问过很多以前和他有过交集的同事，对他的评价无一例外两个字："靠谱"。这二字看似简单，做起来却并不容易。它体现在每一个看似微不足道、却被人记在心中的小事儿中。这种小事儿，积累得越多，以后的回报便越大。

很多人说，真羡慕有些人，在事业上总能遇到机会，碰到贵人相助。其实，每个人的贵人都是自己，很多突如其来的幸福，都是之前的人品积累。很多意想不到的机会，也都是之前靠谱的结果。看似天上掉的馅儿饼，不过是前半生用心做人的总和。

这种“天上掉馅儿饼”的事儿我也遇到过。

之前有段时间很闲，算是在家待业的状态，手头挺紧的。忽然有天，有位很久没联系的编辑朋友给我发微信：“亲爱的，我手头有个观影、写影评的项目，要不要试一试，每篇稿费很高。”

有钱赚，我当然开心，于是欣然接受，认真写好稿子给对方。但心里一直有个疑问，我们并不算熟，之前也仅仅是工作上有交集，这么好的事儿为什么她会忽然找上我?

后来陆陆续续又有了好几次写稿子的机会。我很感激她：“说来那阵子我正缺钱，真谢谢你，每次有赚钱的好事儿都想着我呢。”她说：“哪里，我还要感谢你。其实也是我们需要文笔好的朋友帮我们宣传。以前找过你写书评，你写得很好，每次反馈特别快。所以那次需要写影评、又是畅销书改编的内容，所以第一时间就想到了你，我们其实算是互相帮助呀。”

原来如此，听她说完，之前内心的疑惑被解锁。对我而言，写书评完全是个人喜好，想着既可以免费看书，又能帮助别人，所以即便没有稿费，我也欣然接受，认真写好每一篇。发表了以后一开始并没有太多回音，我还曾怀疑过是不是自己水平不济或者对方不喜欢。万万没想到，其实人家都记在心里了。

这样的事儿我在写作的过程中遇到过很多次，大家对我的反馈说得最多的话是“靠谱”。我自认不是什么文笔特别强的选手，很多时候被人选中，有时候有“机缘巧合”的意味。但这种“机缘巧合”怎么来的呢?

就好比江湖救急，当需要有人替补的时候，别人第一时间会想到你，因为你以前办事儿利索，交稿痛快，沟通愉快。再或者，一个编辑同时给好几个作者发消息，很多人不是懒得回复，就是嫌项目小、赚的少，而我每次速度都很快，完成度和交付程度也过关，所以就比别人先得到了机会。久而久之，也就积累下来了些人品、人脉，别人有好事儿的时候就更容易想着你。这种积累，很多时候连自己都没意识到。因为很多时候，靠谱深入骨髓，体现在做人做事的一举一动之中，完成在下意识之间。

之前看过一句话，形容到底什么叫靠谱，觉得说得很贴切。所谓的靠谱，其实就是“凡事有交代，件件有着落，事事有回音”。而在我看来，工作中，生活中，衡量一个人靠不靠谱，很简单，就是四个字：“言出必行”。

很多人其实很热心，有人求助或者有任务安排下来，每次都满口答应，态度特别好，当时说得好好的，对方也觉得事情没问题了；结果等到需要交付的时候，不是还没做完就是做得不好，然后弄出一大堆理由，让双方都很尴尬。几次下来，很容易失去别人信任。

还有一些人，特别没有时间观念。比如，答应这个文件下周一交付，结果时间到了一点儿消息都没有，甚至拖延到周五还没弄完也没有交代，对方一催他才说是因为自己家里有点事儿耽搁了。也许最后也交上去了，质量还可以，但是在别人心里可能或多或少留下了不靠谱的印象。没有按照规定的时间完成任务，并且没有提前说明情况，很可能给对方造成损失，因而也失去了后续的合作。而相反，那些言出必行，并且不需要别人催促和担心、就可以按时准确的完成任务的人，就显得靠谱了很多。

靠谱就像一笔零存整取的储蓄。

就像你平日存钱，每次也许只存了一点点，但日积月累下来，有天发现居然已经攒下了那么多。所谓的攒人品和攒钱一样，是零存整取的储蓄。关键时刻能拿出来多少钱，完全取决于平日里，你向自己的账户里投入了多少。

在生活中，人的信用值比信用卡的信用值更值钱，并且在很多时候不可逆。你平时有多靠谱，你的信用值就有多高。你每靠谱地做完一件事儿，你在别人那里的透支额度就升高一点。

你平日对他人的细小关怀和善良举动，你为人处世的态度，你办事的风格和效率，都在不知不觉中为你积累靠谱的信用。哪有什么天上掉馅儿饼，哪有什么处处有贵人，不过都是你信用的提取方式。

幸运有时候需要靠自己去努力争取，才会在意想不到的时刻悄然来临。当你言出必行，有心有力，当你不图回报真心实意地去做一些事儿，当你不断积累自己的信用值，便会在时间的历练中发觉，靠谱的人人生有多赚。

自爱沉稳，而后爱人

自爱和自私这两个词儿，在某种程度上互为矛盾，让人很难辨别。有人常拿自尊、自爱来美化自私的行为，有人则因为害怕被人说为人太过自私，而做了很多损害自己的事儿。

到底什么是自爱，很多人时常提到这个字眼，却很少能解释得太精准。

谈到自爱就想到亦舒，她曾说“自爱，沉稳，而后爱人”。看过亦舒小说的姑娘都明白，自爱几乎是所有女主人公隐藏的最大暗线。所谓自爱，用亦舒的文字和故事来讲就是：别成为那种“吃相难看的女孩”。

而所谓吃相难看，就是失恋分手到最后撕破脸，彼此毫无尊严地摔门再见；是职场上和同事兵刃相见，明面战斗还被杀个片甲不留的狼狈；是为了获得利益耍尽心机，最后可能反而被坑到头破血流的无奈。自爱，某种程度上是一种体面，或者说是一种好看的姿态。丢了这种姿态的人，谈不上爱人，或者被人爱的能力。

在我看来，自爱有一层意思是，不成为任何人的附庸，不因为任何人改变自己的初衷或者追求。

很多人走入婚姻后，时常哀怨男人不理解自己。怎么自己掏心掏肺对对方好，家务做得井井有条，衣食伺候得应时应点，时常不顾梳洗起床就为对方服务，最后却没换来理解和尊重，反而时常听到对方责难，让自己化化妆、减减肥、去练练瑜伽诸如此类。心里觉得很委屈，难道自己变成这样不是因为对方吗？实际上，很多人婚后变得没魅力了，不能简单归结为对方付出、对家庭牺牲。更深层次的原因，也许是因为自己在爱别人的过程中，渐渐失去了自我。

很多人说，婚姻到最后就是柴米油盐酱醋茶，讲究太多过不好日子的，生活本来的样子就是：全是地气儿，很少有仙气儿。但我们不能否认，依然有人活得琴棋书画诗酒茶，把日子过成了自己的芳华。很多时候，现实中并没有那么多被逼无奈的选择，更多的是自己妥协和疲软罢了。

所谓自爱，首先应该是不因为任何人改变自己原本的喜好和追求。该去做spa做spa，该逛街逛街，该化妆化妆，该旅行旅行。也许时间很紧张，但挤一挤总会有的。没有必要打着为别人好的旗号，损害自己，到最后对方也不领情，除了把自己感动得痛哭流涕换来一堆怨恨不解，其他什么也没留下。

人们会对身上光芒万丈的人有不自觉的好感，所以那些真正自爱的人，把自己的生活照料好，让自己既有活力又闪耀发光的女人，从来不会缺少人爱。

有些人觉得，自爱就是对自己好。舍得给自己投资，于是买了各种名牌衣服和包包自我装饰。很多人都喜欢香奈儿这个品牌，对她家的包包趋之若鹜，恨不得把所有的黑白小外套穿在身上。很多人喜欢香奈儿大气又高贵的气质，却很少有人知道品牌的气质到底从何而来。

如果你研究过香奈儿的一生，你会明白她身上最大的标签是自爱。关于香奈儿的传奇生活，坊间有很多传闻，可以确定的是，各行业的富豪、贵族、艺术家，甚至首相等各种见多识广的男人们都曾被她吸引。究其原因，与其说是因为美貌，毋宁说是因为她身上散发的永远遵从自我的光芒。

香奈儿有一句名言："我的生活不曾取悦于我，所以我创造了生活。"在她的价值体系里，自爱大于一切。也唯有自爱，才能吸引到更多爱她的人，乃至缔造最后的时尚传奇。

自爱还有一层意思是，管好了自己的这部分，其实就是管好了世界的一部分。

曾经看过一个故事，觉得很有意思。一个年轻人问历史学家卡莱尔，到底怎么样才能改变世界。卡莱尔回答他说："改变你自己，这样世界上就少了一个恶棍。企图改善所有人的生活，却不先学习控制自己生活的人，到头来往往把世界搞得更糟。"

听起来有点夸张，实际和自爱的道理殊途同归。很多人在自身能力不足的时候，喜欢关注别人或者帮助别人，美其名曰牺牲自我、成全他人，这种行为其实一点儿都不值得推崇。在没有照顾好自己的情况下，逞能去照顾别人、帮助别人，到头来两败俱伤，甚至适得其反，给别人带来麻烦。在自己能力不足的情况下，挖空自己去填补对方，最后只能是竹篮打水一场空。这是典型的不自爱，也并未尊重对方。

就好像，发生火灾的时候，首先照顾好自己，才有能力去救人。飞机遇到紧急情况需要带氧气面罩时，第一条就是先把自己的戴好，再去给小孩儿和周围的人戴。任何人，在想要帮助别人之前，都要先把自己处理好，否则很多时候会变成帮倒忙，或者低效率。

老公生病住院那会儿，我对公婆说，我们现在最重要的事儿，除了照顾他之外，其实是更重要的是，照顾好自己。这个时候，如果连我们都倒下了，对他反而一点好处都没有，他会更觉得没有依靠。试想那个时候，如果我们其中一位生病，又要分配出来一个人照顾这个人，那么最后变成每个人互相牵挂，手忙脚乱，会让事情变得更糟。

照顾好自己，让自己健康，有充足的体力和充沛的精力，才可能有能力去照顾别人。因为当自己浑身羸弱时，传递出来的能量也黯淡无光，自然也无法照亮别人的黑暗。

正如周国平老师所说："自爱者才能爱人，富裕者才能馈赠。给人以生命欢乐的人，必是自己充满生命欢乐的人。一个不爱自己的人，既不会是一个可爱的人，也不可能真正爱别人。"如果每个人都能好好爱自己，其实从某种程度上来说，就是在给别人减轻负担和压力。

除了坚持自我以外，自爱还有一层意思是，凡事学会向内寻找，而非向外求助。

很多人遇到事情喜欢向外求助，需要得到别人的认可才能感觉到自己价值，需要别人给予反馈才会有内心的安全感，需要时刻被鼓励才有动力向前一步。这种心态有时候是很危险的。人最大的力量来自于内在。向内寻求自省和自爱，要比蒙着眼睛到处瞎拽，来得可靠得多。

我们这一代人，小时候大多数父母采取的不是鼓励式教育，而是打击式教育。大部分的家长，永远在挑孩子的毛病，就算得了第一名也时常换不来一句表扬。很多朋友都说："从小到大，父母都没表扬过我，所以现在我特容易没自信。"

我也一样，从小到大被要求极其严格，考第一是应该的，考得不好是自己太笨。很少听到家人的赞赏和鼓励，所以更多时候只能自我激励。可能是骨子里特别爱惜自己吧，我属于一直很会给自己洗脑的那种人。很多事儿，根本不需要父母表扬或者朋友吹捧，自己就先给自己夸一番。就好像内心深处藏着一个功率巨大的发电机，始终在暗中给劲儿，总是能源源不断地给自己提供能量，告诉自己，你很棒。

我的安全感几乎从来不来自于外在，不会因为别人几句夸奖而无比开心，也不会因为别人的某句贬低而黯然神伤。大多数时候我活在自己的世界里。因为如此，也让很多人觉得我有点冷漠，总是一副好像别人说什么都不太在意的样子。其实，只不过是源于太爱自己，给自己的力量足够多，以至于外界的那些声音对我构不成太多影响而已。我总觉得想要做到“不以物喜不以己悲”的境界的确很难，但自爱却可以给自己提供更多安全感。

奥斯卡·王尔德说：“爱自己，是一生浪漫的开始。”当你给自己足够的滋养，当你像鲜花一样美好地盛开，蝴蝶会自动飞到你的周围，想要的东西会自动被吸引来。当人真正学会爱自己，才真正有了生而为人的意义。

做个听风者，而不是跟风者

有阵子，各地的网红餐饮店成为大众和媒体追逐的焦点。

新闻调查曝光了某些排队美食火爆的背后原因，通过高价聘请黄牛做托儿，排队造势来吸引不明所以的围观群众。连假排队的人员构成都颇有研究，有学生有青年，有白领也有中年人，并且不能一起到，要分批到。势必营造出真实感，真是为了营销煞费苦心。

黄牛的人说，一般情况下假排队造势弄个十几天，人气基本就被带动起来了。一般是没开门的时候就有一堆人去排了，开业时直接制造出供不应求的场面；路人看到了不明所以也会跟着排，黄牛也会从中赚替客人排队的钱。

套路之下，套的是跟风大众的血汗钱。

且不讨论产品是否真的如网上炒得那般美味，只说说聪明商家的营销方法和背后的人性逻辑。任何市场的诞生都有其群众基础，有人买才有人卖，跟风的人太多，于是商家才会抓住这个弱点刺激市场，借势营销。

仔细想想，这和淘宝刷好评，微博刷评论点赞没什么区别，都是营造热闹的假象，然后带动不明真相的吃瓜群众入坑，最后吃亏上当的全是毫无判断力、盲目还不自知的路人。

《瓦尔登湖》里说："从众是人类的习性。我们人类的城市越来越大，城市居民越来越多，正是这种习性的体现。因为我们从众，别人干的事情我们自己也会跟着干，其中的诸多为什么，绝大多数人是不会去考虑的，而这恰恰事关每个人的生活态度。"

从众的人越多，我们越看不到真相。跟风的人越多，我们越容易被风带走。

跟风是最简单的事儿，也是最懒的事儿。因为不需要动用大脑去思考，不需要动用行动去探求真相。那些跟风者的心态大概是："反正大家都这么说，我也这么说，大家都这么做，我也这么做，就算到时候有事儿，也有大多数人扛着。""大家都说这个好，我要是不尝试我不是落伍了么。""大家都这样，我也这样，就能和别人有共同语言、有更多交流。""大家都这么说肯定没错啊。试试呗。"

热门微博里，刚开始没有几条评论的时候还有人各抒己见，一旦有人带节奏，评论的氛围便会立刻转变。等到后来人再看到新闻，甚至已经懒得去看新闻本身，懒得去了解真相，那么长的文字内容，哪有空儿去读去思考。反而是直接点开热门评论，看反转、看风向，然后点赞吐槽。正因如此，所以才会有那么多经纪公司买水军'买热门'带节奏，才会有那么多人通过数量来占据舆论高地。

什么叫跟风？百度百科的定义是：指突然盛行起某样东西时，自己没有或缺少主见，不经过仔细思考，盲目跟随潮流，参与、模仿，或可说是价值观的一种迷失。"价值观的迷失"，这个形容非常贴切，用在网络上的跟风者身上更尤为适合。

因为喜欢从众，所以我们总会时不时地在手机里看过各种有趣的现象。每年愚人节总有一群不知道哪里冒出来的死忠粉纪念张国荣，而其中很多也许压根连他的一部电影都没有看过，对这位哥哥的全部了解都来自于段子手发的各种微博。杨绛逝世，朋友圈里又多了一群杨绛先生的拥趸，最可笑的是他们连她到底是男是女都没搞清楚，拎出几句适合做签名的句子，附庸风雅地佯装文化人。

网络上不经过思考、盲目从众的人不少，生活中效仿追随、盲目膜拜的事儿更多。

小到看人家穿破洞牛仔裤自己也穿，看人家穿漏脐装自己也穿，结果闹了一身病。看大家都秀着某个饭店的美食美景，就也一定要去尝尝鲜，明明体验很差，却还要发个朋友圈证明自己没有落伍。

大到看人家在哪儿买房自己也买，完全不考虑地点和空间与自己是否契合匹配。看人家秀什么品牌的车和包包马上跟进，却从未思考过什么叫量身定制。甚至连股票都是跟风买抛，最后一概赔得哭都找不到北。

很多人觉得，所谓跟风，无非就是看别人怎么样、自己也怎么样，也没什么大不了的。但事实上，很多时候，跟风者比始作俑者更可怕，众人拾柴如果没用到正地方，也可能让火焰蔓延伤及无辜的人。如果说那些发起事件的始作俑者是一颗火种，那么这些跟风者，就是将火种吹成燎原火灾的大风。

多少人因众人的无知无觉而被网络暴力中伤，多少人因为跟风者的一点小小的举动而身心备受折磨。很多人喜欢埋怨社会套路太深。其实，世上本没有套路，跟风的人多了，便有了套路。谁又会知道，下一个被坑的是不是你自己。

周国平在《人生哲思录》里说：“每个人都睁着眼睛，但不等于每个人都在看世界，许多人几乎不用自己的眼睛看，他们只听别人说，他们看到的世界永远是别人说的样子。”

正因良民缺少判断，群众懒得思考，路人价值迷失，所以才会有那么多营销号喜欢带节奏，所以才会有那么多黄牛党喜欢骗钱，所以才会有那么多无良商家虚假造势。所以才会有越来越多的人，把钱花在如何营销上而不是如何提高质量上。如此往复循环，再回来破坏我们本该秩序井然的生活，打乱我们本该有的判断。

很多时候，这世界没有所谓的主流标准，当大多数人持有同样的意见时，这个意见就会变成主流。世间人看不清所谓的真理，众声一致便假装真理。众口铄金，谎言被坚定地重复一百次，也有可能成为真相。不要让自己的“无意识”害人害己，真正的真理应该在我们内心，应该由我们自己去思考去判断。唯有独立思考，甚至是逆风而行，才有可能在滚滚俗世之中不沦为乌合之众。

听风者，能于风声中辨其行迹，听其真律，顺风而行。跟风者，惯于热闹中借其声势，仿其形貌，随风而动。我们都该努力思辨，成为一个听风者，而不是跟风者。

你当你的佛系青年，我过我的走心人生

“佛系”这词儿一夜之间就火了。

佛系朋友圈，佛系乘客，佛系健身，佛系追星，佛系恋爱。这两年的流行词总是层出不穷，冯唐开启的“油腻大叔”的热度还没消，90后开启的“佛系青年”又后来居上。一个说的是中年危机，一个说的是青年之丧的状态。

据说，佛系指的是一种淡然的生活态度：有也行，没有也行，不争、不抢，不求输赢。听到这个词，每个人都在对号入座，总有一款佛系正中红心。据说佛系青年最喜欢说的三句话：都行，可以，没关系。不过他们嘴上说着什么都行，但心里可未必这么想。

“中午吃什么？”“吃啥都行，你说吧。”但如果我不爱吃，我还是会不高兴。“选这个可以不？”“可以给个好评么？”“可以啊。”但是心里很不爽，只是懒得和你纠缠罢了，满脸愉悦也并不代表我快乐。

在我看来，所谓的佛系青年，很多都是还没经历过入世的沧桑，就先表现出一番无我的出世状态，表面看起来是淡定、平和，隐藏在皮囊之下的内核其实是又懒又丧。

佛系这词儿让我想起胡适曾写过的“差不多先生”。差不多先生的一句名言是：凡事差不多就好，何必太精明。

这位差不多先生，有鼻子有嘴，但对气味和口味都不讲究。他有耳朵，但是听什么都不分明；他脑子不小，但是记性不好，思想也不细密。无数人以他做榜样，于是人人都变成了一个差不多先生。然后中国从此就变成了一个懒人国。

这个比喻放在这里也许有些极端，但不无相似之处。

我总觉得，很多人口中的顺其自然，不过是对残酷现实自我妥协的一种说辞罢了。就好像所谓的听天由命，很多时候不过是知道真相后，却无能为力的一种绝望。

如果争能争来结果，谁会不去争。很多人选择不争，只是因为他们知道争也没有用，所以不如放弃。用看似云淡风轻的样子，画出一幅不争不抢的背景，也给自己的失落留下一个体面的借口。

如果较劲能解决问题，死磕到底能有好结果，这世界就不会有那么多轻易地放弃。很多时候，不过是因为受了太多的委屈，发现和不可抗拒的势力较劲毫无意义，领教过现实血淋淋的教训，才在之后的选择中不得不缩回自己的壳里。

现代生活很累，日日压得我们喘不过气。不管是初入职场的青年，还是混迹多年的上有老下有小却毫无依靠的中年，都觉得焦虑。

想做的事很多，能做的事却很少。希望很大，失望更大。因为努力过却没收获，最后索性不努力了。丧文化之所以流行，是有社会基础的。一句丧，看起来是自嘲，实则是面对无奈的借口。

照我说，真正的佛系青年其实并不好当。自我对照，好像除了越来越秃的头发，没一点符合的。至少不争不抢这事，我就很难做到。想到自己易燃易爆炸的性格、满怀热情的灵魂、暴烈又直接的心，想要保持佛性真的太难。因为有些生活态度，和年龄无关，和性格有关。

我当不了佛系青年，因为做不到对什么都不在乎、对什么都无所谓。

比如，别人惹我生气、给我造成困扰的时候，我还是暴烈地怼回去。用岳云鹏的一句话说就是“我忍不了”。有些事儿，多大岁数都忍不了，就算到了八十岁，想欺负我也会一竿子撑起来据理力争，跟对方掰扯掰扯。

比如，遇到机会和挑战的时候，我的第一反应还是“先试试看，万一我可以呢！”不想假装谦让，然后把机会拱手让人。也不会被困难吓倒，觉得自己技不如人。不会觉得试一次失败了有多丢人，反正不用心做一次，谁也不知道这次会不会成功。再比如，面对朋友或者同事，做不到无视不走心，心弦还是会被牵动，或激动喜悦或黯然神伤地去共情。

很多人说，人啊，很多不开心都是自找的。当你做到对什么人都不在乎、别人说的话对你都没什么影响的时候，你就成长了。我不这么认为，如果真的变成那样，这人活得多麻木，有时候有情绪并不是坏事儿。人生有时就像一截木头，有人选择熊熊燃烧，有人选择慢慢腐朽。我想我是前者。

心如止水是种境界，但要分时间和地点。有些年轻人，没受过什么苦难，失个恋或者失个业就觉得自己看透世事，内心毫无波澜了，这事儿不对。

褚时健曾经是中国十大改革风云人物，71岁入狱，人生经历大起大落，却从未想过放弃。出狱后开始种橙子，后来全国大卖，又成了风云人物。史铁生从小身体就不好，不到20岁就瘫痪，开始了轮椅上的生活，之后又肾病缠身，得了尿毒症，靠透析维持生命，可即便如此也没说什么心如止水、无欲无求，依然坚持写作，从未放弃过任何表达自己的方式和重获生机的方法。刘墉9岁丧父，13岁流落街头，16岁肺病休学，人生惨淡却始终保有对生活的热情，他画画、写诗、演舞台剧，做记者、做教授，把生活活得有滋又有味，成了几代人的精神教父。

你看，生活可能很残忍，但总有人保持热情。而对于我们大多数人来说，世界对我们并不薄，很多时候只是自己不领情，还假装看透生活不屑于为其努力。做人，表面上可以佛系一点，但内心一定别这样。

云淡风轻、浑不着意，这种人生状态的确不错，但有一个前提，总有走心的地方。也就是说，在该云淡风轻的时候宠辱不惊，微笑面对，在该斤斤计较的地方锱铢必较，谁也不让着谁，在该随缘的时候随缘，在该努力的时候放手一搏。我觉得，这才是年轻人该有的样子。

洪应明在《菜根谭》里写："鹰立如睡，虎行似病，正是他攫人噬人手段处。"说的是雄鹰和老虎在捕食前，前者立于枝头，看起来像在打盹，后者走起路来像生病了一样。所谓的昏昏欲睡，只是他们麻痹猎物的手段；真实的内心其实气势汹汹，伺机而动，只不过没有表现出来罢了。

你可以做出一副佛性的姿态面对世事无奈，以平和的心态应对各种变幻得失。但在需要用力、需要走心的时候，请一定要有勃然怒发的气概、舍我其谁的魄力、披荆斩棘的勇气。

没有真本事，何谈真性情

这两年热播的电视剧《欢乐颂》里，除了喜欢看五美的群戏，就是喜欢听曲筱绡一本正经地讲金句，喜欢听从她混不吝外表下，拎得清的内心里，说出的那些话糙理不糙的大道理。

她在电梯里教育邱莹莹的那句话让我印象深刻：没点儿真本事，谁要看你真性情。

剧情里，邱莹莹的人设是一个不懂人情世故、跌跌撞撞没头脑的姑娘。感情的事上丧失理智、妄自菲薄，工作上又拎不清、摆不平，人际关系里也经常是最让人头疼无奈的那个。经常仗着自己年纪小，就心直口快地说出伤人的话，或者对别人的善意毫不领情。要么就是仗着失恋失业的悲伤，鬼哭狼嚎分不清轻重耍性子。

曲筱绡说的没错，如果你没点真本事，却一直毫无顾忌地释放自己所谓的真性情，那么到头来吃亏的一定是自己。因为这世上除了父母，没有人会为你的任性和错误买单。无论是男朋友还是领导上司，甚至是一直在你身边的好朋友，都需要用心经营。什么都不做，甚至肆意妄为，然后用一句真性情轻易带过，往往只能换来对方的一句不懂事儿和矫情。

不知道什么时候开始，真性情这个词儿变得很流行。有人放飞自我不将就，大家说他真性情；有人不藏着掖着说话直来直去，大家说他真性情；有人豪情万丈不矫揉造作，大家说他真性情。

还有一些人喜欢用真性情来自居，或者以此来给自己的某些行为做借口。比如，有人办事不力，懒惰拖延，却自称真性情；有人毒舌嘴贱，不顾及他人，却自称真性情；有人自私自利，害人害已，也自称真性情；有人作死矫情，无理取闹，还是自称真性情。和“文艺女青年”五个字一样，这个本来美好的词汇，不知道什么时候开始，变了味道，变成了很多人掩饰自己毛病的说辞。

我们可以真性情，可以选择坚守自己内心的某一分执念，可以不用过分地纠结或者逼着自己融入滚滚红尘之中。但是，纵情释放的前提是，你必须有点过人的本事，有点拿得出手的本领。

电视剧里女主安迪激动时的飙车，疯狂时的酗酒，说分手就分手绝不拖泥带水，特立独行，在很多人眼里却是那么真实可爱，那么真性情，男女都喜欢。为什么？因为她事业成功，业务能力强，各方面优秀，所以才有相对任性的资本和我行我素的霸气。

娱乐圈里，很多人说许晴真性情，上综艺节目，被路人狂喷，有人说她公主病，有人说她太任性。但回到现实中还是那个独立自我，在自己的小世界里活得自在又美丽的女人，没人会否定她人生的成功和洒脱。即便你不赞同她的生活方式，即便你不理解她的性格特点，但仍会说一句，这女人是真性情。为什么？因为她超强的业务能力。

不管生活中怎样，工作中，她永远会交给你满意的一份答卷。她可以是笑傲江湖里可爱精灵的任盈盈，也可以在建国大业里把端庄大气的宋美龄演绎得惟妙惟肖。她更可以无视外界的声音，在老炮儿里诠释出北京大蜜那副骨子里的坚忍执着。

很多人没有搞清楚这个逻辑，总是在本事还没积累起来的时候，先长出了脾气。

先把本事练出来，然后再去释放自己的某些个性，这时候才会让别人用欣赏的眼光去看待你的真性情，否则很容易适得其反、得不偿失。真性情从来不是圆滑世故，更不是懒惰或者无礼的借口。不要打着真性情的幌子，去做低情商的傻子。

比如，有些人在工作场合很有脾气。初出茅庐锋芒毕露，听不进去批评却时常在众人面前挑战权威。往好了说是年轻气盛敢想敢言，往坏了说是不懂人情世故肆意挥洒自己的性格缺陷。以善良和尊重为前提，才有资格谈真性情。否则，肆无忌惮地让别人陷入尴尬，毫无顾忌地让别人难堪，因为自我的原因耽误团队危害集体，那是没教养和自私，才不是什么真性情。

其实，那些在社会中随意挥洒自我的人，通常在专业领域锋芒毕露。大多数的时候，任性的话并非想说就说，任性的事儿也不能想做就做。人发表犀利言论的资格，很多时候是建立在某种专业成就的基础上的。

苏东坡在文学上享誉盛名，文诗词都有极高造诣，所以他豪放不羁、刚直不阿的真性情才被人啧啧称道。若是不学无术的武夫一枚，也许同样的话，同样的事儿在你眼中就会变成固执不变通了，哪里还能有旷世真名仕一说。

李白天赋异禀，十岁通晓五经，是天才诗人，所以他不走寻常路，不参加科举，你还可以说他是真性情。所以他应诏入长安后，得意忘形地说“仰天大笑出门去，我辈岂是蓬蒿人”，你才不觉得他自负，反而会因他的真性情欢喜。李荣浩在《李白》里唱：“要是能重来，我要选李白，至少能写写诗来澎湃，再逗逗女孩”，为啥这么厉害，还不是因为人家真的既有才又有能耐。

什么是真正的真性情？我想应该是内心永葆青春，永远会热泪盈眶的一种赤子心。

不自欺欺人，不违背初心，无论外界如何变幻，如何评价，始终坚持自己的一套生活准则，不被年龄束缚，不被环境改变，顺境、逆境皆能找到自己的节奏，不为过去和未来忧虑，活在当下的状态。

既可以豪情万丈、一世轻狂，也可以低调冷静、沉默深邃，既不虚伪也不张狂，内心永远热情，始终对生活充满激情。

在我看来，如果你武功盖世如东邪黄药师，你自可以不顾他人言语、独来独往仗义执言，即便被人误解冤枉也拂袖而去绝不纠结。有智慧，有地位，你才配得上一句真性情。

如果你才智过人、颜值顶级如杨过，你才可以不循规蹈矩，爱自己想爱、做自己想做，即便被伤害被欺凌也绝不低头不害人，既有善心又有侠义，你才配得上一句真性情。

否则，保管真性情的最好方式，就是把它们牢牢隐藏在你的本事里。

第六章

懂得包容，生活会更从容

看到小清新不要说矫情，
看到二逼段子不要说脑残，
看到文艺范不要说装腔，
看到诗歌不要说无病呻吟，
看到意识流不要说傻瓜。
每个人都有自己的表达方式，
如果你不喜欢，
只能说明不是为你准备的。

——张嘉佳

你好，文艺女青年

经常有人对我说：“你真文艺。”

我赶紧回道：“别骂人啊，当我傻啊，如今文艺可不是好词儿！”

冯唐说，一个社会的变坏，是从嘲笑文艺女青年开始的。社会变没变坏，我不敢说，但文艺女青年却时常遭遇群嘲。不知道什么时候开始，文艺女青年在世人眼中变成了一个略带贬义的词汇，或者是一个略带些酸酸味道的词汇，每每说起，总换来对方呵呵一笑或者留下一个不屑一顾的神情。

很多人对文艺女青年有着深刻的误解，就像作家李筱懿说的那样：“读过村上春树，爱听小野丽莎，看过法国先锋电影，在古镇的青石板路上晃荡过几回，在氤氲的光线中披着直长发照过几张朦胧的照片，能写几行字或者几首歌，能酝酿一些莫名的忧郁，就是文艺女青年。”

于是在某些人眼中，文艺女青年，这五个字约等于：矫情，不接地气，清高，很难取悦，甚至是不好嫁。

不可否认，上面说的那些伪文艺们是如今世人眼中文艺女青年的中坚力量，在朋友圈、微博、豆瓣贡献了不少流量。但也正是这些人，让本来一个美好的词汇变成了带着揶揄的贬义词，让人们对真正的文艺产生了巨大的误解。

所以，每每听到有人说我是文艺青年，我都慌忙否认。因为，以上行为真没有，如此定义的女文青，我真不是。不是那些凹造型摆拍、各种滤镜修图、在社交网络找存在感、无病呻吟的人；不是玻璃心公主病、没完没了矫情、招男人烦女人厌的人。

这世界上很多人有两面性，其中两类人最明显。一类是在网络上耿直幽默甚至刻薄无情，现实生活却一派岁月静好优雅地与世无争。还有一类，在社交网上一副岁月静好、阳春白雪的模样，私底下也许比谁都庸俗。文艺女青年这词儿被世人诟病，免不了是后者这类人所赐。

在我看来，文艺从来不是用来炫耀的，更不需要炫耀。因为许多时候，真正的文艺青年的气质是内敛的、安静的，很多情况下如果不深入接触，外人根本不会察觉到那个文艺灵魂。

真正的文艺女青年，有一颗善于发现美、享受美的心，即便注定与小众相伴也依然有自己的夏凉冬暖；真正的文艺女青年，会因文艺腹有诗书气自华，更通情更豁达；真正的文艺女青年，通常非常聪慧，懂得自己要什么，能在少数中找准自己的位置，在孤独中自得其乐；真正的文艺女青年，一定是书读百家涉猎广泛，有大家闺秀的内涵，又有独领风情的灵气。

文艺从不是让她们与人间烟火气隔离的屏障，而是让她们在现实的寒冷中取暖的火炉。

对真正的文艺青年来说，文艺是刻在骨子里的不由自主的生活方式，和正常人的生活方式并无二致，不易发觉，更无须展示。

那我自己来说，在家里放香薰，因为我享受那种弥漫着喜欢的味道的氛围。不是因为某个品牌，也不是因为想要摆拍。在车里放纯音乐，是因为当我烦躁闹心的时候，它们真的可以让大脑轻松放空，可以暂时缓解身心的疲惫，不是附庸风雅、假装文艺。画油画、看画展，完全是兴趣使然，而不是因为拍照好看。出门旅行时不喜欢看经典景点，而喜欢在各个城市的书店游走，不是为了假借气氛，只是爱好而已。

有人说，文艺是病，这些缺少烟火气的单身女孩儿们，试试生个孩子病就好了。这其实也是对文青概念妥妥地误解。真正的文艺青年，真正喜欢文学艺术，热爱生活，心怀星空的人是与年龄无关的。

她们会努力应对着眼前的苟且，但依然向往诗和远方。她们愿意拾起地上的六便士，也从不放弃天上的月亮。她们可以是传统意义上的贤妻良母，更愿意享受生活做自己世界的公主。她们有自己的精神境界，但也离不开现实生活的裹挟。

文艺女青年们并非活在氤氲袅袅的世界中，她们也会操心柴米油盐酱醋茶，也会亲自下厨、逛市场，过烟火气的生活。也会在怀孕当妈的时候变得焦躁手足无措，也会为生计奔波。

林徽因儿女双全，照样可以在艰苦条件下边带孩子边研究学问。可以写出“青年的热血做了科学的代替，中国的悲怆永沉在我心底”这种典型文艺女青年的笔调。因为她既可以做人间四月天，也可以有深秋的落叶愁。任何时候，都有自己的风骨。

杨绛是最长寿的文艺女青年之一，年近百岁依然对文字孜孜不倦，依然徜徉在自我的文化世界里；女儿不是她的累赘，相反因为有了孩子，她的笔触更文艺而知性。她可以有现实的柴米油盐小女人的娇俏，也可以有泰然处之大女人的独立。一个人送走丈夫、女儿，看尽世间百态，依然可以写出“故人笑比中庭树，一日秋风一日疏”“我抚摸着一步步走过的驿道，一路上都是离情”的如诗如画的日常感慨。

再或者龙应台女士，若不是一颗文艺的心，若不是一个敏感又善于总结的灵魂，又怎会给儿子写出那些隽永又令人深思的文字。又怎么会在中年之时，有了经典的“看着子女的背影默念不必追”的目送感慨。

当然，这些人你可以都不喜欢。因为在有些人扭曲的内心里，徐静蕾、郝蕾、宋佳这些娱乐圈的女文青，通通都是做作矫情；张爱玲、三毛、萧红这些文艺才女也都通通是无病呻吟而已。

张嘉佳说过一句话糙理不糙的话，放在结尾甚是合适：

“看到小清新不要说矫情，看到二逼段子不要说脑残，看到文艺范不要说装腔，看到诗歌不要说无病呻吟。看到意识流不要说傻瓜。每个人都有自己的表达方式，如果你不喜欢，只能说明不是为你准备的。”

这世界上，人的姿态有千百种，任何一种形式的存在都有其合理性，都会有它的拥趸。你可以选择不喜欢，但请一定要尊重。

我热爱工作，但我不想上班

“老子辞职了！”几天前，我收到朋友发的信息。

“为什么啊？找到更好的地方了？”我问。

“没有，裸辞。实在受不了我们那领导了，想辞职很久了，今天终于爆发了而已。”

“那之后有什么打算？”

“不知道，天地之大，自有姐容身之处，自己有本事就什么都不怕，这年头没什么大不了的！”

很佩服她的勇气，但又觉得在情理之中。

她在银行工作做理财经理，是别人眼中稳定又理想的工作，看起来光鲜富足，但她自己却一直干得很不开心。从性格上来说，她很内向，在生活中也属于不善于与人交流，但文笔很好很有内秀的那种人。但偏偏她的岗位是偏向销售性质，对外打交道很多。虽然挣钱不少，但永远觉得自己在硬着头皮做不喜欢的事儿，总是负能量满满，经常和朋友们抱怨自己的痛苦。领导是上面来的空降兵，没多大本事，但“背景”特别硬，经常给她提出各种奇葩的要求，发表幼稚的理论，俩人也气场不和，工作始终干得不痛快。

更重要的是，她家离单位很远，住在城北却要去城南上班，每天早上开车堵在路上的时间差不多一个半小时。为了躲避早高峰早点出发，五点多就起来，睡眠严重不足，浑浑噩噩到单位，加上路上的各种路怒爆发带来的负能量，整个人处于一种低迷的状态，长久下来身体也变得不好。

以前她常说自己做梦都想在家上班。要不是为了挣钱，说死都不遭这份罪。现在，她终于想开了，甩掉了那份在别人看来梦寐以求的工作，重新找回自己所喜所爱。

不止她这样，这两年周围好多朋友忽然就辞职了，忽然就“想开了”，忽然就转变人生列车的轨道，行驶进另一片森林。那里似乎更广阔，脱轨后的生活竟然也自在快活。

如果去问每个在大城市朝九晚五奋斗的年轻人，对上班有什么感觉，通常会得到这样的答案：

每天早起，要么在沙丁鱼罐头一般的地铁里挤出满满负能量，要么堵在繁华又拥挤的三环路或者主干道，把大好青春贡献给城市的交通系统。上班下班时间加一起近四个小时，能真正利用的时间寥寥无几，工作效能非常低下。大部分的精力不是花在如何做好工作上，而是花在如何处理人际关系上，有着太多想骂、不能骂的事儿和想撕、不能撕的关系。

还有没完没了的办公室哲学、冗长又低效的大大小小的会议、各种各样的年度审查、不按套路出牌的领导和沟通不明白的客户，写不完的各种文案材料和永远加不完的班。大多数人所谓的一份工作，不过是无聊至极的重复性事务，一眼可以望到头的人生轨迹，永远无法实现的事业理想而已。

在每天的重复中得过且过，日子一天天过去，年龄一天天变大，最后自己也没了跳出牢笼的勇气。对现在的工作不满意，不喜欢，但为了维持温饱又不得不硬着头皮继续、持续、纠结、往复循环。

很多人都觉得，自己是一颗没有被放在正确地方的螺丝钉，硬生生地改变自己的躯体，嵌入到格格不入的框框里。不是对工作失去了热爱与激情，而是单纯地不想去上那个“班”，那个牢笼一样的班。

我喜欢的作家王欣，在自己的公众号“反裤衩阵地”里面，写到自己不想上班的原因，是因为不想被迫接受领导灌输的价值观。深以为然。“我们不想上班，完全不是怕苦怕累，也不完全是嫌钱少，主要太害怕一把年龄还被老板尴尬强制洗脑。”

不想为了单纯地提高收入，而和那些与自己人生态度截然相反的人共事。不想被别人随便定义自己的人生，或者否定自己的价值。不想听毫无意义的狼性口号，不想开各种无价值的打鸡血年会。不希望自己的自尊被无能之人踩在脚底下无情践踏，不想被人软硬兼施地要求去配合他们的表演。

说白了，越来越多人不想为五斗米折腰，越来越多人想明白人生苦短，要为自己而活，越来越多人懂得“人有一半时间在工作，那为什么不选择自己喜欢的能让自己快乐的工作”。宁可赚的少一点，宁可辛苦一点，宁可降低一些欲望，也不想每天矛盾纠结、不情愿地抱怨。

就像我的发小对我说的：“我热爱工作，但我不想在某些毫无建树和格局的人手下工作。我宁愿生活得清贫一些，也不想看某些人的眼色，我想和一眼就能望到头的人生说再见。宁愿开个客栈或者青年旅社，跟每个来我家住宿吃饭的人聊他们在不同地方的见闻，哪怕穷一点儿，但起码都是我喜欢的。”

《圆桌派》里有一期提到现代人越来越不想上班的心态。画家陈丹青就说，不想上班和不想工作是两码事儿，他本人非常厌恶上班，但他非常热爱他的工作。从每天早上一起来，就坐在自己的桌子前，沉浸在自己喜欢的工作中。

是的，我热爱工作，但是我不想上班。

离开，在很多人眼中也许是一种逃避，但从某种程度上来说，也是一种解脱。离开需要一个导火索，更需要坚定的勇气。

老一辈人说：“现在的年轻人真的太任性了，动不动就辞职，尤其是90后们，理直气壮地炒老板鱿鱼，动不动就不干了，一点儿委屈都受不了。”

其实，我反而觉得这更多的是对自我选择的一种尊重，是人们随着时代的变化和心态开放后，越来越懂得一切随心做自己的标志。与其说现在的年轻人越来越个性开放，越来越缺乏忍耐力，不如说现在的社会发展形势，已经把人们推到了另一种工作生态模式下。

以前人们一辈子在一个单位工作，不敢跳槽、不敢辞职，是因为害怕丢掉饭碗养活不了自己。因为以前的社会经济结构单一，劳动者和消费者之间必须由企业架起一道桥梁。现在则不同，在共享经济时代，劳动者和消费者之间只需要一个共享平台，便可达到高效的价值交换。甚至有人大放厥词，在未来企业将消失，只剩下拥有不同资源和需求的人，以及不同的共享平台。

以前每个人都需要有一个单位，否则就是无业游民，在体制内工作是人们的最高追求。而现在，越来越多人选择了去创业，越来越多人选择去做斜杠青年。他们不把自己局限在那几平方米的小格子间里，日复一日地去做一颗大机器里的最小的螺丝钉，而是选择做自己的发动机，为自己的人生发力。

现代社会里，自由职业变得越来越流行。美国一家人力资源服务机构Paychex调查显示，在2000～2014年间，美国的自由职业经济增长了500%还要多。现在的美国年轻人里，相当于每三个人中就有一个是自由职业者。我想中国离这一步也并不遥远。

社会的发展变化正在杀死那些朝九晚五一成不变的人。时代的进步给了向往自由、渴望创业的人最好的机会。很多人说，网络的发达，自媒体的兴盛，现在也许是自由职业者最好的时代。

只要你有一技之长，或者说你愿意把自己的某些兴趣爱好转化成事业，只要你有一台能上网的手机或者电脑，只要你有健康的身体，你就有各种赚钱的方法，就有各种实现理想的可能。在这个时代，怀才不遇的人变得越来越少，酒香不再怕巷子深，因为你有更多的机会让香味飘出去。

于是，很多人做到了不上班，却仍然为自己热爱的事业努力奋斗，仍然可以更好地享受生活。

有人做自由撰稿人，有人做瑜伽教练，有人做英语教师，有人做程序员，有人做设计，有人做微商，有人做专车司机。每个人都在工作，只是他们不再局限于办公室格子间里的那一亩三分地，不再局限于朝九晚五明确的时间段里。没有了那么多直属领导或者大boss，少了很多繁杂的人际交往。他们看似清闲，实则忙碌。挣钱的方式有很多种，未必非要委屈自己去做不喜欢、不擅长的事儿。

从某种程度上来说，不上班也许是一种逃避，对不走心的社交的逃避，对勾心斗角社交的逃避。但同时也是另一种生活方式，另一种事业的尝试。为了自己的理想去工作，为了自己的热爱去生活，也许最开始会很艰难，但熬过去混出来，终会获得另一种自由。

生活不是标准考卷，正确答案也并非只有一种，找到适合自己的，才会真正获得高分人生。

为何女性总要为难女性？

时常觉得，女性遭遇的最大的脏水，很多时候往往来自于女性本身。每次看社会新闻，总能在字里行间和热门评论中感受到同性之间深深的恶意。

比如，陈赫和许婧离婚，女方微博下面的评论各种污秽之言，令人不忍直视。公众可以接受一个跟小三结婚的男人，却要漫骂一个离婚后旅行再恋爱分手的女人，特别有意思。

她们说："一个巴掌拍不响，你怎么知道她是好人？"她们说："她靠前夫出名，这个女人不简单。"她们说："她各种白莲花各种婊，大家都被她给骗了。"点进去头像看，绝大多数谩骂的人竟然都是女人。这实在令人费解和气愤。

网友对男人总是宽容，吸毒、出轨、犯法都是可以原谅的，但一到女人身上就全都不行了。苛刻得要命，双重标准得厉害，尤其是女性网友。比如，章泽天跟比尔·盖茨在饭桌上用英文侃侃而谈的视频曝光，首先出来的声音不是赞赏这位形象好气质佳、有学识有才华的年轻女性，而是反讽其口语并没有多好，恨不得在网络一头跟人家做一次口语比赛。

再比如，女性事业成功，就非得意淫人家家庭生活失败；女性遭遇不公正对待了，总是先同情然后就转而在她身上找问题，而不是追究事件的本源。蒋方舟和徐静蕾一起上节目，不过说了一些恨嫁的真心话，就被各种解读，什么蒋方舟活得失败啊，跟徐静蕾没有可比性啊，等等。而说这些的人，大部分人既没有蒋方舟的才华阅历，可能连容貌也比不上，却在背地里一面意淫自己是徐静蕾，一面看不起和徐静蕾做对比的那个年轻女孩儿。最后逼得蒋方舟自己在微博上说："不要和愚蠢的人自嘲，他们会当真的，然后在你面前傲慢起来。"不要在愚蠢的人面前自黑，她们真的会相信。

人有天然的嫉妒心，女性更为如此。

罗素在《谈嫉妒》里说："在地铁里，当一个衣着华丽的女人走过时，看看其他女人的眼神，你就会发现，可能除了那些穿得更好的女人，每个女人都会用恶意的目光注视着这个女人，并试图找到可以贬低她的话。即使几乎毫无根据，任何一个攻击另一个女人的故事也会立刻被认可。"

女人年纪轻的时候，会吐槽比自己年长的女人是老女人，却不知自己也会有年老色衰的一天。女人年纪大了做了婆婆的时候，又开始处处为难儿媳，完全忘记自己也曾走过同样路，遭受过同样的经历。

朋友中，给女性下套的，也往往是那些表面和你很好的塑料姐妹花们。周围压力的来源，大多数是同性之间的勾心斗角和无知对比。也许这就是人性的劣根之处。

同性之间的刻薄并不仅仅出于嫉妒，还有些说不清道不明的原因，比如多管闲事、瞎操心。

有没有发现生活中，担心你嫁不出去、说难听的话让你烦躁的，永远是七大姑八大姨，而不是七大舅舅八大叔叔。她们打着为你好的旗号操心不该操心的事儿，说不该说的话，她们以过来女性的姿态，教唆你去违背自我意愿。

这些人之所以让人厌烦，并不是因为她们直白地说出了人生的真相，而是她们自以为自己什么都懂，站在自己垒起的空头山坡去俯视别人，自以为高人一等实际嘴脸却无比可笑。

也许是被男权思想禁锢太久，影响太根深蒂固，很多女性代替旁人角色，在扮演恶婆婆的道路上甘之如饴乐在其中，从来不觉得自己有错，还信誓旦旦地站在道德制高点指责其他女性。

一个女人带着孩子在寒风中送快递的新闻，下面的评论是："女人不好好在家带孩子，根本不是一个好妈妈。为了挣钱，连本职工作都没做好！"女孩儿把头发剪短，穿上一身帅气的制服，一脸英姿飒爽。下面的评论是："女性以阴柔为美，偏要把自己打扮的男不男女不女的，像个汉子一样还要和男人竞争，简直就是不守本分！"女教师夜跑遇害，听到的不是对施暴者的拷问，反而更多是一大堆女人在下面喊："大晚上出来瞎晃，还穿着紧身衣，那么暴露，活该被强奸。"诸如此类，不堪入目。男人还没表态的时候，一群女人首当其冲在评论里占了上风。最后，真正理性的声音被掩埋，真正有灵魂的思想被淹没，最后只剩下无理性人士的狂欢。

女人何苦为难女人？我想，这千百年的老话可能再过个一百年也找不到答案。

《镜中蔷薇》里说："一群优秀女性围攻平庸女性的剧情只有偶像剧里才有，现实世界是，平庸女性才会聚在一起对优秀的女性议论纷纷。" 这世上总会有这么一群人，需要通过污蔑和丑化其他优秀女性，来获得自己言语上、道德上的优越感。

越是自己过得不怎么样的人，越喜欢去抨击那些比自己强的人。越是没什么见识、没什么思想的女人，越不愿意相信别人的美好。她们费尽心思地找到别人的各种缺点加以放大，好像贬低了别人，自己就会变得高尚，好像在语言上玷污了别人，自己就能获得幸福。

你会发现，这世界越是见识浅薄、越是自我低劣的女性越愿意为难同性。强者从来惺惺相惜或独处自居，弱者才愿意成群结队在污秽的文字里寻找某种快感。

当我们怀着悲天悯人的情怀去解读世间现象之时，其实也是对自我的一种警示。

实际上，我们每个人都逃脱不了人性中自带的那份比较之心与嫉妒之意。很多时候，生活的烦躁与疲惫来自于，我们总是给自己设立一个同性的假想敌，然后不断搜集各种素材证明对方的不好，以显示自己的优越感。

但扪心自问后，我们便深深明白，为难别人的同时，并没有让自己变得更好。在感叹女人何苦为难女人时，其实应该反观的是我们自己。与其对他人过分执着，不如选择让自己过得舒服过得坦荡。与其把生活的焦点放在对同性的臆测和揣摩上，不如专注自己的生活，让自己的世界浓烈而芬芳。

也许我们永远无法阻止其他人对自己的刁难，但我们仍有选择。比如，可以学会平和地面对周遭，学会用爱与包容去看待更多的人，用善良包裹欲望，用胸怀承载幸福。

永远记得，你如何对待同性，就是如何对待自己。

会说话的人，一开口就赢了

这世界上有两种人，一种是特别会说话的，一种是特别不会说话的。

前者，和他们在一起聊天儿你会觉得如沐春风，不管聊什么都不会觉得不舒服。他们时常可以化解各种聊天儿中的尴尬，让所有听众找到自己最舒服的状态，比如黄渤、何炅。

黄渤上《鲁豫有约》的时候，陈鲁豫问他："你现在觉得特别火了吧？"很多人遇到这种问题，要么谦虚笑笑，要么否定说"没有，还差得远"。黄渤说："都来《鲁豫有约》了，能不火嘛。"一句话，既夸了对方，也没有妄自菲薄，特别自然。

这些会说话的人，一开口就已经赢了，因为彼此都舒服。相反，那些不会说话的人，每一次发声都让人头疼到想要撞墙。 比如，你很久没和一个朋友见面，见面第一句话就是"哎哟，你怎么变这么胖了""哎哟，脸色不太好啊"。穿件新买的衣服，她看到了就说"这衣服咋这么土啊呵呵呵呵，显你黑啊"。

也许你也遇到过一些说话特别酸的人。比如，做了一桌子菜，开开心心发个朋友圈，底下评论："看不出来还会做饭呢啊，有点儿简单吧，某某某做得更好吃呢，你可以跟她学学。"考了第一名，总有人酸几句："哎哟，没看出来还有这能耐啊。" "运气不错啊。" "提前知道题了吧？"

还有一些不会说话的人，你说什么他都不相信。比如："听说你是中戏的？""对啊，对啊。""塞了多少钱啊？""没塞钱啊。""没事儿，你告诉我能咋地！""真没塞钱啊。""不爱说算了，你这人真没劲！"还有一些不会说话的人，会明里暗里地贬低你，损自己的时候也不忘了带着你。比如："我觉得现在社会还是要靠本事吃饭，尤其是咱们这些长得不好看的。""你这件衣服我也有，但是我嫌不好看，所以一直没穿。"

这些不会说话的人，个个都像个点穴高手，只要一发力，句句都能怼在那些让人尴尬的死穴上，无一例外。

闺蜜和我吐槽她有个阿姨，就是特别不会说话的那种人。阿姨一直对她很好，所以逢年过节，闺蜜也会特地去看她，每次都会带些礼物过去。要过年了，闺蜜拎着大包小裹的东西去了，阿姨开门第一句话就是："哎呀，你怎么这么浪费钱啊，我哪需要这些啊。"然后一脸不高兴地把东西收起来。

她们聊起彼此近况，阿姨发现闺蜜还是单身，一脸愁容："你知不知道你妈最担心就是你的婚姻大事儿啊。哎，不是我说你，你妈平时不好意思跟你说，怕给你压力。我可得说说你，这么挑下去可不好，赶紧找人结婚，别让你妈再这么上火下去了！"

闺蜜有点尴尬，聊感情不好，还是聊聊工作吧。于是说起自己最近创业的进展，说在自己这一年的努力下，签了好多单，挣了不少钱，也算是一方面缺失在另一方面有所弥补了。阿姨听完，一副不屑："订单多？那还不都是冲着你爸的面子。我对你家最了解，要不是你爸厉害，你能一创业就干这么好？我从小看你长大，我还不知道你那点儿能耐。”

闺蜜很无奈，这次的项目确实和她老爸一点儿关系都没有，可是没人相信自己的能力，还一味地去拿老眼光看人。这让她特别无奈，于是匆匆告别，一次聊天儿弄得满肚子憋屈，好像做什么都不对。她心里知道阿姨没有恶意，对自己很好，但还是很不舒服；每次去她家都觉得时间漫长，如坐针毡，总是暗暗跟自己说“以后一年见一次也就够了”。

而这个阿姨自己，也许完全没有觉得自己说话有什么问题。如果你反过来说她，她可能还会觉得你不懂事儿，听不进去别人的好心好意和真心实感，然后再加上一句：“还不是为你好才会说这些实话，外人谁能跟你说呀！”有太多这样的人，打着耿直的旗号，说一些让人不舒服的话，还美其名曰忠言逆耳。

说话难听的人其实有很多共同点。比如，自己的生活一般都不太如意，所以内心充满负面，看什么都是往歪了想、往阴暗里猜测。比如，说你的那些点都是她们生活中很欠缺的部分，物质、家庭、朋友、社会地位、收入、成功等。她们最喜欢同情弱者，最怕看到强者比他们发展得好。

和这些不会说话的人一旦正面交锋，她们最大的能耐，就是赶紧把自己认为自己最好的东西全部展示出来，然后再挑选最尖酸的词汇来挖苦你的成功，千方百计寻找你的弱点。她们喜欢把难听的话包装成蜜糖，糖衣像忠言，糖芯却是逆耳，以为苦口的是良药，其实也许只是毒药。

用papi酱的话说：“和不会聊天儿的人聊天儿，感觉自己就像在上刑。”还是那种死不了人、但特别折磨人的酷刑。也许他们都没有恶意，但留给别人的印象就是典型的情商低。

人的情商往往藏在说话的方式里。

有人话很多，口若悬河却句句带刺，让人浑身不舒服。有人话不多却一字千金，如余音绕梁让人心情愉悦。

正如蔡康永说的：“把说话练好，是最划算的事儿。”很多时候，我们喜欢一个人，也许只是因为和对方聊天儿聊得很舒服，而有时候我们讨厌一个人，也许只是因为他一张口便戳到了我们的痛楚。所有人都喜欢和情商高的人在一起聊天儿或共事，而所谓的情商高未必需要多么高深的沟通技巧，很多时候不过是会说话而已，而所谓的会说话，很多时候就是学会换位思考。

不要因为急于自我表达而忽略对方的感受，不要因为一时宣泄之快而把别人当成情感的垃圾桶，不要随意揣测别人的生活，不要为了满足自己的好奇心而去过分探求别人的隐私。

当我们试着，把所有的拷问变成倾听，把所有的情绪发泄变成理智交流，在口无遮拦、直言不讳之前，先思考三秒钟再开口，在不知道说什么的时候先微笑，在喋喋不休之前调整语速，把讲大道理变成生活式的分享，也许，就离那个会说话情商高的自己不远了。

语言是人与人之间产生关系的重要纽带。好好说话，有时不是一种技能而是一种智慧。

会开玩笑的前提是懂得尊重

很多人喜欢把一些低趣味的行为包装成有趣的玩笑，闹伴娘就是最常见的一种。

包贝尔结婚的时候，柳岩作为伴娘，穿着薄纱裙，被一堆虎视眈眈的伴郎试图扔到泳池里。视频被传出来，网友便炸开了锅。刚好也戳中了我的某个痛点，当时的感觉就是，如果结婚是这么个场面，那宁可不要结了。

很多人评论说："柳岩自己都不觉得尴尬，你们跟着瞎操什么心？""中国婚礼传统的习俗就是闹伴娘，这有什么啊，我家乡那边闹的比这夸张多了。""大家不都是为了热闹为了开心吗？""怎么这么玩不起呢？开玩笑不懂吗？"

闹伴娘、闹伴郎，闹新娘、闹新郎，这类乔装着热闹出现的玩笑，生活中很常见。然而除了满足某些人的恶趣味，满足看客看热闹的心理，满足朋友之间必须要展示的畸形亲密感之外，根本没什么好处。置当事人的感觉尊严于不顾，用玩笑做外衣去包裹某些低俗的行为和言语，这种所谓的风俗和习惯实在让人不敢苟同。

还有一类玩笑也特别不好玩，却不知为什么在社会上越来越流行，那就是开黄腔——大到名人公知，小到普通老百姓。很多人以此为乐，毫无节制和底线，甚至以此彰显自己的幽默感。比如，你晚上发微博，就说你没有性生活；早起有黑眼圈，就说你生活不节制；看你胸小，说你得找个男人了；你说有男朋友啊，人家说那你男人能力不行嘛。这些人极其容易兴奋，完全没有底线，具有发达且龌龊的想象力。像哺乳期的婴儿，注意力只能集中在一个地方。

鲁迅说："一见短袖子，立刻想到白臂膊，立刻想到全裸体，立刻想到生殖器，立刻想到性交，立刻想到杂交，立刻想到私生子。中国人的想象唯在这一层能够如此跃进。"形容地实在非常深刻。把没素质当幽默，动不动就开黄腔还以此为傲，以为自己幽默得恰到好处，其实是没礼貌到无以复加。

在我看来，社会越来越开放，并不等于人可以越来越没素质，耿直不等于嘴贱，真性情也不是没素质的代名词。凡事要适度，即便你没有恶意，但如果让听的人觉得恶心，那就是自己的不对。不要用这种低级的方式来刷存在感，一点都不幽默、不高级、不好笑。有些人也许永远不懂，很多玩笑和性骚扰只有一步之遥。

还有一些人，喜欢用所谓戏谑的言语来展示自己的耿直和幽默，不分场合，还美其名曰开玩笑。如果你因此生气，等待你的就是那句："不就是开个玩笑么，怎么还当真了？怎么这么玩不起，开不起玩笑呢？"

在我看来，开玩笑是为了让大家开心。如果善意的玩笑，不存在人身攻击和伤害别人自尊的玩笑，一逗一捧互相配合，确实很活跃气氛，也能让大家都高兴。或者是自嘲一下，变成大家的开心果带给大家轻松一刻，这未尝不是一件好事儿。但是如果被开玩笑的当事人不觉得好笑，甚至觉得尴尬，被伤害到了自尊，那么就真的不是一句玩笑话那么简单了。

开玩笑很多时候是个技术活儿。业务能力不过关，就不要强行搞笑。现代社会人与人之间的交际中，我们都应该明白一些规则，很多场景下是不能开玩笑的。比如，不要跟一个矮子开身高的玩笑，不要和一个胖子开身材的玩笑，不要和一个经济条件一般的人开富贵的玩笑，不要和一个身体有缺陷的朋友开健康的玩笑，不要和女性开不尊重的玩笑，不要和小孩子开欺骗的玩笑。

如果你开了一个玩笑，对方不高兴，气氛冷下来，那就是你的错，而不是对方开不起玩笑。这时候，如果埋怨别人开不起玩笑，就像你讲了个冷笑话，又怨别人笑点高一样奇怪。

换句话说就是，不要挑战别人的软肋，不要挑战人格的底线。如果连这些最基本的常识都不懂，情商不够还非要用玩笑来凑，那么只能说，你不是喜欢开玩笑，而是没有教养。

也许是因为敏感和高自尊，我一直以来都是一个不喜欢开玩笑的人。

闺蜜之间朋友之间偶尔无伤大雅的说说笑笑还能接受，也不会往心里去。但是严肃而抓小辫子的玩笑，我是向来接受不了的。上学的时候经历过几次男同学甚至好朋友的玩笑，我都是迅速回以黑脸，有时甚至直接呛声回去："我不喜欢这样的玩笑，能不开这类玩笑么？"由于我态度严肃语气坚决，绝大部分的人知道了我的红线，也都很少拿我开涮，更不会说伤害我自尊的言语。

如果你是一个不喜欢开玩笑的人，一定要直接表明态度，让对方知道。那么，尊重你的人自然会尊重你的习惯，这没什么不好意思。就跟有人喜欢吃大蒜，有人特别厌恶大蒜一样自然。

当然也可能遇到一些口无遮拦毫无教养的人，除了撕破脸严肃回怼，可能真的没什么好办法。不用担心因此失去朋友，或者得罪人、因为能让你难堪、能不顾你的喜好随便说话的人，通常也不配做你的朋友。

对于玩笑，每个人心里都有一条高压红外线，只要不触及这道线，便可以你好我好大家好，皆大欢喜娱乐众人。但如果超越这道底线，则很可能会变得两败俱伤得不偿失。

我从不介意别人说我是开不起玩笑的人，我也并不觉得生活中少了这些“玩笑”真的少了多少乐趣。相反，生活中的乐趣来源太多，通过互相尊重、保护、鼓励带来的乐趣，更让人神清气爽怡然自得。我总觉得，这世上根本没有所谓开不起玩笑的人，有的只是不会开玩笑又不懂尊重的人罢了。

玩笑的作用应该是化解尴尬，而不是生产尴尬，应该是拉近距离，而不是把心隔离。把幽默感建立在尊重的前提下，把活跃气氛建立在对在场人的保护中，把握尺度，而不是适得其反，这才是真正会开玩笑的聪明人。

请少一点戾气，多一点宽容

你有没有发现，网络上戾气变得越来越重了。随便翻开一条热门事件的微博，下面总会遍布各种自以为是、反大众而行之的恶言恶语。

每次看到这种恶意扭曲的冷血评论和毫无人性的冷眼旁观，都不由得心惊胆战。因为网络暴力虽然没有硝烟，却足以致命。

澳洲14岁的女孩儿艾米因无法承受网络上陌生人的恶意攻击而自杀。自杀的刀子就是网络背后那些人的谩骂。她的父亲在举办葬礼前，在网上发表了一篇文章，邀请那些曾经对女儿恶语相向的人来参加葬礼。这些间接的杀人凶手不需要为自己的言行负责，却亲手毁掉了别人的生活。

为什么人们在网上的戾气这么重?

我想最显而易见的原因可能是，现实生活的不如意。弗洛伊德说："攻击性是生命受阻的结果。"这些在网上疯狂叫嚣的人，往往现实生活中行为受阻。

因为匿名，很多现实中看起来温文尔雅的人，在网络上暴露出自己暴戾的一面。尤其是那些平日生活中的弱者，反而在谁也不认识自己的网络上，终于有胆量畅所欲言。有句很流行的话，我觉得说得很到位："你在网上嘴巴这么臭，现实生活中一定过得很不好吧？"

匿名的世界里，人的胆量成倍放大，人的不满成倍发泄。但假如你和一个喷子约定私下见面掐架对峙，十有八九对方是不敢应对的。越是现实生活中过得不好的人，在网络上的戾气就越重，越容易成为热门评论里的喷子。

学习成绩不好的人，可以在网上随意讽刺吐槽学霸。工作不努力的人在网络上可以嘲讽那些默默用心努力的人。美分嘲笑小粉红，小粉红又反斥美分。白天不敢和领导说的话，晚上可以上网发泄给陌生人听。白天不敢跟女朋友男朋友对呛的话，可以说给网络另一头的人。现实生活中没有话语权，但可以在网上另辟蹊径，造谣吸睛。因为只有在看不见的虚拟世界中，他们才能找到那么一点点现实中消失殆尽的存在感。

生活中累积的各种负面因子，和网络上随便看到的一句话之间，忽然产生了剧烈的化学反应，然后一瞬间让恶意喷薄而出，在人们的心中形成一个巨大而陌生的情绪怪兽。我们管不了这个怪兽，只能任由它疯狂嘶吼，消耗过后再回归平静。也许转过神来再去看，都不相信网上那些话出自自己之口。

除了现实生活的不如意，人们的戾气越来越重，更深层次的原因也许是社会发展的不平衡。

这些年，我们的国家各个方面发展飞快，但是在物质文明高度发展的同时精神文明就显得有点拖了后腿。有些东西是可以一蹴而就一夜飞天，而有些却必须要长年累月的积累，一分钟都偷不了懒。我们的国民生产总值在飞，思想境界在某种程度上却始终跟不上节奏。

社会发展的不平衡造成贫富差距的巨大，于是有人仇富，有人嫌贫。站在不同的利益群体，把对世界和社会的所有不满，全部付诸手中的键盘。在各种公众论坛或者新闻下摇旗呐喊，似乎自己才是公平正义和智慧的象征。

然而，很多人追求的公平公正，其实并不是真正的公平公正，他们只是希望那些特权降临在自己身上罢了。很多人不服不忿，并非心中有一颗红心，只是因为自己不是既得利益者而已。这种社会发展不平衡造就的暴力呈现在网络上，就变成了无数唾沫横飞的垃圾人。

戾气重，还有一个最简单的原因，其实源自于人们对未来的莫名焦虑感。

这种焦虑感来自期待和现实的巨大鸿沟。社会越是高速发展，人的欲望越容易被催生起来。我们的生活水平在不断提高，我们的享乐观念也在不断进化，我们对未来和生活有了更高的预期。但事实上，理想丰满，现实骨感，很多时候，客观条件的变化赶不上主观的期待值。悲催的现实往往承载不了我们的欲望，满足不了我们的欲望，于是我们开始焦虑，无止境、无缘由地焦虑。

我们经常会莫名其妙地不开心，经常会无缘无故地负能量，然后内心产生源源不断的无名之火。这种火压在心头无处发泄。因为在生活中，我们没办法直接跟周围的亲友破口大骂，也没办法无所顾忌地畅所欲言去表达。于是，当发生热门的公共事件时，我们胸中压抑很久的怒火和焦虑的气焰，终于找到了一个喷薄而出的方向，所有内心积聚的焦虑和不安统统在网络上得到了释放。

很多时候，人的状态是，闹心，刷刷手机，借由一些新闻发泄情绪，睡一觉，然后明天继续艰辛谋生。而那些让人消化不良的废物，那些被人为制造出来的污秽，就必须由网络那头的人兜着。往复循环，互相作用，负能量至极，没有人会永远幸免。

语言有时是刀子，文字背后藏着锋利的刀锋，你的一句随意发泄，也许就是别人心中的一道不可磨灭的伤痕。世界是一个圆圈，很多时候，尊重别人就是在尊重自己。请少一点戾气，多一些宽容，就算是为了无数循环后的，我们自己。

中国人特别喜欢推己及人

年少时，我最喜欢王小波说的一句话是："人的一切痛苦，本质上都是对自己的无能的愤怒。"

那时候血气方刚，脾气暴躁，动不动就发怒。每当自己怒火冲天时总能想到王小波的这句话，然后就像泄气的气球，霜打的茄子般没了气焰。立刻开始自我反思，是不是生气愤怒的源头都来自自己的"无能"。

随着年龄增长，看到更多的社会现象、接触到更多的人、体会更多的事儿后才发现，王小波最经典的话是："身为一个中国人，最大的痛苦是忍受别人推己及人的次数，比世界上任何地方的人都要多。"

是的，中国人特别爱"推己及人"。这种推己及人，并不是真的设身处地为你着想，不是换位思考，不是同理心，而是典型的喜欢把自己的想法和经历，强加在别人身上的一种自私的意愿。

比如，隔壁家的赵阿姨总是喜欢为你操心。

"孩儿啊，趁着年轻早点结婚生孩子吧，别挑这挑那了，你看看阿姨，当年就是结婚晚给耽误了。后来只能找了个没那么有能力的老公。当年上学的时候追你赵阿姨的人可多了，我就是挑啊，然后就给自己挑剩下了。后来选择余地少了，只能找个一般的凑合了。现在想想都后悔。阿姨是过来人，别嫌阿姨唠叨啊！”

在赵阿姨眼里，只要到了岁数没结婚，以后的中年生活就是和她一样郁郁寡欢，终日都会沉浸在想要的很多，还什么都得不到的痛苦和遗憾中。

再比如，被劈腿的闺蜜总会打着为你好的旗号让你提防男朋友。

“男人都一样，没一个好东西！别看他现在对你挺好的，实际心里不一定有什么花花肠子呢。可别像我一样，被骗了都不知道。等到最后人家跟你分手，哭的就是你了！”“要不我帮你找人试探他考验他一下？保准跟我前男友一样也得上钩！哎，听我劝，你的前车之鉴在这儿呢！”

的确，爱情这东西没那么靠谱，不该盲目乐观自信。但并非所有的男人都会干出劈腿的事儿、所有异性毫无责任感，一竿子打死一片人，一朝被蛇咬十年怕井绳，于是常备警戒心而再难以付出真心，这事儿不好。

每个人都喜欢站在自己的立场，凭借自己的人生经验去谈事情、谈生活，甚至是指点别人的人生。

喜欢秀朋友圈的人，看到别人发任何美食旅游享受生活的图，都喜欢酸酸地说一句“有什么好显摆的”。喜欢用假货的人看到别人拿个包包第一个反应就是“是真的吗”。

生活过得不好的人，容易把别人的事情也想得很不好。而过得好的人也往往容易觉得世间一切都是美好，完全不需要任何防备之心。

这本没有什么错，因为每个人的价值观，看待事物的观点一定源于自我体验。错的是，我们总是把这种所谓的“经验”强推给别人；让别人认同自己的观点，强迫他人认可真实世界，就应该是自己认识的那个世界。

然而事实上，我们并不知道别人的生活经历、家庭背景、三观喜好，如此，便没有资格随意评判或妄加指点。所谓眼见为实，亲身经历有时候也未必靠谱。真相很多时候只是冰山一角，我们永远无法感知下面巨大的主体。如果只是凭借简单的经验去判断，也许就是错误的开始。

看到娱乐新闻，某某男人出轨了，就去心疼人家妻子。实际上可能人家俩人早就各玩各的，互不干涉，或者协议离婚，只是不足为外人道也。实际上人家过得比那些评论的人好一百倍。

也许是好奇心在作祟，也许是控制欲在发飙，很多人并不知道别人的真实生活，却比别人更投入地去联想、去要求。

“你爸妈离婚了，一定很难过吧？”“你这孩子这时候就应该作为纽带，好好劝劝他们啊。”但实际情况是，他们之前一直吵架，现在终于大家都解脱了，根本没有觉得不好。

“你常年在外地出差，一定很辛苦吧。这工作干得太累就别干了，也不挣多少钱，图什么啊？”但实际上，你从事这份工作，就是因为喜欢到处走走看看，去到不同地方看不同的人，虽然累点但自己甘之如饴。

王尔德曾经说过：“过自己想要的生活不是自私，要求别人按自己的意愿生活才是。”推己及人的好心奉劝，很多时候，就是一种自私。这种自私来自于人与人之间界限感的缺乏。

《中国人普遍缺乏界限感》里讲了非常明白的道理：“当一个人

缺乏界限感的时候，很难感觉到自己和他人的不同。基因不同，早期教育不同，童年经历不同，读的书接触的人不同，信念系统自然就会不同，看待问题的角度、解决问题的方法就会有千差万别。如果一个人有清晰的界限感，他会意识到这种不同，并尊重这种不同。但如果一个人界限感模糊，面对这种差异会非常痛苦。”

随着时代发展、观念改变，很多人渐渐意识到这种个体之间的不同，但是尊重这种不同，还任重道远。

西方人和东方人有个明显区别，就是西方人不喜欢“多管闲事”。大多数属于扫好门前雪，不管他人闲的类型。可是亦有人说，西方人太冷漠，相互之间缺乏亲密感，连亲子之间都要保留那么多的空隙和界限，这样还有什么意思。

那么像国人一样，把别人的事儿都当作自己的事儿，想说什么说什么，把自己的意愿强加给别人，就是好的、就是对的了么？即便这人是你最亲的人。

正如王小波说的，很多时候，我们需要忍受别人的推己及人的次数实在太多，而这种“推己及人”给我们带来的不适感却时常被人忽略。很多人，根本没有能力区分“自己的事儿”和“别人的事儿”。甚至很多时候，都觉得别人的事儿，就是自己的事儿，于是，就经常会做出让别人和自己都很不舒服的事儿。

其实，面对“别人的事儿”时，我们要学会尊重和接受，可以善意劝导，但绝不要强加干涉。在人与人的界限感和尊重感上，推己及人根本不是什么褒义词；相反，很多时候会演变成和瞎操心、多管闲事儿差不多的贬义性质。做多了，让彼此都不高兴。

我始终觉得，这世界有很多基本的道理和礼节，其中一个就是尊重人类的多样性，尊重不同人的不同选择。每个人的生活体验应该来自于自我尝试，而不是一定要借鉴所谓他人的前车之鉴或者逆耳忠言。推己及人的时候可以先学会换位思考，如此，也才能让自己的真心关怀变得更有价值。

有一种双标叫：严以待人，宽以律己

前一阵子有一篇新闻报道《43岁急诊大夫一夜接诊40人后猝死》，下面有条热门评论让人看完很感慨："看病猝死，不看病被人骂死。"

如此矛盾，有点无奈，又特别写实。

是的，人们在看到这类新闻的时候，通常第一反应是"大夫太辛苦了""急诊医生真是高危职业"。但如果切换视角，自己是急诊病人，心急如焚去了医院，刚好大夫没在座位上或者正在休息，一定大发雷霆，严厉声讨："大夫给人看病天经地义，接诊是医生的职责，我们看病容易么？在外面等了那么久，都快急死了。要是耽误了病情，谁负责？"

当我们不是病人而是旁观者的时候，我们特宽容。但当我们变成病人换了立场时，我们又变得无比苛刻。

类似这种现象，现实生活里其实更多。

有一次我在医院里等电梯，中午时间上下电梯的人很多。好不容易等来一部电梯，里面人满为患，前面有个男人就站在门口大骂："里面的人怎么那么自私呢？不能往里挤一挤啊，明明还有那么大地方呢！"然后按着按键不让电梯走。

终于，里面人腾出了点儿地方，他噌的一下钻进电梯。没等其他人上来，赶紧按了关门键，然后大声对着门外说："都别往里挤了，一个个着什么急啊，没看里面都满了么，等下一个吧！"

我在外面看着这一幕，觉得特别有意思。在外面评价别人时用一套标准，等自己遇到事儿时，又变成了另一套标准。这在我们的生活中太常见了，常见到甚至根本意识不到这有什么问题。

有次去外地，下飞机以后，朋友派司机来接我。那天路况不好，前面有私家车一直压线开，还慢吞吞的。于是司机立刻怒吼："不会开车就别开，马路也不是你家开的，一点道德都没有，在这影响别人开车。"然后迅速超车。

没开多一会儿，路上就开始特别堵。这司机急性子啊，直接就开到了旁边的非机动车道上。我说在非机动车道走不会被抓吗？他说："没事儿呀，这条路我熟，没有拍违章的。"

我只好闭嘴作罢。结果遇到红灯，在等灯的时候，我们后面等了一堆骑自行车的人，隔着窗户无一例外地朝司机侧目，看表情估计心里在想"这人怎么这么不讲道德，为了自己方便占用公共车道"。

我跟司机说，直接转弯吧，一堆人堵在后面有点不好意思啊。司机说："哎呀，没事儿，咱们不是着急么，让他们等一等，体谅一下。"当别人耽误了我们的事儿时，路上所有人都是不道德的傻瓜；但当我们耽误别人的事儿时，我们又变成了情有可原的无辜者。

这些也许算不上什么大事儿，但总让人觉得有悖做人之道。什么道呢？具体来说，也许就是小时候我们常被教导的，要"严于律己，宽以待人"的道。

你有没有发觉，社会越发展，精致的利己主义者越多，人们就会越苛刻。渐渐的，在主流社会里，“严于律己，宽以待人”这句话竟然染上了一丝丝讽刺的意味。因为能做到的人实在太少，反其道而行之的人却比比皆是。

现实的生活和先辈的理想时常背道而驰，我们中的大多数人，在处理人事物的过程中的态度是：“严以待人，宽于律己”——对自己的行为特别宽容放纵，对别人的行为锱铢必较苛刻无比。

现在很流行一个词儿叫“双标”。所谓的双标，就是双重标准，指的是用不同的标尺来衡量同类物品或事件。说的是那些赞成符合自己利益的价值判断或行动，同时反对或限制不符合自己利益的价值判断或行动的人。

我们都会厌恶一些人的行为，但如果同样的行为发生在自己身上，又会变得容忍度超高。从某种程度上来说，对自己的行为纵容，对他人的行为严苛，就是一种双重标准。

《世说新语》里面有一则关于陈太丘与有期的故事说，陈太丘和朋友约好了中午见面。结果过了中午，那位朋友还是没到，陈太丘不再等候就离开了。离开后，他的朋友才姗姗来迟来找他。陈太丘的儿子元方当时七岁，在门外玩耍。

朋友问元方：“你的父亲在吗？”元方说：“父亲等了您很久，您却还没有到，现在已经离开了。”朋友听完很生气：“太不像话了，一点也不君子！和别人相约出行，约好了一起走，却丢下别人自己先走了。”元方听完也很生气，说：“您与我父亲约好了正午一起出发。您自己不守信用，没有准时来，还对着人家的孩子骂他父亲，你这才是没礼貌的表现！” 朋友听完很惭愧，下车去拉元方；元方头也不回地走进了大门。

故事里的这位朋友，如果用现在的标准来看，就是典型的双标。自己不守信用在先，却毫不惭愧甚至没有察觉，当别人不守信用就大肆批判，恨不得扣上道德的帽子棒喝一番，等到对方反击，才发现自己连七岁的孩子都不如。从古至今，类似的心态从来没有变少过。

英国著名哲学家罗素在《幸福之路》里说："很少有人不说熟人的闲话，有时连他们的朋友也难以幸免，但当听到任何说他们自己不好的话时，却会惊愕和气愤。"

我们更愿意原谅自己的某些过失，更习惯给自己的不恰当的行为找各种借口，但如果一模一样的事情发生在别人身上，却通常容忍不了。我们生活在这种自我矛盾的逻辑中，把自私包装成自爱，把利己解说成美德。

比如，有些人天天叫嚣着抄袭可耻，结果自己写东西的时候也是到处"借鉴"毫无顾忌，如果被人发现，就摆出一堆道理装可怜装无辜，完全收起了当年义愤填膺喷别人的嘴脸。有人自己身材不好，又胖又丑，却经常对大街上其他姑娘大肆批判："你看她那样，那么肥。""她那么丑还能找到男朋友。"有人看见大马路上别人吐痰，骂人家没素质、不爱护公共环境、不讲卫生，结果说完这句话，自己顺窗户就把刚吃完的垃圾扔马路上，完全没意识到自己的行为比刚才自己骂的人更恶劣。有人去银行办事，碰到人家休息或者上厕所，就大肆吐槽对方不专业，耽误了自己的时间。结果等到自己上班工作的时候，被人催快点交材料，却各种找借口推脱，不停地解释自己的难言之隐。

没有人喜欢双重标准的人，但又很少有人真的能避免，真的能对人对己做到一视同仁。连我自己很多时候也是一样，明明讨厌一种行为，却又在很多时刻不由自主地变成这种行为的实施者。

大多数时候，这事儿无关人品，只关乎人性。

卡耐基在《人性的弱点》里说：“人的天性之一，就是不会接受别人的批评，总是认为自己永远是对的，喜欢找各种各样的借口为自己辩解。”所以从人的本性上来说，注定导致对自己和对他人标准迥然不同。

因为是人，就必然会存在这样的问题，厘清源头，才能找到解决之道。改正错误的前提，首先是意识到错误。我想，若能深刻了解，随时自省，尽可能地约束自己，宽容他人，亦会让社会的整个环境有所进步。凡事多换位思考，凡事多站在更宏观的高度去观察和行动，少计较别人，多要求自己，也许就会给这个社会多增添一抹温柔。

愿我们，都能变成理想中的那个“严于律己，宽以待人”的人，而不是成为自己曾经讨厌的人。

第七章

如果生命是场修行，何妨热血独行

我们既要脚踏实地于现实生活，
又要不时跳出现实到理想的高台上张望一眼。
在精神世界建立起一套丰满的体系，
等我们一觉醒来，
跌落现实中的时候，
可以毫无怨言勇敢地承担起生活重担

——路遥《平凡的世界》

在不平衡的世界里寻找平衡感

知乎上有一个关于贫穷的人生是否能够改变的话题。提问的人正在读计算机研究生三年级，即将毕业，他说："站在人生的十字路口，感觉自己真的输了"。

原因是，他在北京实习，过年回家时，被两种天壤之别的价值观和现实生活所折磨。他说自己实习的公司里，有同事的小孩要去美国读初中了，可是在自己老家，有一个亲戚家的快要读高中的孩子，前几天问他，电脑是什么。面对那纯洁的眼睛，他无言以对。

这个男生说起自己的成长经历，考上大学是他人生中第一次说普通话，第一次知道公交和地铁。室友第一次请他去吃麦当劳的时候，他不知道怎么点餐，甚至不知道怎么拿吸管。为了掩饰贫穷带来的自卑，他开始喜欢上了批判，他讨厌所有比自己强的人，对待任何事物都喜欢找出其中不光彩的一面，以此来逃避给自己造成巨大冲击的"外面的世界"，最后索性破罐子破摔。因为知道自己这辈子也许无论怎么努力，也过不上别人那样的生活，所以干脆就不好好过了。

这世界最残忍的一点是，当你自己已经意识到这个差距的存在，你是不可能当作不知道、没发生一般去对待的。这个心理负担就像影子，无时无刻不在纠缠着你，用力裹挟着那个想要向上的灵魂，并且深刻地影响着你在具体生活中的选择。

“别人能过上那样的生活，凭什么我不能？”“明明我们一样大，我们学习一样努力，凭什么？”

为了过上别人的生活，或者说为了过上别人期待我们过的生活，我们付出了太多的代价，就像无数在北上广深奋斗的外地人，即使每天都在拿梦想鼓励自己，可是真正的现实是，就是有很多人终其一生，还是挣扎在漂泊的生活里，挣扎在温饱的水平线边缘。而且随着时间越长，尽管还没在大城市站稳脚跟，却再也无法回到故乡，再也无法习惯老家的生活了。

很多人都会有这样的想法：既然怎么努力都赶不上别人，那为什么还要努力？当你有这样的疑问时，请首先问自己另一个问题：“你要赶上的别人到底是谁，你要追赶的生活到底适不适合自己？”

客观世界里，本来就有太多不平衡，也有太多我们无法把握和控制的东西。但很多时候，这种不平衡不是我们造成的，而是社会发展造成的，是很多庞大复杂的历史遗留问题造成的。对这种不平衡我们每个人都心知肚明，但我们也都很难去改变，那怎么办。

与他人比较这件事永无尽头，换一个参考系，每个人都可能是自我意义上的穷人。就像知乎里关于贫穷是否可以改变的问题永远有百万人在浏览一样，在不同维度里，自觉比不上他人的人都在默默关注这个似乎无解的话题。

出身贫寒的人就无路可走了么？毫无背景的人就真的努力也没用了么？答案当然是否定的。更多时候，生活的意义不在于财富的多少，而在于是否快乐。我想，无论贫富，我们每个人都需要做的，是在不平衡的生活里，寻找自己的那份平衡感。

事实上，无论是任何一种生活，都是辛苦的。还房贷的人有压力，出租房屋的人也不安心，打工者需要尽心尽力提升自己的职位以及薪水，当老板的需要考虑更多的方方面面。没钱有没钱的憋屈，有钱有有钱的苦恼。有钱更多的只是数字上的变化，内心的压力和恐慌更是常人难以想象的。很多人说，我现在的所有痛苦都是没钱带来的。相信我，如果不转变思想，当你有钱时，你也一样不会快乐。

我看到很多大山里的人朴实而快乐的微笑，唱着山歌赶着羊，比我们欢乐一万倍。还有那些一毕业就回到家乡十八线小城市工作的人，干着一份轻松的工作，领着一份还不错的薪水，你觉得人家不上进，可人家说那就是自己想要的生活。

我还认识一些人，他们表面看起来光鲜亮丽，其实家徒四壁；怕别人觉得自己穷，花钱买假包充门面，出外结账买单装豪气，用最新的苹果手机讨论最前沿的时尚话题。有的人，也许他们从没去过巴黎甚至连护照都没有，却非要在人前表现出好像读过万卷书行过万里路。他们从未吃过松茸鹅肝，却一定要表现出一副那东西难吃我才不喜欢的不屑。他们最怕别人看出自己原生家庭的辛酸和贫寒，于是小心翼翼、亦步亦趋。这种感觉很不好。为了奋力追赶根本不属于自己的东西，而让自己的生活变了味道。

大部分的人都过多关注“别人为什么能成功”，而很少专注于“成为更好的自己”。没有前者的对纠结的淡然释然，又何来后者的跃迁和精进？

我们都应该找到真正适合自己的路，而不是为了别人的期待，为了别人的喜好走上错误的道路。也不是为了内心的某份虚荣心，去选择根本不适合自己的路。刘若英在她的书里说：“在繁杂的世界里，选择你所能承受的那条路无比重要。”在自己力所能及的收入里，让自己的生活得到最好的匹配，就足够了。

如果你出身穷苦，就首先解决生活问题在大城市立足的问题，而不是去和其他同学同事比吃穿用度。如果你出身平凡，那就努力生活、努力学习、努力工作去改善，找到自己生活里的小幸福，而不是去和出身豪门的人攀比交流。

再具体一点，如果你能力有限基础一般，那就先考过四六级，把学习能力提高上去，然后再去考虑更多高难度的考试和学习强度，而不是一味要求第一名。如果你资历尚浅、又没有人脉背景，就踏实做好自己该做的工作，而不要去和那些有权势、有背景的人比较升值的速度。

重要的是，选择真正对的度量衡，而不是盲目对比、妄自菲薄。那只会让你一直负能量下去，越来越找不到生活的方向。

我看到自己身边太多的同学同事，他们出身不同，贫富有差距，但大多数人都能找到适合自己的那份舒适空间，在和自己能力、承受力匹配的维度里努力奋斗，享受着自己的那份小幸福。我觉得这比好高骛远和妄自菲薄都强太多。

这世界上几乎没有人在乎你想要什么样的生活，所以寻找自己，做自己喜欢的事情才成了一件弥足珍贵的事情。有些事物看起来光芒万丈，但未必是自己可以享受得了的。有些事物看起来平凡无奇，却能让自己在其中游刃有余、活色生香。只有你自己知道，什么会让自己舒服，什么让自己平和，什么能够让自己真正获得生活的乐趣，而不是生存的攀比。归根结底，我们要做的事情不是去实现别人看起来很幸福的事情，而是去实现能够让自己内心获得快乐的事情。

这世界有两条路，一条是别人觉得好的，一条是我们自己觉得好的。真正智慧的人会选后一条。

别人伤害了你，你却还要感激

中国人从小接受的感恩教育，告诉我们要对生活的一切抱有感恩的心，包括伤害我们的人。

去网上搜“感谢伤害”，会看到各种各样学生范文式的文章。比如：“感谢伤害你的人，因为他磨炼了你的意志。感谢欺骗你的人，因为他增进了你的智慧。感谢中伤你的人，因为他砥砺了你的人格。感谢鞭打你的人，因为他激发了你的斗志。感谢遗弃你的人，因为他教导了你该独立。”每当这时候，我都很想问一句，凭什么？

岳云鹏在接受央视《面对面》节目采访时，讲述了一段在他成名之前做服务员时被人侮辱的经历。主持人问他：“那你现在出名了成功了，回想起这段往事什么感觉？”能明显感觉到主持人试图想引导岳云鹏说出不计前嫌，甚至对过往的一切感恩的话。

结果没想到岳云鹏不假思索地说：“我还是恨他，我还是恨他！”

也许有人觉得他春晚都上了，是演员了，钱挣得比原来多了。在受到《面对面》这么有深度的节目采访时应该说“我不恨他，我很感激他。应该说没有他，就不会被饭店开除，就不会认识郭德纲，就不会有今天”。

大家觉得这才应该是一个人正常的回答和反应。可是，“凭什么？”小岳岳带着哭腔说：“可是我就是恨他。我都跟他道歉了，什么好听的话都说了，还这样侮辱我。”

到现在，岳云鹏已经很成功了，但他依然不愿回忆这段不堪回首的经历，依然不愿释怀。从他的表述里能感觉到他的内心曾经受到的伤害。那份创伤没有抹平，就永远不要谈原谅和感激。你不知道我受过的伤害，不知道我曾经的痛，不知道对我心灵的打击，却要我大度点，要我原谅甚至感激，这种逻辑太不符合人性了。

宽容，大度，感恩，我们从小就被教育要这样。在所有伤害中去学习，在所有挫折中去成长，遇到坏人坏事儿，先考虑是不是自己的问题。

被人推进陷阱，你凭借自己的意志爬了出来，还要回头去感谢挖坑又推了你一把的人。因为你觉得他激发了你的意志。有些人大肆宣传所谓的女德，号称好女人要“打不还手，骂不还口，自己有错，丈夫永远是对”。把所谓的思想畸形当美德，把诡异的价值观当成安慰剂，拼命服用不说，还到处宣扬，逼着其他人也必须要用。这就是某种程度上我们所接受的感恩教育的逻辑。

正因这些逻辑，所以很多新闻底下才会有各种奇葩的言论。女孩儿被强奸了，首先要反省是不是自己穿了短裙，让别人有了不良想法。被欺负了要怪自己不够强大，被渣男伤害了要怪自己没长眼睛，这些理论深刻入骨又荒谬到底。

这种自虐式的价值观，要么是被小时候所谓的感恩教育毒害太深，要么是有病，病的名字叫斯德哥尔摩综合征。

斯德哥尔摩综合征是指，犯罪的被害者对于犯罪者产生情感，甚至反过来帮助犯罪者的一种情结。有这种毛病的人质，会对劫持者产生一种心理上的依赖感。尽管他们的生死操控在劫持者手里，但如果劫持者让他们活下来，他们会反过来对劫持他们的人感激涕零。是不是和这些被伤害了还要感激对方的人很像？

在我看来，当我们受到伤害时，能做到的最大宽容可能就是不去睚眦必报，各走各路。我们并不需要假装大度，也不需要虚伪的表现自己的豁达，而是应该遵从自己的内心。受伤了就是受伤了，不想原谅就是不想原谅。

毛姆在《月亮与六便士》里说："有人说灾难不幸可以使人性高贵，这句话并不对。让人做出高尚行动的有时候反而是幸福得意，灾难不幸在大多数情况下只能让人变得心胸狭小，报复心更强。"

深以为意，人在受到强烈刺激后，在遇到不幸后，很容易缩进自己的壳里不愿意走出来，有些人因为被自己曾经无比相信的人欺骗而患上抑郁症，长期不能正常生活。有些人则走上了打击报复的暗黑之路，变成了另一桩悲剧的始作俑者。

马东说，所谓生活的暴击，很多时候并不是事件本身，而是事件之后的心理创伤。对我们造成伤害的人和事，不是最大的问题，最大的问题在于这些事儿发生后，对我们心里造成的伤害。

我不算是一个特别记仇的人，但对生命中那些曾经伤害过我的人和事儿，我都记得特别清楚。这种所谓的记得清楚，并非指的是事情发生的经过，或者对方说的话的内容，而是一种长久持续包围自己的隐隐的感觉。这种感觉是伤是痛，是很难形容同时又很难自愈的东西。

没错，很多人确实在各种伤害和挫折中变得越来越好，有一些人，甚至因为某个逆境而改变了人生的选择，变成了更好的人。但这是冥冥之中的命中注定，跟那些恶人的行为没半毛钱关系。

让这些人从伤害中走出来的，是自己内心的强大，是亲人的无条件支持、爱人的温暖鼓励，是骨子里不甘堕落奋勇向上的一种精神，而不是那些伤害他们的人和事。

善良是好事，懂得感恩也是优秀品质。但很多人活得善良有余，自省过度。因为从小的感恩教育，我们遇到事情总是先从自己身上找问题，总是先反省自己的问题，哪怕受到了伤害，也要咬着牙咽下去，再给自己洗脑说一切都是最好的安排。

我一直觉得，真正的好人，是有锋芒的，不是那种对任何事儿都妥协、对谁都感谢的人；不是那种从不说任何坏话，从不散播任何负面情绪的人；而是明辨是非又真实自信，敢于表达也愿意宽恕的人。感恩的心应该留给值得的人，感激的话应该留给美好的事儿。如果非要说需要感激什么，你该感激的是那个坚强勇敢的自己。

很多时候，痛苦并不值得珍惜，伤痛并不值得歌颂。我们所受的伤害也许称不上原罪，但亦非光荣。我从不感谢伤害我的人，如果非要说一句感谢，我只想感谢，那个越来越好的自己。

我们生活在巨大的差距里

读余华老师的散文集《我们生活在巨大的差距里》时，我想起两篇文章。

一篇是很多年前看到的爆文《我奋斗了十八年才和你坐在一起喝咖啡》，这篇文章的作者来自农村，细数了各种农村和城市的差别、他所知的各种不公平待遇，字里行间读来让人有点不舒服却又十分真实。

文中有一个例子让我记忆尤为深刻。作者说自己在上海读书时，曾经参与讨论过一个维达纸业的营销案例，当时他的一位同学提出一个方案："应该让维达纸业开发高档面巾纸产品，推向9亿农民市场。"

当时那位同学为自己富有创意的方案感到沾沾自喜，而作者却惊讶于她提出这个方案的勇气。因为，这位同学根本不会明白，这种提案是多么的荒谬可笑，在农村，不是每个人都需要在饭后抽一张纸巾擦掉嘴角的油腻。相反，大多数农民兄弟吃过饭后像作者一样，用手背在两侧嘴角抹两下而已。作者把真实情况告诉那位提出方案的同学，结果换来了对方一脸错愕和鄙夷。

此文一出轰动一时。后来清华大学的研究生又写了一个姊妹篇：《我奋斗了十八年，不是为了和你一起喝咖啡》。这位作者把自己和曾经的一位大学同学对比，通过毕业后的人生不平衡的鲜明对比，揭示出了一个更加残酷的结论：

“我和你的最大差别、根深蒂固的分歧、不可逾越的鸿沟在于此：我曾经以为，学位、薪水、公司名气一样了，我们的人生便一样了。事实上差别不体现在显而易见的符号上，而是体现在世世代代的传承里，体现在血液里，体现在头脑中。18年的积累，家庭出身、生活方式、财务观念，造就了那样一个你，也造就了这样一个我，造就了你的疏狂佻达与我的保守持重。”

在这位作者的文字里，我仿佛看到他的同学在呼喊自己要创业时，三姑六姨帮忙筹集启动资金的热闹画面。而另一画面则是作者的父母为了节省三五百块钱的机器钱，炎热夏天，扛着腰肌劳损在大日头下收割五亩农田的样子。一边是无论凯旋还是铩羽而归，都是盘可进可退可攻可守的棋，而另一边却是作者穿着借来的西服完成了第一次面试，戴着借来的手表与心爱的女孩进行了第一次约会。

类似鲜活的景象在脑中一遍遍闪过，再回头看看余华老师的文字，实在觉得非常写实。我们的确活在巨大的差距里，这种差距是长年累月、世世代代积累而成，是从降生的那一刻起，时间、地点、人物、背景集合而成。很多时候，很多人，都无力选择。有人天生含着金钥匙出生，不需要任何的努力和奋斗就可以锦衣玉食。而有人穷尽一生也不知道金钥匙是何物，在现实里摸爬滚打只为不跌入更深的漩涡。

余华老师说：“中国是一个地域辽阔、人口众多、经济发展不平衡的国家，在上个世纪八十年代的中期，沿海地区城市里的人普遍在喝可口可乐了；可是到了九十年代中期，湖南山区外出打工的人，在回家过年时，给乡亲带去的礼物是可口可乐，因为他们的乡亲还没有见过可口可乐。”

没见过可口可乐？你也许觉得天方夜谭惊讶咂舌，然而也许世界另一头的人们却在为你的无知无觉而哀怨叹息。去过西藏、青海、云南、四川等地的人，可能都会在途中看见那些瘦小枯干满脸懵懂的少男少女们。每次看到，都觉得他们的眼神有无比的错愕和惊恐。我们根本不了解彼此的世界，同一片蓝天下，人与人之间的生活竟然是天壤之别。

很多人喜欢看《变形计》，看到农村和城市孩子互换时，大部分人喜欢看城里孩子去到农村时发生的种种，喜欢看城里那些小鲜肉出糗之后的自我锻炼、改变甚至是成熟长大，却常常忽略了农村孩子们交换身份后，来到城里看见各种神奇事物时懵懂的眼神和惊恐的疏离感。同样年龄的大城市孩子可能早就玩腻了玩具，或者开始早恋了，而农村的孩子可能还在干粗活，帮出外打工的父母带弟弟妹妹，根本不知道童年的快乐幸福是何物。

《我们生活在巨大的差距里》提到一个例子说："上世纪九十年代后期，中央电视台在六一儿童节期间，采访了中国各地的孩子，问他们六一的时候最想得到的礼物是什么。一个北京的小男孩狮子大开口要一架真正的波音飞机，不是玩具飞机；一个西北的小女孩却是羞怯地说，她想要一双白球鞋。两个同龄的中国孩子，就是梦想都有着如此巨大的差距，这是令人震惊的。对这个西北女孩来说，她想得到一双普通的白球鞋，也许和那个北京男孩想得到的波音飞机一样遥远。"

当北上广深摩天大楼鳞次栉比，商场饭店人声鼎沸时，那些西北落后地区可能连一度电都是奢侈品。当我们在讨论买香奈儿还是阿玛尼时，那些孩子可能想要的只是一条红裙子、一双白球鞋而已。当我们在思考去美国还是英国读书，有些人却在纠结下学期的学费。两篇文章，都用了同一个比喻，奋斗十八年只是为了一起喝星巴克的咖啡。而真实的情况是，有的人早已喝腻了JAVA CHIP，而这个国家的另一些人，连咖啡是何物都不曾知晓。

社会发展的不平衡直接导致了人与人梦想的不平衡。而梦想二字，本该是多么单纯美好的存在；那些被经济和落后环境所束缚的年轻灵魂，渐渐失去了拥有梦想的能力，甚至连幻想都变成一种奢侈。

最近有句很流行的话叫“贫穷限制了我的想象力”。与其说是城里人的自嘲，不如说是那些真正生活在贫困之中的人们的真实写照。是啊，他们幻想不出波音飞机，因为他们可能根本不知道世界上还有那么高级的东西。

而我们的个人生活也在社会经济浪潮中变得不平衡。记得上大学的时候班级里居然有三分之一是特困生，期末的时候组织全班聚会，总是聚不起来，原因只是那些贫困生不想交那二十元的“份子钱”。很多人因此抱怨说那些人怎么这么不团结、这么不合群啊，大学聚会一次容易么。可是后来有个关系不错的农村同学告诉我，真的不是不愿意参加集体活动，而是我们口中只能买本杂志的二十块钱，可能是他们将近一周的生活费用。我们眼中的平常是他们眼中的奢侈。评价体系完全不在一个维度中。

很难有人在这种生活的不平衡中保持心理平衡。于是，因为自尊、因为金钱而起的恶性事件越来越多，不平衡导致的悲剧层出不穷。当一个人心里不平衡的时候就会衍生出很多恶意的想法，失常的行为，这是人性。

这就是我们今天的生活。时代越是发展，我们的差距就越是显著。不同的人站在不同的立场上，会发出不同的声音。回头看前面提到的那两篇文章，在文章的评论中，你会看到截然相反的论调。

城市的孩子、条件稍好一点的孩子看到这类文章，会愤愤不平抨击作者的阴暗和负能量；会捍卫自己的努力和能力，承认爹妈给的东西，同时更强调自己的优秀；会不理解作者写的那些事例，觉得是夸张渲染刻意哭穷。他们觉得穷孩子们只知道抱怨不公，却没有看到富孩子的努力，他们生来如此自然觉得一切理所当然。

而另一种声音，来自那些农村来的孩子或者是条件不太好的孩子，看到这些文章会爆发强烈的认同感进而疯狂转发。这种集体高潮也许并不是因为仇富，而是来自于一直以来压抑在心里的那些不平衡感和生活带来的艰苦，面对正中红心的解读，把自己的心里话一股脑儿地宣泄了出来。

没有人可以评说对错，站在不同的角度看问题，原本就不可能一样。就好像你没办法和一个富二代去谈人生艰难，也没办法和一个生而贫困的孩子去强调超越和享乐。很多例子听起来很讽刺，实则真实，那些如电视剧般的桥段就活生生地发生在现实社会里，谁也不能反抗谁也不能否定。

我们就这样生活在巨大的差距里，不管你是否经历，都真实存在。在巨大又冰冷的现实中，有人被遥遥无尽的欲望吞噬，有人则努力拨开裂缝，走向阳光。

当故事照进生活，当科幻变成现实

雨果奖中短篇小说的竞选单元，郝景芳的《北京折叠》力压斯蒂芬·金的《讣告》获奖。这是雨果奖设立以来，亚洲人第二次获奖。第一位获得雨果奖的亚洲作家是写出《三体》的刘慈欣。

雨果奖是世界科幻协会所颁发的奖项，被称作是科幻艺术界的诺贝尔奖。能继神作《三体》之后获得雨果奖，《北京折叠》和郝景芳自然备受关注。于是，我花了两个小时的时间，看完了这篇小小说。

“折叠城市分三层空间。大地的一面是第一空间，五百万人口，生存时间是从清晨六点到第二天清晨六点。空间休眠，大地翻转。翻转后的另一面是第二空间和第三空间。第二空间生活着两千五百万人口，从次日清晨六点到夜晚十点，第三空间生活着五千万人，从十点到清晨六点，然后回到第一空间。时间经过了精心规划和最优分配，小心翼翼隔离，五百万人享用二十四小时，七千五百万人享用另外二十四小时。

“大地的两侧重量并不均衡，为了平衡这种不均，第一空间的土地更厚，土壤里埋藏配重物质。人口和建筑的失衡用土地来换。第一空间居民也因而认为自身的底蕴更厚。”

作者郝景芳说，这篇小说的创作契机就是生活所见。她曾经租住在北京北五环外的城乡接合部，楼下就是嘈杂的小巷子小饭馆和大市场。在她根据真实所见创作的科幻世界里，第一空间里的生活衣香鬓影，城市井然有序，人们的社会阶层地位很高；第二空间里是中产阶级生活，高等学府的学子也生活在此；第三空间里的生活贫困而混乱，垃圾工和小贩们在此生活。三个空间彼此独立，无法自由出入。

看过小说的人都能深深感受到，这根本不是隐喻，分明就是现实最典型的写照。如果不说是科幻文学大奖，我反而觉得它更应该获得批判纪实类文学大奖。

书中描述的场景那样熟悉，城市中占人口基数最大的贫困人口，享受着最少的时间和社会资源，极少数人占据着最多的时间和社会资源，且社会阶层极度固化，向上和向下的阶层流动通道均被封闭。阶级的鸿沟越来越宽，最终阶级与阶级之间物理意义上完全隔离，不同阶级的人不但物质资源不对等，甚至连时间都是不对等的。

如此清晰的映射，让我们读完不禁会思考，如果自己是书中的人物，那么我们应该生活在那个世界的第几空间，或者说，在这个现实的世界中，我们生活在第几个阶层呢?

我们中的绝大多数人，能够在第二空间勉强生存就已经不错。在金字塔顶端享受着最好的资源最好的时间，也许是我们一辈子都抵达不了的远方。也许还有很多人像书中的主人公一样，跨越艰险，冒着生命危险穿梭于法律所不允许的维度中，为的不过是想让自己的孩子上幼儿园，想给家人一些安身立命的资本罢了。

《北京折叠》一点都不科幻，反而现实得让人瑟瑟发抖。我甚至不敢去想这种阶级鸿沟越演越烈后的未来世界将会如何。

我只知道，我在现实生活中每天都看到“第三空间”的人。

深夜回家路上，那些在大城市四通八达的马路上施工的工人，趁着午夜时分通宵达旦保养着道路作业。清晨上路前，马路上的环卫工人要在第一波人群挤进道路之前完成清扫，为我们的城市带来新鲜和整洁。当我们经历车水马龙的时候，没人记得他们。

夜班的工地里，为了获得奖金而加班加点施工的工人们，没有安全防护措施还在数十米的高楼作业的民工们，也许根本不会有人在意第二天少了一个人。夜班的出租车司机，加班晚归的人们，街边还在营业的便利店店员，一个城市的子夜，无数辛苦劳碌的人们在属于他们的时间里消耗着自己，只为换取微薄的收益，他们只拥有夜晚的八小时。

真正的现实远比小说还要惨烈很多倍，就好像年少时候，我们看电视剧觉得很狗血，等到了生活中经历了各种人生起伏、世间百态才恍然明白，比电视剧狗血的是真实的经历，文学艺术作品从来不过是冰山一角的小小加工品而已。

有人说，和刘慈欣的《赡养人类》相比，《北京折叠》太小儿科，也太乐观了。

是的，相比同一个地球的三个不同空间，《赡养人类》的范围更大，除了地球，还有个更高级的哥哥星球。在哥哥文明里，世界已经一家独大。这个世界只有顶级富豪，那些曾经自以为不错的中产和穷人的待遇差别并不大。在那里，富人和穷人已经不是一个物种了，就像穷人和狗不是一个物种一样。穷人不再是人。那里有一条神圣的法则就是：私有财产不可侵犯。在这个世界，高效率的机器人可以做一切事情，无产阶层连出卖劳动力的机会都没有了，他们真的一贫如洗。

穷人的家像一艘宇宙飞船，他们只能呼吸家庭生态循环系统提供的污浊的空气，喝经过千万次循环过滤的水。而与他们一墙之隔的，是广阔而富饶的大自然。他们外出时，要穿着像宇航员一样的衣服，自带食物和氧气瓶，因为外面的一切都只属于中产者。

最让人印象深刻的一个场景是：有一天，穷人家里的家庭生态系统报警了，家里的水只能支撑30个小时了。父亲让孩子不要担心先睡觉。在睡梦中，孩子被机器人叫醒，指着旁边资源转换车上一桶晶莹剔透的水说“这就是你父亲”。资源转换车是一种将人体转换成能为家庭生态循环系统所有的资源的装置。父亲为了挽救家庭，献出了自己的生命。

这是一个看起来无比荒谬的故事，却让人读完胆战心惊，浑身渗透着凉意。因为我们都能隐隐感觉到，这也许就是我们将要面对的未来。

现实其实已经频频在向我们展示生活的魔幻。

比如，在香港那个仪表堂堂的迷幻都市中，隐藏着无数个不足十平方米的房子，无数人蜗居于此。大家把这些住所叫作“棺材房”。顾名思义，只有一个棺材大小的空间，一个人躺下睡觉，甚至都要蜷缩起身体才行。这里无法站立，只能平躺。人在里面，毫无生存质量可言，就像躺在棺材里一样。可怕的是，每个1.5平方米的棺材房，租金可能要1500元。而一栋栋棺材楼的外面，是生机勃勃的东方之珠，纸醉金迷金碧辉煌的富人世界。

再比如，那个网络上引起很多人共鸣的照片：一个四五岁的男孩儿用弱小的肩膀扛着一大袋子垃圾成为拾荒者，马路对面是一群围着滑梯天真无邪的同龄人，拾荒男孩的目光定格在对岸，隔着几米的距离，却像隔着一条银河般遥远。

更可怕的是，真正的贫富差距已经不只是肉眼可见的穷困与奢侈，更有看不见的精神鸿沟、几代人的教育差距。一个精英家庭的孩子享受着高端教育，他们和贫困家庭出身的小孩儿永远不会有机会对话。富人越来越像上帝，而穷人越来越似猛兽。

这一切并不科幻，正因如此，我们才感到异常寒冷。

你可以有霉运，但不要有霉相

这两年，可以说是我人生最低谷的时期。

因为老公突如其来的重病，人生的节奏完全改变；家庭生活受到重创，事业也被迫进入了一个毫无止境的休眠期。

最开始的时候，我觉得自己的灵魂像行尸走肉一般游荡，对什么都没有兴致。因为不经常出门，每天连衣服都懒得换，更别说化妆打扮，一照镜子觉得自己整个人看起来像老了十岁。

后来有一次要出门参加个活动，觉得应该稍微打扮一下，结果打开衣橱一看，衣服裙子大衣清一色都是黑色，根本找不到第二种色彩。挑来挑去都逃不开一身的黯淡，全都是死气沉沉的黑色。

那时我才发现，自己沉溺于这种自我纠结和痛苦中太久了，久到自己的状态和喜好被无意中改变，连自己都没有发觉。就像被人点醒，忽然觉得生活不应该是这样。一直消极对抗，把自己搞得灰土土脸，生活不但没有好转，自己的状态也越来越差。整个人散发出来的负面能量，不仅让别人觉得不舒服，甚至连我自己都开始嫌弃自己。于是硬着头皮，我又开始每天早上起来梳洗打扮。就算今天不出门，没有任何约会或者活动，也依然化好妆，就像以前一样。

朋友说："去做个头发吧，快过年了，就当让自己放松一下，回归正常的生活。” 我默默点头，于是去了很久没去的理发店，把头发染成了喜欢的颜色，也顺便遮挡住了几个月之间长出来的白发。

做好造型，从店里出来有种豁然开朗的感觉。那一瞬间觉得，生活似乎也没那么绝望，至少表面上看起来，我好像又有了好的状态和活力了，至少至少，又有了一点动力去面对生活中的不幸，去争取更美好的生活。

仅仅是外表上的一点改变，竟然有如此大的力量。

忽然想到之前看到过的一句话：“人可以有霉运，但不可有霉相。”这是著名教育家张伯苓说的，他是南开系列学校的创办者，更是南开大学的创始人，非常讲究美学教育。

他常说：“越是倒霉，越要面净发理，衣整鞋洁，让人一看就有清新、明爽、舒服的感觉，霉运很快就可以好转。”他为南开中学的题词为：“面必净，发必理，衣必整，纽必洁；头容正，肩容平，胸容宽，背容直。”深以为然。亲身经历后，才发现外在的改变对人整体的影响真的非常大。

比如，遇到了很倒霉的一天，如果你去做了个美甲，或者做了个好看的头发，再或者去做了一个温暖的spa，去泡了一次温泉，你会发现自己内心的感觉瞬间会好很多，生活貌似也在自我包装之后变得有了点希望。

更重要的是，当你心情稍微好了一点之后，又可以把这种状态重新反馈到外部世界，然后形成一个有活力的正向循环。当别人看到光彩照人的你的时候，你的好运气也会随之而来。

你有没有发现，在公众场所里或者是同事中，我们总能看到一些中年妇女，甚至有一些年轻的姑娘，你看她们好像永远皱着眉头，永远心情不太好的样子，让人难以接近或者根本不想接近。

别人看她状态不好，劝她说：“哎呀，你买件新衣服，心情就不一样了。”“洗个澡好好打扮打扮心情就好了。”她反而会说“我都结婚了打扮给谁看啊”，或者“我哪有那个心情啊”。然后整个人陷入一种悲观丧气的情绪中不能自拔，一副拒人以千里之外的感觉，最后让旁人也不知道该说什么了。

这就是典型的有霉相。

相反，有些人，永远是笑呵呵的样子，见到他（她）你就觉得如沐春风。

比如说《家有儿女》中饰演爸爸夏东海的演员高亚麟，他就是一个典型的喜乐脸，永远是一副眯着眼睛笑的感觉，让人看了就很亲切，很多时候看到他那张脸，你都会觉得自己的心情也跟着好起来了。但是你说，他这个人在生活中就完全没有烦心事儿，完全没遇到过倒霉的想骂娘的瞬间么？我想一定不是的。

有人说，爱笑的女孩儿运气不会太差，其实也是这个道理。不单单是女孩儿，任何人如果常把笑容挂脸上，那么他真的就会比别人更幸福一点。而那些整天把霉相挂在脸上的人，可能永远不会明白，很多人并不是天生就喜乐，不是天生就什么倒霉事儿都遇不到，只是那些人更善于面对和转换。他们把自己的郁闷和忧伤藏起来，然后留给外界一个灿烂的笑容。

杰克·坎菲德尔在《吸引力法则》里说：“你关注什么，就会把什么吸引进你的生活。如果你一直关注不好的和负面的事物，那么更多不好的负面的事物就会被你吸引过来。”

说得玄一点，就好比你自己是一个磁场，会不停地向宇宙发射信号，宇宙就像一个复印件，就像一面镜子，你给它什么，它就反馈给你什么。如果你每天都跟自己说“我怎么这么倒霉啊”“为什么所有的坏事儿都跑我身上来了”，那么你真的就会一直霉运连连，吸引更多的坏事儿。

相反的，如果你把自己梳洗得清爽干净，打扮得漂漂亮亮、整整齐齐的。即使你刚刚经历了一番不顺的事情，哪怕是你刚丢了钱包或者刚被人误解，但是如果你的状态是积极的，那么你的运气也会很快好转，之前的一些霉运也会瞬间化解。别不相信，很多时候就是这么神奇。

所以，越是心情不好的时候，你越应该打扮自己一下。对着镜子给自己一个笑容，买一件新衣服穿上，梳洗打扮好，你的心情会随着外在的变化而发生微妙的改变，你的潜意识也会让自己很快走出负面的情绪。

很多人说：“我都这么倒霉了，还要装作一副什么事儿都没有、心情很好的样子，多累、多假啊。”并非如此，所谓的装并不是虚伪的包装，而应该叫刻意的武装。

我一直觉得，能量是可以传递的，你传递给别人负能量，别人压力也会很大。所以，首先把自己的状态调好，尽量去呈现一种好的状态，无论是内在还是外在，这样才更容易去吸引更好的力量反馈给自己。

外在形象和情绪状态之间的相互作用，在生活中特别重要。比如，我这段时间状态不好，有些朋友很久没见面了，后来约出来下午茶聊聊近况。他们说：“以为你这一年经历这么大的事儿会状态很差，但是见到本人以后，对你的担心就少了很多，感觉状态还可以”。

我说：“其实并不是我现在心情有多好，也并不是这事儿对我没有影响。只是我就觉得，既然和朋友出来见面，就应该调整到一个比较好的状态，不应该让自己哭丧着个脸，一副满身怨气活不起了的感觉。”

一来如果让朋友看到那种抑郁状态的我，他们也会很担心；二来也会传递给对方一种负能量的感觉，对彼此没有任何好处，也不会帮自己解决现实问题。何不微笑一下，换种状态。当作给自己一次重新给生活注入活力的机会。努力地、刻意地、让自己回归正能量的感觉，哪怕这种状态只能保持一个下午。更何况，很多时候装的时间长了，自己就慢慢习惯了，整个人的状态也会不由自主地正能量起来了。

我想，这世界上没有人愿意面对一个沮丧抱怨的人。

每个人在生活中都可能经历一些挫折或者磨难，我们可以跟朋友诉苦。但任何东西说的次数太多了，都会没了最开始的感觉。就好像我们小时候，都学过鲁迅的《祝福》，为其中的人物的悲惨命运感到同情和无奈。但如果你像祥林嫂一样，见到每个人都哭丧着个脸，整天和别人说“我真傻，真的”，看到谁都把自己那番悲惨说一通，时间长了只会变成一个令人厌烦的人。

人生不如意事十之八九，每个人都会经历一切所谓的倒霉或者磨难，在那些黯淡无光的日子里，其实你并非一定要以悲苦之色示人。

换种心态，换种形象，也许也会换了运势。

《礼记》里说：“有深爱者必有和气，有和气者必有愉色，有愉色者必有婉容。” 反过来也成立，有婉容者也必有愉色。更何况，这世界没有人有义务透过你邋遢的外表，去发现你清澈的灵魂。

想要让自己运气好，首先从外表做起。

有一句话说得好，你的形象里藏着你的运气。相信我，当你精致，干净，自信，美丽，好运便离你不远了。

你的善良，必须有点锋芒

都说赠人玫瑰手留余香，那么如果对方拿到玫瑰后，再反过来用刺扎你，会是什么感觉？

先讲一个朋友的故事吧。

大学毕业以后几年，同学聚会，有的人当上了老板或者管理者，有的人还在底层拼命糊口，同学一场，年少情深，当老板的就让曾经的大学同学到自己的公司来做中层，并给予很好的职位和报酬。

结果这位同学却在单位不断说老板坏话，最后还连同其他中层一起卷走了老板的资源和财富。因为他心里认为，这个老板同学的帮助，根本不是出于热心，而是出于炫耀自身的优越感。他作为所谓的被帮助者，不但不高兴反而觉得自尊心受到侮辱然后铭记在心。

双方在心态上有巨大的鸿沟。一个觉得自己特别讲情义特别善良，另一个则觉得："我到你手底下干活，让你视奸我的工作状态，是对我的一种羞辱。哪怕你让我赚到了更多的钱，我也不会对你有丝毫感激，甚至觉得这一切都是我应得的。我们本来出身差不多，上学时我学习还比你好呢，凭什么你混成老板，而我要为你打工？"

生活中，这种例子并不少见。

你在对方贫困时，不遗余力地施舍帮助，出钱出力，结果并没有换来对方的感恩，对方反而觉得理所当然。后来你不再给予帮助时，竟然换来对方的谩骂：“凭什么你那么有钱不帮我？”

在给予帮助和接受帮助的人的关系中，有种感觉十分微妙。从一般角度上说，接受帮助的人应该对给予帮助的人以感谢。但是，被很多人忽略的是，伴随着感激的，应该还有一种相反的情感，就是仇恨。

在帮助的过程中，双方会有很微妙的情感变化。比如，当我们给予别人帮助的时候，我们的心情会变得愉悦，同时也会不由自主地产生道德上或者地位上的优越感。同时，也没有人发自内心地愿意接受帮助，那些被帮助的人的心里通常是觉得，一旦接受了，就意味着承认自己的无能弱小和卑微。人的内心都有一种天然的追求平等的力量存在着。在被帮助的时候，这种力量就藏在内心深处，一不小心，就会让被帮助的人，对助人者产生一种说不清道不明的敌意。

在国外，不工作可以获得一笔可观的低保收入，每天朝九晚五去工作得到的收入也许比低保多不了多少。很多人看到北欧这些福利就大加赞叹，特想去那边生活，到时候什么也不干、领补助就行。但是事实上，如果真的在那种环境下，很多人反而不愿意去白拿补助了。因为一旦拿了，就是向社会承认你是个弱小无能的人，在很多人眼里的地位就会变得低人一等，这种不被尊敬的感觉可能比吃不上饭更让人难受。

俗话说“一碗米养恩人，一袋米养仇人”，讲的就是这个道理。当一个人快被饿死的时候，你给他一碗米，他会把你当作恩人。可你要给了他一袋米，他可能会想，既然你出得起一袋米，就能给我更多，你竟然不给我，于是你就成为他的仇人了。

心理学家曾奇峰在《幻想即现实》里解释这种现象：“在一碗米

的施与中，由于人际基本规则的影响，接受者自然会产生感恩的心理，由一碗米所导致的施予者和接受者的地位的反差不太大，所以伴随产生的仇恨也不会太大，这种仇恨很容易被接受者的道德感和良心压制。但是，当施予的剂量达到了象征性的一袋米的程度时，恩也重了，恨也重了，重到了不可以被道德良心压制的程度，所以就变成仇人。”

从心理学的角度来说，这并不难理解。人性深处深藏的东西，很多时候才是万事万物的答案。

你对一个人好，不但没有换来任何感激和回报，反而播下了嫉妒和憎恨的种子，这也许就是人性最捉摸不透也最真实的地方。

对弱势群体的帮助，本身是一件好事儿，对彼此都有着积极的意义。但是如果这种帮助并非无私无偿，而是夹带着一些附加条件，那么很可能就要变了味道。比如有人帮助了别人，心理就觉得对方必须感恩，比如某些穷人被帮助后大肆被媒体报道，渲染贫穷，增加内心的不平衡感。这些事儿表面上看起来可能没什么，甚至让人觉得理所应当，但实际上却在被帮助者的心里埋下了一颗危险的种子，最后可能对彼此都造成了伤害。

在这个世界上，没有任何东西比不被察觉的仇恨更具有毁灭性了。我很喜欢的东野圭吾的小说《恶意》，讲的也是类似的故事。

书中两个主人公，一个叫野野口修，一个叫日高邦彦。野野口修杀了日高邦彦，为了掩饰自己的杀人动机，撒下了弥天大谎。在我们都以为事情的真相是那样的时候，刑警加贺最终抽丝剥茧，发现了真正的真相，更发现了隐藏在凶手内心深处的寒冷恶意。

野野口修和日高邦彦住在同一个街区，小学、初中都是同学，野野口修被校园暴力不想出门的时候，日高陪他去上学。日高有原则，有正义感，为人谦和有礼。而野野口修，为了逃避被暴力，去做了恶人的跟班，参与欺负日高的行动，还参与了对同学的施暴事件。

他们二人都有着作家梦，后来日高成了畅销小说作家，但野野口修却只能写儿童小说谋生，甚至连写儿童小说的机会，都是日高给他的。可以说，从小到大，日高都是野野口修的贵人。一直在无私地、不计前嫌地帮助着他。

然而这种帮助并没有换来感恩，反而促成了野野口修的嫉妒和憎恨。在后来杀死日高后，还极尽污蔑对方，制造假证据，证明自己是对方的影子写手，污蔑对方的人品。后来野野口修患上了癌症，这种嫉妒也随之恶化，他对日高的恨意就像生长在体内的癌细胞一样，不断扩散直到控制不住自己杀掉对方。

我们都觉得杀人的动机应该是对方做了什么激怒自己的事儿，或者有什么天大的怨恨。然而并不是，有时候，善意的帮助也可能会招来仇恨。那种不平衡感在被帮助者内心生根发芽，直到最后变成一股熊熊烈火，烧毁对方更烧毁自己。

明明都是生活在一个地方的小孩儿，凭什么他比我受欢迎？明明他家小时候条件根本不如我家好，凭什么现在住豪宅娶美妻？明明都是写东西，凭什么他能成为畅销作家，而我只能做儿童读物的作者？凭什么得癌症的人是我，而不是他？凭什么？

正如书的背封上所写到的：“我就是恨你，明明你是我最亲密的朋友，明明你是那么善良，明明你知道我猥琐的过去还帮我保密，明明你一直在帮我实现理想。可是我就是恨你。我恨你抢先实现了我的理想，我恨你优越的生活，我恨当初我如此不屑的你如今有了光明的前途。”

所谓的我为你雪中送炭，你愿我家破人亡也许就是这样。

社会新闻里类似这样“升米恩、斗米仇”的例子屡见不鲜。很多人觉得自己是好人，却总是不被人感激，也许是因为善良的程度过了界，善良的方式暗暗刺破了某个隐秘的痛点。

朋友有难出手帮忙义不容辞，锄强扶弱积极行善也没有问题。但我始终觉得，真正的善良，是在帮助别人的同时亦给对方留有尊严，真的好人是懂得体察人性，有原则又有锋芒，而非盲目献出自己的一份爱心，以己度人最后反而害人害己。

有时候我们不得不承认，人性深处会带着点儿难以自制的恶，而我们能做的，应该是学会让自己保持一份智慧的善良。

所谓成长，就是不断自我否定的过程

我是个常年写日记的人，有时候翻看自己上学时候写的东西会不由得笑出声来。发现原来自己也有伤痛文学的潜质，原来也有中二青年的时候。回看几年前的微博，或者发表的状态，总会发出一种感叹："这么矫情的文字居然是我写的！""我居然转过这么脑残的话！"

很多时候，不敢去看自己以前写的东西，那些想法和文字现在看来特别的可笑。好多以前喜欢的人，现在看来觉得当时也许脑子进了水；以前喜欢的明星，现在打死也不想承认；以前看过流了一夜泪水的小说，现在觉得假的要命。可是可是，那确实就是曾经真实的自己啊。

用现在流行的话说，其实我们总是在不断自我打脸。所谓打脸指的是某人自信满满地断定事态的发展，写下剧本之后，便出现了完全相反或者差距非常大的结果。每到这个时候大家都会纷纷吐槽，简直就像一耳光重重地打在脸上一样。

每每回首总是不禁感叹，也许所谓成长，所谓人生，就是一个被反复打脸还乐此不疲的循环。很多人把这当成一件丢脸的事儿，或者变成揭露他人把柄的利器，其实没必要。我始终觉得，人成熟的过程，本来就是一个不断推翻自己以前的认知，然后重建三观的过程。

人的进步常常建立在自我否定的基础上，通常需要经历从小时候的信誓旦旦到有所怀疑，然后被环境重塑，成长以后回头看，再否定再重塑。任何人，没有这个否定再重建的过程，注定无法成长。

如果有很久不见的朋友，见面第一句话说："这么多年没见，你真是一点儿都没变啊。"我一点儿也不觉得高兴，人应该在不断成长，一直不变可不是什么好事儿。

很多网友喜欢扒某某人以前说的话，然后说你看他以前这样说，现在却这样做，真是打脸。其实我倒是觉得挺正常的。别说明星，其实我们自己也一样，经不起扒皮，经不起时空倒流反复推敲，我们说过的自相矛盾的话从不比谁少。

如果你像我一样，也有写微博或者写日记的习惯，现在回头看看自己以前的观点，可能自己都要抨击。不用往远了说，我们绝大部分人现在的认知，和五年前的认知可能都是不一样的。

就好比我们小时候，从小被教育要明辨是非善恶，黑白分明，建立了一个美好单纯的主观世界。可是一进入到客观世界里，来到这个真实的各式各样人的环境中，会发现："哎呀，怎么根本不是之前书本里学的那样，不是父母教给我们的那样呢？"在客观世界的冲击面前，三观和节操都碎了一地，修补好以后重新上路，遇到另一些人另一些事儿，再次破碎。于是，不停地把新的观念放进来，把旧的观念赶出去，反反复复地锤炼自己，才明白原来成长是一个很复杂的过程，世界也是一个很复杂的存在。

很多人说，成长就是，当你回过头去看以前的自己的时候，发现以前的自己是个傻子的过程。这话可能有点儿夸张，但不无道理。

以前说一定不会做的事儿，后来做得乐此不疲；以前感觉特别讨厌的人，后来觉得好像也挺招人喜欢；以前信誓旦旦地说："如果我是领导我一定不会这样"，后来也变成了员工私下吐槽的那种领导。最典型的可能是一些已经为人父母的朋友，以前说着如果我当妈了一定怎样怎样，后来才发现根本做不到。

小时候我说，长大一定要当画家，结果碌碌无为地做了自己不喜欢的工作。小时候我说，长大一定要赚大钱给父母买房子，结果现在可能还时不时需要父母接济。上学时候说，真心比什么都重要，什么都不在乎只要你对我好。后来发现还是钱比较靠谱，根本做不到什么都不在乎。上学时候说，快点长大快点毕业吧，讨厌死现在的自己了。后来发现上学是一生中最幸福的时光，怎么都回不去，根本不想长大。

我想我们很多人都是这样。

以前写东西常常为赋新词强说愁，觉得生活里各种无奈痛苦纠结，躺在床上吹着空调，吃着雪糕，还一直愤愤地觉得"老娘就是怎么都不爽"。

后来才明白，真正的不爽，是你在工作单位受了委屈无处言说，第二天还要装作没事儿一样去上班；真正的不爽，是你失恋后想要痛哭大醉一场，但还要被明天要上班不能请假而束缚的无奈；真正的不爽，是你想要说走就走炒掉老板，却尿到怕下个月自己喝西北风，所以什么都不敢做的憋屈；真正的不爽，是很多事儿不管你怎么努力，都改变不了结果的那种感觉。

阻挡不了朋友的离去，阻挡不了亲人的生老病死。自己的身体越来越差，却始终没办法停下来休息。在硕大的社会之中，在茫茫人海之中，自己渺小得无能为力。曾经无比坚信的事儿，后来发现那种笃定可能源于无知。曾经特别不理解的事儿，现在觉得理所当然。曾经觉得毫无疑问的事儿，现在觉得也未必了。曾经以为的世界只有黑白，爱憎分明，雷厉风行。后来发现大部分的世界是混沌不清的，很多事情并无对错之分，灰色反而是最主流的色彩。

后来我明白了，凡事无绝对。明白了把话说绝，把事作死，把人定义，是最傻的事儿。然后逐渐释然，释然那种自我怀疑和自我否定的感觉。

比如，并不是我们变成了自己曾经讨厌的那种人，而是曾经我们的认知让我们也许误会了某些人。比如，并不是不能保持初心就是坏事儿，可能当初的那份心并不客观完美。

就像罗振宇说的："成长是一个循序渐进的过程，是一个不断发现自己不足和缺点的过程。不过不用担心，裂痕，是光照进来的地方。"

所以，如果你也和我一样，经常不断自我打脸。不要害怕，那是好事，至少可以代表你在成长，你在进步，在不断修正那个不完美的自己。

在不安的世界美好的活着

2017年的冬天似乎格外冷，冷得让人不愿意看新闻，因为太多消息丧得让人徒增寒意。每每打开新闻客户端，就像被塞进了一个装满钢针的容器，每隔几个星期会自动开启，来刺穿一下你本来就脆弱的心。

媒体越来越发达的时代，我们就越容易沮丧。很多小概率事件，会披上日常的外衣被推送到我们的手机里，然后让人觉得世界不安全，社会好黑暗。

杭州保姆纵火案里，三个鲜活的生命和一个温婉的妻子葬身火海。丢下一位求路无门的丈夫活在回忆里。更让人郁闷的是，这是一个中产家庭，甚至可以说是相当有经济实力的阶级，但在寻求真相讨要公道的过程中依然阻力重重。

日本女留学生江歌被杀案里，一个痛失爱女的单亲妈妈唯一的心愿是狠狠制裁那个杀人恶魔，但在别国法律中，却根本没法让其血债血偿。更让人悲愤的是，号称女儿好朋友的人，那个被女儿保护的女孩儿，竟然翻脸不认人各种恶语相向。自己的朋友被自己的前男友所害，自己在案发时没有帮助朋友甚至有可能还耽误了救助时间，但本人对此却毫无愧疚之意，并且一次次地挑衅失独母亲的底线。

台湾美女作家林奕含因长期受困于年少时期的性侵经历，不堪精神重负而选择自杀结束自己美好的生命。留下了一本以自己真实经历为蓝本的精彩小说《房思琪的礼物》，讲述文学少女房思琪被补习班老师长期性侵，而最终精神崩溃的故事。

还有产后抑郁的新手妈妈，在被丈夫数落“你不上班，在家怎么连孩子都带不好”之后，悲愤地把孩子从高层抛下楼，自己再纵身跳下结束生命。

一个接一个的事件，接连不断地冲击着我们脆弱又敏感的神经，让人看完除了愤慨，更多的是无力感，错愕和恐惧，在惊恐“这个世界怎么了”之时，却也依然怀抱着一丝希望，“这个世界会好吗？”

似乎内心总带着点恐惧又带着点大义凛然的希望，不愿否定却也不敢肯定。

每次看完新闻，都很感慨，想来自己能安全愉快地长这么大，真的要“感谢天感谢地感谢一路好运气”。

毕竟，幼儿园的时候没有被扎过针，没有被喂过药，更没有被坏叔叔拉进过小黑屋。遇到的老师都耐心善良有文化，周围的小朋友们也简单友好不攀比。

毕竟，上学以后没有遇到心怀不轨的室友，没有遇到因为内心不平衡就在饮水机里下毒的同学，也没人把变态前男友带回来，给借宿给她们的无辜室友招来杀身之祸。

毕竟，租房的时候，大家都遵守契约精神，一手交钱一手交货然后再无叨扰，没有在大冬天被赶走流落街头，没有在一声令下就被迫离开奋斗了很久的城市。

毕竟，没有遇到过残暴又恶狠狠的育儿嫂，没有请过毒保姆给自己家房子烧掉。

遇到过的家政人员，顶多没那么干净或者懒一点儿，但人都没太大问题。

毕竟，没有在被撞伤786天以后含恨去世，没有在等待赔款的时候发现肇事者在买车买房过自己的幸福生活。车被剐了，对方立刻揽责迅速解决问题，随时沟通。发生纠纷时，遇到的人都还算讲理，实在不行也能找到一个稍微公正的第三方为自己做主。

回想自己的成长历程，大部分的时候，都拥有自主选择的权利，形成了完整的三观，最重要的是，拥有"说不"的机会和勇气。

不喜欢的老师可以drop掉他的课程，不喜欢的同学可以选择断舍离，不喜欢的人就少接触，不喜欢的事就远离。有健康的身体，还不错的心情；有容身之地，偶尔买买喜欢的东西。如此想想，自己的生活真的算得上幸运。若是从以己为中心的直径去衡量，世界还是好的。

很多人说，看个新闻而已，不要这么认真。只要你头顶上的天还没塌下来，就不用担心这个社会要死掉了；只要你的爸爸妈妈爷爷奶奶还过得好好的，就别老吵吵什么不相信爱情；只要你的孩子还安全地活蹦乱跳、无忧无虑地奔跑着，就别去操心那些没发生在自己身上的悲剧。

是的，我们看新闻看的慷慨激昂，热泪盈眶，然后用不了一周，又有新的事件夺走我们的关注。无论新闻里的故事多么严重多么骇人听闻，总归会在几度激愤和讨伐后被迅速遗忘，或者被更多的新鲜事代替，而我们的生活仍在继续，无非是在几度失眠后恢复平静。最后惺惺丢下一句，"还好不是我，咱们过好自己的日子就行。"

这也许不仅仅是一句自我安慰的说辞，更是大智若愚难得糊涂的一份坚持。世界如此不安，我们能做的很多时候不是对抗，而是在这慌张的世界里找到自己的频率，在些许的无奈中让自己有那么一点点力量。

人生始终向前，纵然前路布满荆棘和未知，依然无法阻挡勇者的脚步。真正热爱生活的人，是看透生活的残酷后依然热血。我们凭借着自己满腔的孤勇，在这不安的世界跌跌撞撞的向前奔跑，也许半路会遭遇不测，但始终抱有逢凶化吉的良好心愿，也正因如此人才能不断前进。

就像作家路遥所说："我们既要脚踏实地于现实生活，又要不时跳出现实到理想的高台上张望一眼。在精神世界建立起一套丰满的体系，等我们一觉醒来，跌落现实中的时候，可以毫无怨言勇敢地承担起生活重担。"无论个人多渺小，无论世界多不安，我们依然可以努力活出自己的那一份美好。挪威易卜生说的那句话特别对，"每个人对于他所属的社会都负有责任，那个社会的弊病他也有一份。"

我始终坚信，很多时候，做好了自己的这一部分，也就做好了世界的一小部分。积少成多，集腋成裘，那些不安也终将美好。